———————————————— 님,

시도하는 곳에 성공도 있습니다.
나만의 브랜딩을 위한 책 쓰기를 응원합니다.

나만의 브랜딩을 위한 2주 책 쓰기

나만의 브랜딩을 위한
2주 책 쓰기

초판 1쇄 발행   2021년 3월 31일

지은이   김인희
발행인   곽철식

책임편집 김나윤, 김나연
디자인   박영정
펴낸곳   다온북스
인쇄   영신사

출판등록 2011년 8월 18일 제311-2011-44호
주소   서울시 마포구 토정로 222, 한국출판콘텐츠센터 313호
전화   02-332-4972   팩스   02-332-4872
전자우편 daonb@naver.com

ISBN 979-11-90149-56-3 (03800)

1인 퍼스널 브랜딩이 힘이다

나만의 브랜딩을 위한
2주 책 쓰기

김인희 지음

다온북스
DAON BOOKS

누구도 나를 해고할 수 없는
1인 브랜드 주인공이 되어라

　1인 가구는 10가구 중 3가구를 차지할 만큼 가장 많은 가구 유형이다. 이뿐만 아니다. 1인 기업시대, 1인 창업시대, 1인 브랜드시대. 그야말로 '1인 시대'가 대세다. 소위 영향력 있는 사람들이나 연예인 혹은 매체에서 자주 볼 수 있는 사람들에게만 국한된 이야기가 아니다. 이제는 너도 나도 스스로가 브랜딩되기 위해 노력하는 시대다. 페이스북, 인스타그램과 같은 SNS나 유튜브, 블로그 등 개인 채널을 통해 자신의 일상과 생각을 사진과 영상 등으로 노출한다. 이로써 개인 스스로 브랜딩이 가능한 시대가 되었다.

　'평생직장'이라는 개념, '안정성이 보장된 직업'은 점차 사라지고 있다. 더욱이 2019년에 시작된 코로나19의 영향으로 실업자 수는 가파르게 증가했다. 게다가 사회적 거리두기가 지속적으로 시행되면서 자영업자는 생존의 문제와도 직결된 상황에 처해 있다. 코로나19 사태가 장기화되면서 국민들의 일상은 변화했고, 경제난에 시달리고 있다. 심각한 상황에 처해 버티기 힘든 이들은 극단적인 선택까지 하고 있는 실정이다.

1인 브랜딩이 된다고 해서 이것이 곧 수입과 직결된다거나 성공으로 보기는 어렵다. 다만 어떤 상황에서도 '나를 해고할 수 없는 1인 브랜드'가 된다면 지금보다 조금은 안전하지 않을까?

나 역시 2017년까지 화장품 강사로 12년이란 시간을 지내왔다. 그 무렵 불안감이 엄습했고 누군가에게 내 목숨이 달려 있는 듯한 기분이 들었다. 당시 화장품 시장은 이미 레드오션이었다. 더군다나 국내 시장보다는 해외 시장이 주 타깃으로 정해지면서 국내 매장의 중요성은 떨어졌다. 매장 직원을 교육하던 내 미래도 불투명해졌다. 설상가상으로 기업 회장은 개인적인 감정에 치우쳐 직원들을 쉽게 해고했다. 나는 이러한 상황을 겪으면서 '내 목숨 줄은 내 스스로가 쥐어야겠다'라고 생각했다. 그러면서 내가 무엇을 할 수 있을지, 직장이 아닌 사회에서 스스로 살아남을 수 있는 방법은 무엇인지를 고민했다.

그러던 중 '1인 프리랜서 기업 강사'라는 직업을 우연히 알게 되었다. 당시는 이 단어조차 생소했지만 나는 1인 브랜드가 되기 위한 '무엇'이 있어야겠다고 생각했던 것 같다. 그러면서 나는 20대 초반부터 누군가에게 흘려 이야기했던 꿈이 문득 떠올랐다. 바로 마흔이 되기 전에 내 이름으로 된 책을 한 권 쓰는 꿈이었다. 이후 기업 강의라는 일에서 벗어나 책을 쓰겠다고 결심했다.

하지만 생각보다 쉽지 않았다. 평소에 책을 좋아하고 많이 읽는 편이었지만, '어떻게 책을 써야 하는지'는 도무지 감을 잡기가 어려웠다. 책을 많이 읽었다고 해서 글을 잘 쓸 수 있는 것도 아니었다. 평소에 글쓰기를 좋아하고 학창 시절에는 상도 받을 만큼 글쓰기 실력이 있다고 자부했지만, 막상 시작하려니 막막했다.

그래서 책 쓰기 아카데미의 문을 두드렸다. 3개월 과정에 수업료를 900만 원이나 지불하고 배우기 시작했다. 시간이 지나고 보니 나처럼 큰돈을 지불하지 않고도 책을 쓸 수 있는 방법이 있었으면 했다. 그래서 이 책 한 권으로도 책을 쓰고 개인 브랜딩에 도움이 되었으면 좋겠다. 이 바람으로 《나만의 브랜딩을 위한 2주 책 쓰기》를 집필했다.

약 1천만 원이라는 큰돈을 지불하고 받은 책 쓰기 수업이 과연 도움이 되었을까? 나는 강의 관련 책을 쓰고 싶었던 것인데, 기존의 책들은 소위 자기 지식만 자랑하는 책들이라서 조금은 불편했다. 불필요한 이야기로 채워진 책들을 볼 때면 내 시간과 돈을 버리는 것 같아서 화가 나기도 했다. 그래서 나는 독자에게 꼭 도움을 줄 수 있는 책을 쓰고 싶었다.

그런데 '책 쓰기 아카데미'에서는 '억대 연봉의 강사가 되는 법'을 주제로 잡았고 돈이 될 만한 책을 쓰기만 원했다. 사실 이건 거짓말이다. 나는 직장인이었고 억대 연봉 강사도 아니었다. 나는 강의 기회가 온 사람, 강사가 되고 싶은 초보 강사를 대상으로 하는 강의법이 필요했다. 그리고 이를 바탕으로 책도 쓰고 싶었다. 그들은 전문가이지만 책을 쓰는 마음만큼은 온전히 순수하지는 않았던 것 같다.

단 3번의 수업이 끝나고서야 환불 신청을 했다. 200만 원이란 돈을 쓰긴 했지만 마냥 '날렸다'라고 볼 수만은 없었다. 이때의 경험은 '내가 어떤 마음으로 책을 써야 하는지를 배울 수 있는 기회'가 되었기 때문이다.

환불받은 돈으로 또 다른 책 쓰기 아카데미의 문을 두드렸다. 도저히 혼자서는 쓸 수 없을 것 같았다. 책 쓰기와 관련된 서적을 아무리 읽어도 혼자서 해낼 방법을 몰랐기 때문이다. 두 번째 책 쓰기 아카데미에서는 수업료로 450만 원을 지불했다. 이곳 역시 3개월 과정이었다. 그런데 수업이라기보다는 스터디 같았고, 매번 알려주는 것이 아니라 궁금하면 물어보는 형식이었다. 뭘 알아야 궁금한 것도 있지. 수강생들의 불만도 점점 늘어갔다. 무엇을 가르쳐야 하는지, 그리고 가르치는 방법조차 모르는 강사 때문에 안타까운 마음이 들기도 했다.

물론 나쁜 점만 있었던 것은 아니다. 그곳에서 작가들과 인맥도 쌓고 친분을 유지하며 지낼 수 있었다. 그 과정에서 깨달은 것이 있었다. 책을 쓰기에 앞서 가장 중요한 것은 '자료 수집'이라는 것이었다.

그렇게 비싼 수업료를 지불하고 첫 책을 출간했다. 이후 두 번째, 세 번째 책을 출간했다. 첫 출간에 성공하고 나니 그 다음부터는 훨씬 수월해졌다. 초고를 2주 만에 완성하기도 했으니 말이다. "어떻게 그게 가능해?"라며 주위 사람들이 물어보았다. 그래서 나는 좀 더 많은 사람들에게 그 비법을 알려주고자 한다.

누구나 쉽게 이해할 수 있도록 가르치고, 못하는 사람도 할 수 있게 만드는 것이 내 강의의 장점이라 생각한다. 나는 그 능력을 살려서 독자 여러분이 작가가 될 수 있도록 돕고자 한다. 마치 강의를 듣는 듯이 말이다. 책 쓰기뿐만 아니라 특강을 진행하는 법, 기업 강의 방법, 유튜브나 네이버 블로그가 검색 상단에 노출될 수 있는 법, 네이버 인물검색 등록하는 방법 등 '1인 브랜딩 노하우'를 아낌없이 알려주고자 한다.

물론 이 책 한 권으로 일약 스타덤에 오를 수는 없을 것이다. 나 역시 아직은 그렇다. 하지만 나는 1인 브랜딩을 위한 그간의 노력들로 대기업에서 강의를 진행할 수 있었고, 올리는 글마다 네이버 상단에 노출될 수 있었다. 그리고 1만 3,500명이라는 유튜브 구독자 수를 달성할 수 있었다.

나는 이 노하우를 여러분에게 공유하고자 한다. 1인 브랜딩을 위한 하나하나의 노력들을 통해 조금씩 성장했고 여기까지 온 것이라 생각한다. 큰돈을 들이지 않더라도 1인 브랜딩을 위한 책 쓰기와 드러나는 마케팅을 할 수 있도록 아낌없이 내놓을 것이다. 많은 작가들이 나보다 훨씬 더 책을 잘 쓸지도 모른다. 그런데 수학 선생님이 수학문제를 잘 푼다고 해서 잘 가르친다고 보장할 수는 없는 법이다.

나만의 브랜딩을 위한 2주 책 쓰기

이 책을 읽은 독자들이 글을 잘 쓸 수 있도록 하는 것이 나의 목표다. 학생들이 수학문제를 잘 풀 수 있도록 잘 가르치는 선생님처럼, 나 역시 강사의 이름을 걸고 글을 잘 쓸 수 있도록 도움을 주고자 한다. 그래서 그 어떤 때보다 더 공을 들이고 연구했다.

나는 당신이 훌륭한 고수로, 사람들에게 전문가로 인정받는 1인 브랜드로 성장할 수 있도록 모든 것을 지원할 것이다. 당신은 그저 '독서 집중'과 '의지'라는 준비물만 챙겨서 따라오면 될 일이다.

김인희

4장 두드림과 기다림

5장 나를 돋보이게 하는 마케팅

1장

브랜드, 책 쓰기부터 시작하라

살아남으려면
1인 브랜드가 되어라

"혼자서 1년 수입만 247억 원."

이 글귀를 봤을 때 여러분은 어떤 생각이 드는가? '대체 누가? 어떻게? 그게 가능해?'라는 생각이 드는가? 나도 '현타('현실 자각 타임'을 줄여 이르는 말. 헛된 꿈이나 망상 따위에 빠져 있다가 자기가 처한 실제 상황을 깨닫게 되는 시간)'가 오지만 사실이다. 물론 여러분에게 희망고문하고 싶은 마음은 없다. 이렇게 몇백 억씩이나 하는 수입을 이야기하고 싶은 것도, 1인 브랜드를 돈을 벌기 위한 목적으로 이야기하고 싶지도 않다.

다만 우리는 살아남아야 한다. 코로나19로 인한 비대면 시대, 언택트 시대다. 그만큼 사람도 만나기가 쉽지 않다. 취업은 더욱 어려워지고 직장인이라 해도 하루아침에 실업자가 된다. 자영업자들은 가게 문을 닫는다. 이제는 시대가 달라졌다. 코로나19 시대 전과 후로 말이다. 달라진 시대에서 나는 변화해야 한다. 지금 당장.

1년에 247억 원을 버는 1인 브랜드 주인공은 바로 중국의 '립스틱 오빠'라고 불리는 리자치다. 그는 중국 난창의 한 쇼핑몰에서 화장품 판매를 하는 인물이다. 특유의 리액션과 여성 못지않은 섬세함, 호감 있는 외모로 8천 만명이라는 어마어마한 팔로워를 보유하고 있다. 리자치가 직접 바르고 홍보하는 색조제품들은 거의 '완판'이 되었다. 때문에 명품 화장품 업체에서도 줄을 서서 그를 기다릴 정도였다. 중국이야 워낙에 많은 인구가 있으니 가능한 이야기다.

그렇다면 우리나라는 어떨까? 파워블로거, 파워인플루언서는 개인 채널에 제품들을 올려 업체로부터 원고료를 받거나 광고료를 받는다. 이때 구독자 수와 조회 수에 따라 수익이 결정된다.

'녹스인플루언서(kr.noxinfluencer.com/)'에서 유튜브, 인스타그램, 틱톡 등 채널별로 인기 인플루언서 순위를 확인할 수 있다. 그리고 유튜브 동영상 랭킹 및 검색을 통해 해당 유튜버의 구독자 수, 조회 수, 예상 월수입까지 확인할 수 있다. '먹방' 유튜버로 잘 알려져 있는 '쯔양'을 검색해보면 2021년 3월 기준으로 구독자 수

317만 명, 조회 수 2.12억 회, 평균 조회 수 114.96만 회, 예상 월수입 5416.67만~9420.32만 억 원이다.

유튜브 채널을 운영하는 연예인도 많다. 방송인 김구라는 '김구라의 뻐꾸기 골프 TV'로 29만 명의 구독자 수를 확보하고 있고, 평균 조회 수는 71.01만 회이며 예상 월수입은 624.63만 원이다. 일반 직장인들도 본업 외에 유튜버로 활동한다. 영상 노출로 인해 1인 브랜드가 될 수 있고, 부수입까지 기대할 수 있기 때문이다.

책도 마찬가지다. 이기주 작가의 책《언어의 온도》는 150만 부이상이 팔리면서 베스트셀러가 되었다. 책값이 13,800원이니, 어림잡아도 인세 수입이 20억 원은 넘을 것이다. 인세 수입은 출판사마다 작가마다 다르지만 대략 10%만 잡아도 그 정도 수입이 된다. 책이 많이 팔리면서 작가의 이름은 유명해지고, 이후에 출간된 책들도 베스트셀러 반열에 오른다.

나 역시 유튜브 개인채널 구독자 수가 1만 3,500명일 때 월수입이 40만 원에서 많게는 60만 원 정도였다. 게다가 유튜브 영상이나 네이버 블로그를 통해 강의를 의뢰받는 경우도 많았다. 그 덕분에 개인채널 운영을 하지 않는 강사들보다 훨씬 많은 강의료와 수입을 얻을 수 있었다. 책 출간도 한몫했고, 네이버에 인물등록까지 되어 있으니 사람들에게 신임을 얻기도 했다. 수입이 점차 많이 생긴다면 그것은 부업이나 부수입으로만 그치는 것이 아니다. 작가, 파워인플루언서, 크리에이터라는 또 다른 직업으로 1인 브랜드가 되어 타인으로부터 목숨 줄을 쥐게 하지 않을 수 있다.

신조어에는 시대상이 반영되어 있다. 그래서 트렌드를 한눈에 파악할 수 있다. 그중 하나가 바로 '부캐'다. '부캐'는 온라인 게임에서 사용되던 용어로, '본래 사용하던 캐릭터 외에 새로 만든 부캐릭터'를 줄인 말이다. 평소 자신의 모습이 아닌 또 다른 모습, 새로운 캐릭터로 행동할 때의 의미로 쓰이고 있다.

부캐의 대표적인 인물이 바로 방송인 유재석이다. 유재석은 MBC 예능 〈놀면 뭐하니?〉에서 다양한 캐릭터를 선보였다. 특히 트로트 가수 '유산슬'로 활동하면서 노래를 히트시켰고, 프로듀서 '지미유'로서 걸그룹 '환불원정대'를 성공적으로 데뷔시켰다. 게다가 엔터테인먼트계의 거물, '카놀라유'로도 활동했다. 이로써 유재석은 다양한 캐릭터에 도전하며 본캐(본래의 캐릭터)보다 더 재밌고 유쾌한 부캐로, 많은 사람들의 기대를 한몸에 받고 있다.

〈SBS 스페셜〉에서는 'N잡 시대, 부캐로 돈 버실래요?'라는 주제로 다큐가 방송되었다. 'N잡'은 다수를 뜻하는 'N'과 직업을 뜻하는 'Job'의 합성어다. N잡을 하는 사람들을 'N잡러'라고도 한다. 가수 브라이언은 본업 외에도 플로리스트, 크로스핏 코치로 자신의 취미를 부캐로 활용했다. 한 건설회사에 다니는 여성은 본캐는 회사원, 부캐는 필라테스 강사다. 또 본캐가 의사인 이들은 의학지식을 쉽게 전달하며 부캐가 유튜버다. 나 역시 본캐는 강사이지만 부캐로는 사업가, 작가, 유튜버로 벌써 4개의 '잡'을 가지고 있다. 이 중 하나를 1인 브랜드로 만들어낸다면 수입은 더 늘지 않을까?

〈SBS 스페셜〉에 따르면 직장인 10명 중 3명이 N잡러로, 부캐를 통해 경제활동을 하고 있으며 설문대상의 49.1%가 취미나 직무 관련 재능을 거래하는 것으로 나타났다. 사람들은 왜 다른 직업을 가지려 하는 것일까? 취업하기가 어렵고, 힘들게 취업하더라도 은퇴 시기가 빨라졌으며 평생직장이 없어져서 그렇다. 그리고 임금 상승률도 현저히 낮아서 이로 인한 불안감 때문에 그렇다. 직장에서 '잘리더라도' 고정적인 수입원인 부캐가 있다면 걱정을 한층 덜 수 있을 것이다.

1인 브랜드로 수입원이 많아지기까지는 어렵고 힘든 과정일 것이다. 나는 직장을 그만두고 프리랜서 강사로 활동하면서 불안정한 수입 때문에 늘 불안했다. 강의가 없으면 강사가 아닌 그저 백수에 불과했다. 물론 그 불안이 1인 브랜드가 되기 위한 동력이 되기는 했다.

1인 브랜드가 되기 위해서는 본캐만으로는 부족하다는 생각이 들었다. 수입만 본다면 다른 취미활동이나 재능을 통해서도 부캐가 가능하겠지만, 나는 본캐를 위한 부캐를 만들어서 본캐를 1인 브랜드로 만들어야겠다는 생각을 했다. 바로 작가, 유튜버, 사업이었다. 부캐를 1인 브랜드로 하고 싶은 사람들도 있을 것이고, 나처럼 본캐를 1인 브랜드로 만들고자 하는 사람들도 있을 것이다. 확실한 것은 1인 브랜드가 필요한 시대라는 점이다. 현재 하고 있는 일이 있는데도 1인 브랜드를 위해 '일을 당장 때려 치는 것'은 아주 위험하다.

1인 브랜드가 되기 위해 안정적인 수입이 될 수 있는 본캐 또는 부캐가 필요하다. 언제든 부품처럼 교체될 수 있는 위험한 삶, 언제까지나 늘 잘될 수만은 없는 불안한 삶을 살 것인가? 여러 채널을 활용해서 파워인플루언서, 크리에이터로서 1인 브랜드가 되기 위한 마케팅을 펼치고, 본캐 외에 부캐로의 다양한 삶을 바탕으로 스스로를 성장시키고 가치를 확대할 수 있는 의미 있는 삶을 살아보자. 살아남기 위해 이제는 1인 브랜드 시대, N잡러의 시대를 받아들여야 할 때다.

누구나 '내 이름'으로
된 것을 꿈꾼다

"내 이름으로 된 집 한 채를 갖고 싶어."

"내 이름으로 된 건물을 갖고 싶어."

"내 이름으로 된 법인회사를 갖고 싶어."

"내 이름으로 된 노래를 갖고 싶어."

"나는 내 이름으로 된 책 한 권을 갖고 싶어."

다들 저마다의 꿈이 있다. 꿈을 들여다보면 '내 이름'으로 된 것들이다. 나는 한 심리학자가 '부부 심리와 이름'에 관해 이야기하는 영상을 본 적이 있다. 서로의 호칭이 귀하고 사랑스러울수록 긍정적인 목소리 주파수 덕분에 서로를 존중하고 사랑을 회복하기 쉽다는 내용이었다. 그런데 성과 이름을 함께 부르는 부부라면 그 관계는 깨진 관계라고 한다.

외국의 유머 동영상 중에 남편이 밥을 먹는데 아내가 성과 이름을 함께 부르는 동영상이 있다. 그러자 남편은 순간 모든 행동이 정지되면서 "나 뭐 잘못했어? 갑자기 왜 성과 이름을 함께 불러? 오늘이 몇 일이지?"라고 한다. 그러더니 기념일을 잊은 건 아닌지 달력을 살펴본다. 남편은 굉장히 당황해하고 긴장된 모습을 보여서 시청자들에게 웃음을 자아낸다. 성과 이름을 함께 불렀을 때 보통은 부정적인 감정이 있을 때다. 아이를 혼내거나 친구와 다툴 때도 마찬가지다. 그런데 이뿐만 아니다. 우리가 꼭 갖고 싶은 '무언가'에는 반드시 자기 이름 석 자가 새겨지기를 원한다. '건물주 김인희' '대표이사 김인희' '작가 김인희'처럼 말이다.

미국의 심리학자 매슬로우(Maslow)는 인간의 욕구를 5단계로 제시했다. 매슬로우의 욕구 5단계 이론에 따르면 욕구는 '생리적 욕구·안전 및 보호의 욕구·애정 및 소속의 욕구·존경 및 인정의 욕구·자아실현의 욕구'로 나뉜다. 이는 하위 단계에서 상위 단계로 올라가는 피라미드 형태의 구조다. 하위 단계의 욕구가 채워지면 다음 단계의 욕구를 채우려 한다. 때로는 고정된 순서로 일어나지 않을 수도 있다. 다만 많은 사람들이 이 5가지의 욕구를 충족시키고자 한다는 것이다.

신체적인 욕구인 생리적 욕구(의식주, 성욕)나 생존의 안정성을 위한 안전 및 보호의 욕구가 기본적으로 채워지면, 사람들은 보통 심리적인 나머지 단계의 욕구를 채우고 싶어 한다. 사랑받고 싶어 하고 친구들과 교제하거나 어떤 집단에 소속되고 싶어 하는 것 외에도 명예욕이라고 하는 존경 및 인정의 욕구를 실천하고 싶어 한다. 타인에게 존경받고 인정받고 싶은 마음도 있지만, 타인과의 비교를 통한 만족감이 아닌 스스로의 만족감을 위한 최상의 단계에 있는 자아실현의 욕구를 채우고 싶어 하는 이들도 있다. 그래서 사람들이 자신의 이름 석 자를 알리고 싶어 하지 않을까?

책을 쓰고 싶어 하는 사람들은 내 주변만 살펴봐도 정말 많다. "저도 책 한 권 쓰는 게 꿈인데요"라고 말하는 사람들이 많다. 대다수가 그러한 욕구를 가지고 있는 것 같다. 존경과 인정을 위해서, 자아실현의 욕구를 충족시키기 위해서 말이다.

세계적인 스포츠 브랜드 '나이키' 광고를 보면 '신발이 안전하다'는 메시지는 없다. 일단 자신을 위해 해보라고 말한다. 'just do it'의 슬로건을 내세워 자아실현 욕구를 위한 메시지를 전달한다.

요즘에는 옛 어른들처럼 생활이 어려워서 굶는 이들이 적다. 앞으로의 안정적인 생활을 위해 자신의 현재를 희생하고 아끼며 돈을 모으는 이들도 별로 없다. 그래서 '한 번뿐인 인생, 현재를 즐기자'는 '욜로족'이 탄생하기도 했다. 젊은 세대들을 비롯해 많은 사람들은 신체적인 욕구를 채우려 하기보다 심리적인 욕구를 우선시한다. 특히 내가 하고 싶은 대로, 남들이 뭐라고 하든지 내 만족을 위한 자아실현의 욕구를 채우는 것이 중요하다고 생각한다.

'현재의 당신' 그리고 '앞으로 되고 싶은 당신', 그 간격을 줄일 수 있는 일들이 당신에게 필요하다. 당신의 욕구가 그렇게 말하고 있으니 말이다. 당신이 하고자 하는 1인 브랜드도 책 쓰기도 결국은 자아실현 욕구를 채우려는 열망이 강해서 그렇다. 그 열망과 욕구 때문에 당신은 '내 이름으로 된 수식어'가 붙는 그 무엇인가를 간절히 원하는 것이다. 그 간절한 무엇인 '1인 브랜드'도, '내 이름으로 된 책 한 권'도 나는 당신이 반드시 가질 수 있다고 장담한다. 1인 브랜드가 되기 위한 발판으로, 그리고 작가라는 부캐를 가질 수 있다는 것을 말이다. 이미 이 책을 읽고 있다는 것은 그에 대한 목마름과 간절함이 있다고 본다. 그리고 그 간절함으로 포기하지 않고 끈기와 열정으로 함께한다면 성공할 수 있다.

"자네, 그거 아는가? 콜로라도스프링스 근처에 좁고 험준한 산길이 있네. 얼핏 보기에는 너무 좁아서 자동차가 들어설 틈도 없는 것처럼 보이지. 그런데 입구에는 이런 표지판이 세워져 있어. '빠져나갈 수 있음'이라고. 그런데 대부분의 운전자들은 표지판 앞에 멈춰 서서 고민을 한다네. 절대 빠져 나갈 수 없을 것 같은 숲길인데, 표지판은 아니라고 적혀 있으니 어떻게 할 것인지 고민하는 것이지. 그렇게 고민하다가 결국은 표지판이 오래되어 믿을 수 없다는 결론을 내리고, 안전하다고 생각하는 먼 길로 돌아가지. 그 표지판은 도전하는 사람들을 위한 거였네. 도전하겠다고 마음만 먹으면 사실은 빠르게 나갈 수 있는 지름길이지. 자네는 그 길을 택한 거야. 자네가 신념을 굳게 하고 뚫고 나가기를 빌겠네.”

이는 폴 마이어가 쓴 《폴 마이어의 아름다운 도전》의 한 대목이다. 당신은 지금 책 쓰기 산 입구에 서 있다. 아무래도 입구에서 보이는 길은 길처럼 보이지 않고 험난해 보여서 도저히 갈 수 있을 것 같지 않다. 산 입구에는 '누구나 오를 수 있음'이라고 적혀 있는데도 말이다. 도전하겠다고 작정만 한다면 그 산은 쉽게 오를 수 있다. 입구만 험난해 보일 뿐 산을 오르면 다를 수 있다.

책은 대단한 사람이 쓰는 걸까? 많은 사람들은 어느 정도 지위에 오르거나 영향력이 있어야 책을 쓸 수 있다고 생각한다. 혹은 글을 잘 쓰는 능력을 타고났기 때문에 쓰는 것이라 생각한다. 그런데 그렇지 않다. 전업 작가나 전문직이 아니어도 쓸 수 있다. 그리 별 볼 일 없는 나도 책을 3권이나 출간하지 않았는가.

나도 처음부터 글을 잘 쓰지 않았다. 비싼 수업료를 내고서야 스스로 터득할 수 있었다. 지금까지 해온 브랜딩도 책을 쓴 후 모든 것이 가능해졌다. 책을 썼더니 대기업 강의가 들어왔고, 기업 강사라는 꿈을 이룰 수 있었다. 책을 썼더니 라디오 방송에서 섭외가 왔고, 이제는 예능 방송의 MC로도 출연할 수 있는 기회를 얻을 수 있었다. 이로써 1인 브랜드로 성장할 수 있는 계기가 되었다.

개인채널에서는 누구나 방송을 할 수 있는 기회가 주어진다. 하지만 책은 누구에게나 기회가 주어지는 것이 아니다. 그래서 책을 출간한 작가라면 더욱 단단한 브랜드로 성장할 수 있다고 생각한다. 그 어떤 것보다 인정받는 훌륭한 명함이라고 생각한다. 그러니 1인 브랜드가 되고자 한다면, 무엇보다 '부캐를 작가로 먼저 시작하라'고 말하고 싶다. 인세로 돈을 벌겠다는 생각은 애초에 버려야 한다. 다만 책으로 인해 당신이 앞으로 이룰 수 있는 것들은 인세 이상의 값어치로 되돌아올 것임이 분명하다.

나는 당신의 목표가 어떤 것인지, 어떤 브랜드로 성장하고 싶은지 이 책에서 답을 찾을 수 있도록 돕고자 한다. 여러 채널을 통해 1인 브랜드가 될 수 있는 방법들도 제시해서 당신을 돕고자 한다. 언제든 소통의 창구도 열어놓을 테니 나에게 메일을 보내도 좋다. 기꺼이 도울 것이다.

다만 다음 페이지로 넘어가기 전에 당신이 1인 브랜드가 될 수 있는 발판인 책 쓰기에 대한 의지와 신념을 다질 것을 약속해주길 바란다. 그러면 책 쓰기 산 정상에 올랐을 때, 당신의 이름 석 자가 새겨진 깃발을 꽂을 수 있을 것이다. 당신의 이름으로 된 책을 반드시 출간할 것이다.

나만의 브랜딩을 위한 2주 책 쓰기

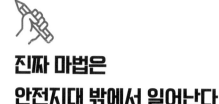

진짜 마법은
안전지대 밖에서 일어난다

축구에는 골키퍼·수비수·공격수, 이렇게 3가지 포지션이 있다. 이 중에서 골을 넣을 확률이 가장 높은 포지션은 어디일까?

아마 많은 사람들이 쉽게 답을 맞혔을 것이다. 정답은 공격수다. 공격수가 상대방의 골대에 공격적으로 골을 넣으려고 시도하는 포지션이기 때문이다. 수비수는 상대 선수들이 골을 넣지 못하도록 수비하는 역할을 한다. 때문에 공격수보다 골을 넣을 확률이 더욱 줄어든다. 간혹 골키퍼가 골을 넣는 이색적인 장면이 연출되기도 하지만, 거의 드문 일이다.

책을 쓰고자 하는 당신은 어느 포지션인가? 새로운 도전보다는 현재에 만족하고, 가진 것을 지키는 것이 평화롭다고 생각하는가?

진짜 마법은 안전지대 밖에서 일어난다. 나는 회사를 다니면서 직장생활에 한계가 올 때쯤, 기업 강사라는 새로운 꿈을 꾸었다. 그리고 반드시 책 한 권을 출간한 다음 퇴사하겠다고 마음먹었다. 행여나 꼬박꼬박 월급이 나오는 직장에 안주해서 책 쓰기에 소홀해질까 봐 몇몇의 친한 동료에게 "난 꼭 책 쓰고 퇴사할 거야"라는 말을 매일 읊어댔다.

얼마나 열정적이었는지 책 쓰기와 관련된 서적을 한 달에 50권 정도 읽었다. 그러고는 책을 쓰기 시작한 지 보름 만에 초고를 완성했다. 운 좋게도 원고를 투고한 지 한 달만에 계약이 성사되기도 했다. 그런데 그때의 나는 '출간하면 퇴사'라는 계획 앞에서 여전히 머뭇거렸다. 무언가 더 필요하고 준비해야 한다는 핑계를 대고 있었다. '아직 기업 강사가 되려면 어떻게 해야 하는지도 모르잖아. 직장과 병행하면서 해도 늦지 않아'라면서 말이다.

매월 10일이면 통장에 꽂히는(?) 월급의 유혹도 뿌리칠 수가 없었다. 나는 두려움 때문에 직장이라는 안전지대에 여전히 머무르려 했다. 그러던 중 퇴사를 결심하게 된 계기가 생겼다. 바로 한 대기업에서 사내 강사들을 대상으로 강의를 해달라는 메일을 보내온 것이다. 교육담당자가 내 책을 읽고는 '강사 마인드' 내용이 인상 깊었다며 강의를 해달라는 것이었다. 그것도 3번씩이나 말이다.

기업 강의를 해본 적이 없던 내가 대기업 강사를 대상으로 강

나만의 브랜딩을 위한 2주 책 쓰기

의한다는 것은 마치 꿈같은 일이었다. 현직 기업 강사에게도 자주 찾아오는 기회가 아니었다. 게다가 일반 직장인이던 내게 의뢰할 확률은 더욱 적었다. 기적이었다. 이건 책 덕분이었다. 집으로 차량을 보내 기사님이 데리러 오고 데려다주기까지 하니, 이는 정말 사건(?) 중에 사건이었다.

강의 장소가 경북 구미에 있었기에 나는 하루 일찍 가겠노라 했다. 그랬더니 기업 측에서는 호텔까지 제공했다. 지금 생각해도 너무 어마어마한 곳에서 기회를 잡았다. 내가 행여 회사를 그만두지 않을까 봐, 누군가가 도전하라고 괜찮다고, 앞으로도 좋은 일이 있을 거라고 알려주는 것만 같았다.

13세기 페르시아 문학을 대표하는 시인 잘랄루딘 루미는 "그대가 진정 사랑하는 것이 이끄는 신묘한 힘에 잠자코 빠져들라. 그 힘은 결코 그대를 그릇된 길로 이끌지 않을 것이다"라고 했다. 인도계 미국인 연설가이자 영성에 관한 책을 집필한 디팩 초프라는 "마음은 모든 답을 알고 있으니 마음에 집중하여 곰곰이 생각하라. 그것이야말로 우리가 가장 먼저 할 수 있는 일이다"라고 했다. 결국 마음의 소리에 귀를 기울이라는 것이다. '해야 하는데, 해야 하는데'라면서 하지 못하고 있는 '그것'을 실천해야 한다.

퇴사 이후 나는 《말 한마디 때문에》라는 책을 한 권 더 출간했다. 그리고 라디오 방송에 출연했다. 더 나아가 커뮤니케이션, 스피치, 프레젠테이션, 강의법 등 다양한 주제로 강의하는 기업 강사의 꿈을 이룰 수 있었다.

그렇다고 다니던 직장을 무작정 그만두라는 말은 아니다. 현재에 안주하면 마법과 기적은 일어나지 않는다는 것이 핵심이다. 주변 작가들과 나의 경험만 봐도 책 출간으로 작가가 되는 것이 1인 브랜드가 되는 불쏘시개가 되는 것임은 분명하다. 안전지대 밖으로 나오려는 의지가 있어야 하고, 실제로 밖으로 나와야 진짜 당신이 원하는 것을 이룰 수 있다. 이미 당신은 마음의 소리가 무엇인지 알고 있다. 단지 두려움 때문에 행동하지 못하고 있을 뿐이다. "아무것도 하지 않으면 아무 일도 일어나지 않는다"라는 말도 있지 않은가. 이제는 당신이 행동할 차례다.

"당신의 인생을 멋지게 만드는 진짜 마법은 안전지대 밖에서 일어난다. 곰곰이 생각해보라. 인생을 살면서 달성한 목표 중 당신에게 크나큰 행복과 충만감을 안겨준 것이 있다면 그것은 분명 당신을 조금은 힘들게도 했을 것이다. 스스로의 한계를 넓히고 내 앞을 가로막은 편견에 저항하고 두려움을 조금은, 때로는 아주 많이 참아내야 했을 게 분명하다. 당신은 안전지대 밖에 있는 일 중 정말 하고 싶은 일은 무엇인가? 그토록 원하는 일이라면 그 일을 시도하지 않았던 진짜 이유는 무엇인가? 당신의 그 대답이 세 글자로 이루어진 그 단어 때문이라고 가정해보겠다. 두려움. 안전지대 밖으로 나아가는 일이 두려워질 때 '이 일을 하지 않은 것을 후회할까?'라고 생각해보라."

-안드레아 오언, 《어쨌거나 마이웨이》 중에서

호프집에서 아르바이트를 하던 한 여성은 연애와 관련된 책을 쓰고 연애 전문 상담컨설턴트로서 활발한 활동을 하고 있다. 본업이 사회복지사인 한 작가는 독서법과 관련된 책을 쓰고 직장을 다니면서 연차와 주말을 활용해, 제2의 인생을 강사로 살고 있다. 아이의 언어치료를 위해 직접 공부하고 노력해서 성공한 노하우를 책으로 낸 한 스테디셀러 작가는 유명 강사들과 어깨를 나란히 하며 부모를 대상으로 강의하는 강사이자 교수가 되었다. 백화점에서 의류를 판매하던 매니저는 일상에서 지친 자신을 더욱 단단히 하고자 스페인으로 훌쩍 떠났다. 그러고는 여행에서 느낀 경험을 책으로 썼다. 이후 한 여행사의 제안으로, 좋아하는 여행을 하면서 돈도 벌 수 있었다.

그들의 공통점은 무엇일까? 모두가 '평범한 사람들'이라는 점이다. 처음부터 책을 쓸 만한 능력이 뛰어난 사람들이 아니었다. 그들에게도 두려움이 있었다. 안전지대에 머무르며 '굳이 힘든 책 쓰기를 해야 하는지' 고민도 했고, 글을 쓰면서도 몇 번이나 포기하고 싶었다. 그럼에도 그들은 편안함을 버리고 책 쓰기에 성공해 작가가 되었다. 몇 번을 포기하고 싶었을 것이다. 하지만 그들은 안전지대의 편안함을 버리고 책 쓰기에 성공해 작가가 되었다. 작가가 되지 않은 것에 '그때 책 쓸걸'이라고 후회는 하겠지만, '내가 책을 왜 썼을까'라고 후회하는 일보다 기적 같은 마법의 날이 반드시 온다. 그러니 흔들리지 말고 1인 브랜드를 위해 반드시 책부터 써라.

나만의 브랜딩을 위한 2주 책 쓰기

'브랜드'하지 말고
'블렌드'하라

엄근진, latte is horse, 꾸안꾸, 오저치고, 갑통알.

도대체 무슨 뜻인지 알 수 없는가? 이는 요즘 유행하는 신조어다. 엄근진('엄격·근엄·진지'를 합친 말), latte is horse('라떼는 말이야'라는 말로 예전의 이야기를 꺼낼 때 쓰는 말), 꾸안꾸('꾸민 듯 안 꾸민 듯'), 오저치고('오늘 저녁 치킨 고'를 줄인 말), 갑통알('갑자기 통장을 보니 알바', 즉 '일을 해야겠다'는 의미)처럼, 신조어를 따로 공부하지 않으면 대화하기도 힘들 정도다.

나는 오프라인 서점보다 온라인 서점을 자주 이용한다. 그러다 보니 책 내용을 훑어보고 사기가 어렵다. 그래서 책 소개글, 제목, 목차, 작가 프로필을 꽤 꼼꼼히 보고 구매하는 편이다. 책 소개도 작가도 훌륭하고, 목차를 보니 내가 정말 궁금하고 알고 싶었던 정보들이 가득해서 구매했는데 막상 읽어보고는 실망한 적이 한두 번이 아니었다. 잘 지은 목차 때문에 독자를 끌어들였지만 내용은 부실한 경우가 많았다. 혹은 작가의 자랑만 반복적으로 적혀 있거나 자신을 브랜딩하기 위한 목적으로만 쓴 책들이었다.

'안물안궁'. "안 물어봤고 안 궁금해요. 제발 목차대로 내게 도움이 되는 내용을 말해줄래요? 플리즈."

'안전벨트 조상님'이라고 불리는 스웨덴의 자동차 기업 볼보. 많은 이들이 '볼보자동차' 하면 '안전한 차'라고 떠올린다. 볼보자동차의 브랜드 이미지가 곧 안전이기 때문이다. 볼보는 2점식 안전벨트보다 안전성이 뛰어난 3점식 안전벨트를 특허 냈다. 3점식은 현재까지도 이어지고 있다. 전 세계의 수많은 자동차가 쓰고 있는 방식인 만큼 로열티도 만만치 않을 것이다.

그런데 볼보는 3점식 안전벨트 특허기술을 전 세계 자동차 회사에 무료로 공개했다. 그 이유가 무엇일까? '자동차보다 사람이 먼저' '돈보다는 모두의 안전'이라는 그들의 철학 덕분이다. 훌륭한 철학 덕분에 전 세계 많은 사람들에게 볼보자동차가 '안전벨트 조상님' '안전한 차'의 이미지로 굳혀진 것이 아닐까.

이뿐만이 아니다. 2008년 서브프라임 사태로 전 세계가 경제위기를 겪게 되었다. 그러면서 당시 기업에서는 노동자를 대량 해고

나만의 브랜딩을 위한 2주 책 쓰기

했다. 그럼에도 불구하고 파업은 없었다. 오히려 볼보 회사에 고마워하는 노동자들이 더 많았다. 볼보의 대량해고가 시작되기 전 본사에 고용청사무소(AF-VOLVO)를 임시로 설치해, 정리해고를 앞둔 직원들이 새로운 직장으로 이동할 수 있도록 직업교육과 일자리 알선을 도왔기 때문이다.

'자동차보다 사람이 먼저' '돈보다는 모두의 안전'이라는 그들의 약속이 차를 구입하는 고객들뿐만이 아니라 직원들에게도 적용되었던 것이다. 내가 무슨 말을 전하려 하는지, 나의 메시지가 무엇인지를 알겠는가? 나는 이 책을 읽고 있는 당신이 작가가 되고자 할 때, 독자를 위한 작가의 철학을, 선한 영향력을 미치는 철학이 필요하다고 말하고 싶다. 1인 브랜딩을 위한 책 쓰기가 되면 나의 목적만을 생각하는 이기적인 태도를 갖기도 한다. 그래서 팔릴 만한 책, 사람들에게 나를 어필할 만한 책, 내 사업에 도움이 될 만한 책을 쓰려는 욕심을 부리기가 쉽다. 독자는 무시한 채 말이다.

안타깝게도 그런 마음으로 쓴 책은 팔리지도, 당신이 어필되지도, 당신의 사업에도 전혀 도움되지 않는다. 사람들에게 정보성을 주지도 못하고 공감도 얻지 못하는데, 어떻게 잘될 수 있겠는가. 혼자만 잘되려는 욕심을 버리고, 책에 노하우와 고유의 경험을 진정성 있게 담는다면 힘들이지 않아도 당신이 원하는 것을 충분히 얻을 수 있다.

데일 카네기가 쓴《인간관계론》에는 다음과 같은 구절이 있다.

"상대를 움직이려면 상대가 원하는 것을 해주는 게 유일한 방법이다."

나는 책에서도, 강의 코칭을 할 때도, 강의를 준비할 때도 가장 중요한 과정이 '청중분석'이라고 생각한다. 강의는 청중이 보고 듣는 일이 핵심이다. 그러니 자기가 하고 싶은 말만 하는 강사의 강의는 청중의 마음을 움직이지 못한다. 따라서 청중이 듣고 싶고, 알고 싶어 하는 내용으로 강의를 준비해야 한다.

책도 마찬가지다. 책을 읽는 사람은 작가도 만드는 사람도 아닌, 바로 독자다. 독자가 읽을 책인데 왜 내가 하고 싶은 말을 우선으로 두는가. 독자가 무엇을 궁금해할지, 독자에게 도움이 되는 내용이 무엇인지를 가장 염두해야 한다.

강의를 듣는 청중은 앞에 선 강사가 강의를 잘하는지, 어떤 마음으로 강의에 임하는지를 누구보다 잘 알아차린다. 책도 그렇다. 책은 작가가 더욱 잘 쓸지는 몰라도 '책이 좋다' '책이 도움이 된다'라는 평가는 오로지 독자들의 몫이다. 책이 도움이 되어야 독자들은 좋은 책으로 인식한다. 당신의 책 덕분에 도움을 받은 독자라면, 아마도 당신에게 메일을 보내거나 책 후기를 쓰고 홍보팀을 자청할지도 모른다. 이 과정들이 있어야 당신이 원하는 1인 브랜드로, 베스트셀러 작가로, 사업에 필요한 마케팅으로 성공할 가능성이 높아진다.

1인 브랜드에 너무 욕심내지 말고, 블렌드(Blend)를 해야 한다. 이는 당신이 하고 싶은 이야기와 독자에게 도움이 되는 이야기를 잘 혼합해서 책을 쓰라는 의미다. 우리 눈은 보고 싶은 것만 본다. 이를 '프레임에 갇혔다'고 표현한다.

심리학에서는 프레임을 '세상을 바라보는 마음의 창'으로 해석한다. 쉽게 말해 같은 대상이라도 어떤 틀 속에 넣어 보느냐, 즉 어떤 관점으로 바라보느냐에 따라 대상이 전혀 다르게 보인다는 뜻이다. '긍정'을 이야기할 때 가장 많이 드는 예가 물컵이다. 갈증을 느끼는 사람들은 두 부류로 나뉜다. 물이 반만 채워진 컵을 '물이 반밖에 남아 있지 않네'라고 하는 이도 있고, '물이 반이나 남아 있어'라고 생각하는 이가 있다. 이렇게 같은 대상이더라도 어떤 관점(프레임)으로 보는지에 따라 전혀 다르게 보이고 해석된다.

《프레임》을 쓴 최인철 작가는 자신의 저서에서 프레임을 '욕망'이라 표현했다. 숫자가 나오면 오렌지 주스를 마실 수 있고, 글자가 나오면 향이 좋지 않은 건강 주스를 마셔야 하는 실험을 진행했다. 건강 주스를 피하고 싶었던 사람들은 B를 흘려 쓴 글씨를 보고, B가 아닌 숫자 13으로 읽었다. 그러면서 작가는 다양한 프레임 중에서도 욕망은 아주 강력한 프레임이라고 언급했다.

1인 브랜딩을 위한 목적으로 책을 활용하겠다는 욕망이 강할수록 당신의 마음의 창, 당신의 프레임에서의 책은 안 팔려도 좋다. 내 이름으로 된 책만 있으면 된다거나 책을 읽어줄 독자를 등한시한 채 제 할 말만, 제 자랑만 하며 자신을 어필하는 데 급급한 책을 쓰게 될지도 모른다.

책의 목적이 자신의 개인 브랜딩에만 집중해서는 안 된다. 반드시 책을 읽어줄 독자의, 독자에 의한, 독자를 위한 마음으로 책을 써야 한다. 당신의 프레임이 '독자에게 도움을 줄 수 있는 책'이 된다면 잘 팔리지 않는 책이더라도 독자는 만족할 것이며 좋은 책으로 인정받을 것이다. 그 순간 강의나 방송 출연이 이어지는, 기적 같은 일들이 연달아 일어날지 모른다. 그야말로 1인 브랜드가 되기 위한 당신의 목적을 실현하는 셈이다.

당신의 책을 읽은 독자는 그저 당신의 도움이 필요하고 당신의 이야기가 듣고 싶은 평범한 독자가 아닌, 당신의 사업을 도와줄 능력 있는 파트너일 수도 있다. 혹은 방송 관계자일 수도 있고 대기업 교육을 담당하는 사람일 수도 있다. 당신이 만나고 싶어도 만날 수 없었던 직업에 종사하는 사람들도 쉽게 만날 수 있도록 물꼬를 터줄 수도 있다.

당신의 책이 독자에게 영향을 미치기 시작하는 순간, 당신이 전혀 만날 수 없거나 전혀 알지 못하는 사람들이 당신과 소통하기 위해 문을 두드릴 것이다. 그러니 지나친 욕심은 삼가고 브랜드하려 하지 말자. 그저 블렌드하라.

진심은 굳이 드러내려 하지 않아도 드러나기 마련이다. 브랜딩도 굳이 하려고 하지 않아도 독자를 위한 진정성 있는 책이라면 브랜딩으로 당신을 드러나게 할 것이다.

책 쓰기, 어려울 것 같나요?

한국 사람들이 영어를 못하는 가장 큰 이유는 무엇일까?

오직 수능을 위한 영어 공부를 해서? 자신감이 없어서? 단어를 많이 알지 못해서? 문법이 한국어와 달라 헷갈려서? 조기유학을 가지 못해서?

우리나라는 비영어권의 그 어떤 나라보다도 영어 어휘 능력이 평균적으로 뛰어나다고 한다. 그런데도 한국 사람들의 영어 말하기 실력이 다른 나라에 비해 떨어지는 이유는 무엇일까? 바로 말하기 연습이 많지 않아서 그렇다.

학창시절부터 배워왔던 영어를 보면 술술 외워서 실기시험 본게 영어 말하기 연습의 전부였다. 프리토킹을 한 적은 내 기억에도 없다. 책도 마찬가지다. 그동안 읽을 줄만 알았지 써본 연습을 해본 적이 없으니, 잘할 자신감이 없는 것은 당연하다. 더욱이 "나는 글을 잘 못써요"라고 하는 사람이라면. 내가 책 코칭을 했던 대부분의 수강생들이 책 쓰기 첫 수업 때 서로 짜기라도 한듯이 "나는 글을 잘 쓰지 못하는데, 책을 잘 쓸 수 있을지"를 걱정한다. 그들에게 내가 코칭한 방법으로 말해보겠다. 당신 스스로 답을 찾기를 바란다.

"자, 2가지 질문을 해볼게요. 나는 태어나서 단 한 번도 글을 써본 적이 없다, 나는 태어나서 단 한 번도 누군가를 설득해본 적이 없다. 이 중에서 단 한 번도 해본 적 없는 분들 있나요? 우리는 일기, 독후감, 보고서, 편지, 카카오톡 메시지 등으로 매일 글을 쓰고 있어요. 여러분의 어휘 능력은 이미 충분합니다. 글자만 알면 조합해서 문장을 만들고, 반점, 느낌표, 물음표, 온점을 잘 활용하면 되는 거예요. 그저 잘 쓰려고 하거나 꾸며 쓰려고 하지 마세요. 무엇을 써야 할지 모르기 때문에 글을 못 쓰는 것뿐입니다.

그리고 정확히는 우리는 글을 쓰는 게 아닌 책을 쓰는 작가입니다. 책 쓰기가 글쓰기보다 더 어려울 것 같나요? 아니 아니~(눈을 찡긋하며 검지손가락을 세워 좌우로 흔드는 나의 특유의 제스처다). 그저 희망을 주고 싶어서 하는 말이 아니라 책 쓰기가 두려운 건 정확히는 '책이 뭔지 몰라서 못 쓰겠다'는 두려움이 생기는 거예요. 제가 그랬거든요.

책은 ○○이다. 저는 이 두 글자로 정의하고 나서야 문제가 풀렸어요. 뭘까요? 바로 책은 '설득'입니다. 설득을 위해 쓰면 되는 거예요. 목차 하나하나가 여러분의 주장입니다. 그 주장대로 독자를 설득하는 거예요. 독자가 여러분의 책을 읽고 어떻게 변화하길 바라는지 동기부여가 되도록 설득하는 것이 바로 책이에요.

그럼 책을 어떻게 써야 하는지도 이미 답이 나왔네요. 설득을 위해 쓰면 됩니다. 책을 쓸 때도 보통 쓸 게 없다, 뭘 써야 할지 모르겠다고 하는데 쓸 것이 없는 이유는 할 말이 없어서, 더 정확히 표현하면 자료가 없기 때문에 그렇습니다. 뉴스, 통계, 책, 사례, 경험, 명언 등 다양한 자료가 확보되면 설득하기도 쉽고 글도 쓰기 쉬워집니다. 마치 요리 같은 거예요.

음식을 만들어야 하는데 달랑 김치 하나밖에 없어요. 그렇다면 할 수 있는 요리가 많지 않겠죠. 그런데 각종 채소에 부침가루, 삼겹살 같은 재료가 있다면 할 수 있는 요리는 다양해집니다. 책 재료도 많다면 쓸 것이 많아집니다.

책은 '글로 하는 설득'입니다. 설득이라는 단어가 꽤 어렵게 느껴지나요? 아니 아니~ 여러분은 태어나면서부터 지금까지 늘 설득을 해온 전문가입니다. 말을 못하는 아기였을 때도 울음을 통해 배고픔을 전했고, 밥을 줘야 이 울음을 그칠 수 있지 않겠냐고 설득했을 것입니다. 자장면이 먹고 싶었을 때도, 장난감이 갖고 싶었을 때도, 직장동료들과 회의를 할 때도, 애인과 내가 맞노라 서로 다툴 때도 똑같습니다. 누군가에게 내가 원하는 것이 있을 때마다 여러분은 줄곧 설득을 해왔습니다.

이젠 제가 여러분께 묻겠습니다. 책 쓰기가 아직도 어려운 일 같나요?"

이렇게 물으면 청중들은 "이제는 자신이 생겼어요"라고 할 것 같지만 사실은 이렇게 말한다. "네, 아직도 어려울 것 같아요"라고 말이다. 그런데 다행히도 책 쓰기 마지막 수업이 끝나고 나면 낙오자 한 명 없이 잘 해낸다.

물론 책 쓰기 방법을 한 번만 배우면 이후로는 훨씬 더 수월해진다. 책은 누구나 쓸 수 있지만 출간이 문제다. 대부분 책 쓰기 아카데미에서는 책 쓰기 방법을 교육하고 나서 기획출판(출판사로부터 인세를 받는 구조의 출판)에 실패한 작가들에게 수백만 원의 금액을 받고 자비출판(작가가 책 제작 비용을 지불하고 출판하는 방식)을 하도록 권한다.

출판사도 '책이 될 만한 책'을 출간한다. 출판사를 통과하지 못하면 결국 독자에게도 통과될 수 없다. 물론 출판사에 투고할 때 자신의 책 분야와 관련 없는 곳에만 투고해 출판사와 결이 다른 책이라면, 출판사로부터 매번 거절의 메일을 받을 것이다. 하지만 그것이 아니라면, 그러니까 독자가 관심 없는 책을 출간한들 무슨 소용이 있겠는가.

자아실현의 욕구가 강해서 '나는 독자고 뭐고 남들의 시선 따위는 중요하지 않아. 그저 내 만족을 위해 자비출판으로라도 내겠어'라고 한다면 어쩔 수 없지만, 이는 자연환경만 해치는 꼴이다. 책 한 권에 수많은 나무들이 베인다는 사실을 우리는 먼저 생각해야 한다. 자비출판이 나쁘다고 할 수는 없다. 중요한 것은 '책다운 책'이 아니라면 1인 브랜딩을 하는 데 전혀 도움이 되지 않는다는 것이다. 오히려 이로 인해 당신의 이미지를 깎아버릴 수도 있다.

책 쓰기 아카데미를 운영하는 사람들이라면 이익만을 추구하는 사업자이기 이전에 꼭 작가의 마인드를 갖추어서 예비 작가에게도 이 마인드를 심어주었으면 한다. 그 철학으로 쓴 책이라면 기획출판이 반드시 쉽다고만은 할 수는 없지만, 경험상 그리 어려운 일만도 아니라는 이야기를 전하고 싶다. 내가 지금 책을 써도 되는지, 더 익히고 배워야 할 것이 아직도 남아 있는지부터 깨닫고 제대로 준비를 한 다음 책을 쓴다면, 당신은 기획출판에 반드시 성공할 수 있다.

《연금술사》를 쓴 세계적인 작가 파울로 코엘료도 한 권의 책을 쓰기 위해 지금까지도 악전고투를 벌인다. 전문적인 작가에게도 사실 글쓰기, 책 쓰기는 마냥 쉽지만은 않은 일이다. 글로 설득하면 되는 일이라고 위에서 쉽게 말했지만, 사실 쉽지만은 않다. 하지만 가능하다. 왜? 나도 했으니까. 평범한 많은 사람들이 모두 성

나만의 브랜딩을 위한 2주 책 쓰기

공해서 작가가 되었으니까.

　말로는 할 수 있는데 글로 하는 건 어렵다는 초보 작가들이 많다. 그래서 나는 고민했다. 어떻게 하면 글쓰기 자체를 힘들어하는 사람들에게 책을 쉽게 쓸 수 있도록 할 수 있을까? 목차의 한 꼭지를 완성하는 일에만 성공한다면 그 이후부터는 '쉽게 쓰기'가 가능해진다. 자세한 내용은 2장에서 다루도록 하겠다. 그저 어려워서 책을 못 쓰겠다는 핑계만 늘어놓지 마라. 핑계로 성공한 사람은 김건모뿐이다.

2장

나는 이제
작가다

금방 쓰러질 듯한 몸으로도
국가대표 선수가 될 수 있는 게 작가다

1인 브랜딩의 필요성도 살펴보았고 작가가 되기 위한 마인드셋도 끝났는가? 그리고 책을 쓸 수 있을 가능성까지 봤다면 이제는 좀 더 '엄근진(엄격·근엄·진지)'해지자. 누구나 작가가 될 수 있지만 그럼에도 작가가 될 수 없는 사람들도 있으니 말이다. 한 분야에서 남보다 능력이 월등하게 뛰어나고 그 능력을 발휘하는 사람을 우리는 '타고났다'라고 표현한다.

나는 요리를 좋아한다. 대개 음식의 맛을 잘 내는 편이다. 그렇다고 요리 실력이 수준급이라고 말하기에는 부족하다. 그렇지만 내가 만든 음식에 만족하는 사람들이 있다. 그들은 내가 만든 음식을 맛보고는 "전라도 사람이기 때문에 음식 솜씨가 타고 났다"고 말한다. 아니 아니~ 나는 처음부터 요리를 잘하지는 못했다. 그저 맛있는 음식을 좋아했고 먹어본 음식의 맛을 그대로 흉내 냈다. 그 경험들이 쌓이고 쌓여 지금에 이르렀다.

그렇지만 내 요리가 창의적이고 감동의 맛을 내는 사람들의 요리 실력을 좇기에는 부족하다. 그림 실력이 떨어지는 일명 '똥손'이라도 어느 정도 노력을 하면 그림을 그릴 수는 있다. 수영을 전혀 못하는 사람이라도 수영 강습을 받고 연습을 하면 수영을 익힐 수는 있다.

책은 요리, 그림, 수영 실력을 쌓는 것보다 더욱 멋지고 매력적인 분야다. 음식을 만들었다고 해서 요리사가 되는 것은 아니다. 그림을 그렸다고 해서 화가가 되는 것은 아니다. 수영을 했다고 해서 수영 선수가 되는 것은 아니다. 그런데 책은 어떠한가? 책을 출간하면 작가가 된다. 게다가 빼어난 글솜씨가 없더라도 출판사의 편집자 찬스(?)를 활용할 수 있고, 베스트셀러에 오를 수도 있다(이는 작가가 어느 정도 유명세가 있어야 가능한 이야기다. 혹은 책의 콘텐츠가 시기적으로 시대와 맞아야 하고 독자의 마음을 흔들어야 한다. 그리고 수많은 책들과 경쟁해서 살아남아야 하니 쉽지만은 않다).

비유를 하자면 가벼운 바람에도 쓰러질 것 같은 깡마른 몸으로 태어났어도 목표한 만큼의 운동만 하면 국가대표 선수가 될 수 있는 게 작가다. 얼마나 매력적인가? 그런데 안타깝게도 작가가 될 수 없는 사람들이 있다.

작가가 될 수 없는 사람들

한 연구에 따르면 앉아 있는 시간이 단 100분만 누적되어도 상당한 변화를 이룬다고 한다. "책은 엉덩이로 쓴다"라는 말이 있다. 얼마나 엉덩이를 오래 붙이고 앉아 있느냐에 따라 책 쓰기의 성공이 갈린다는 말이다. 나 역시 이 책을 쓰면서 하루 평균 16시간을 의자에 앉아 있었다. 먹는 시간, 자는 시간, 심지어는 씻는 것도 포기한 채 책상 앞에 앉아 글을 썼다.

목차를 정하고 나면 본격적으로 글을 쓰기 시작하는데, 갑자기 글이 잘 안 써질 수도 있다. 이때 중요한 점이 있다. 글이 잘 안 써지더라도 일단 책상 앞에 앉아야 한다. 그래야 어떤 책을 쓸 수 있을 것인지 콘텐츠를 고민할 수 있고, 자료를 찾을 수도 있고, 글감이 떠오를 수 있다. 그래야 목차 하나하나에 글을 붙여가며 책 쓰기에 성공할 수 있다.

'책 쓰기를 모두 끝내겠다'라는 목표를 설정하면 시작하기도 전에 지쳐서 포기하게 만든다. A4 용지 기준으로 100여 장을 써내야 하는 일인데, 그런 생각은 한숨부터 나오게 한다. '하나의 목차에 하나의 글을 쓰겠다'는 것으로 목표를 정하자. 그러면 하나가 둘이 되고 둘이 셋이 되어서 한 권의 책을 쓸 수 있다.

"진짜 책을 쓸 수 있을까요? 전 글도 잘 쓰지 못하고 시간도 많이 없어요. 허리가 안 좋아서 오래 앉아 있을 수도 없는걸요." 성공할 수 없는 사람들은 '안 되는 이유'만 찾는다. 성공한 사람들은 안 되는 것을 '해결할 수 있는 방법'을 찾는다. 책을 못 쓰는 것이 아니다. '안 쓸 만한 이유'를 찾아서 안 쓰기 때문에 작가가 될 수 없는 것이다.

❶ 책은 읽지 않고, 책을 내고만 싶은 사람들

반드시 많은 책을 읽어야 책을 낼 수 있는 것은 아니다. 하지만 독자의 입장이 되어보지 못하고 책을 쓴다는 것은 어불성설이다. 1인 브랜드에만 관심 있는 이기적인 '가짜 작가'다. 그동안 책을 멀리하고 있었다 해도 늦지 않았다. 지금부터 다른 작가들의 책을 읽으며 독자 입장이 되어보자.

독자의 시선으로, 작가의 시선으로 다양하게 바라보면 글을 쓸 때 많은 도움이 된다. '이 작가는 이런 내용으로, 이런 방식으로 책을 썼구나' '나도 이렇게 써야지, 나는 앞으로 이렇게 쓰지 말아야지' 하는 생각이 쌓이고 쌓여 작가로서 성장하는 데 많은 도움이 될 것이다.

어느 날 교보문고에 걸린 한 슬로건을 보았다. "사람은 책을 만들고 책은 사람을 만든다." 이 말을 곰곰이 생각해보자. 책이란 마음을 풍성하게 하고 지식을 얻는 데 도움을 준다. 진정으로 책을 사랑하면 아무 책이나 내서는 안 되겠다는 다짐을 하게도 만든다.

작가를 꿈꾸고 있다면 반드시 '독서광'이 되길 바란다. "책이 너무 재미없어서 못 읽겠어요. 책만 보면 잠이 오는걸요." 이 말은 핑계다. 그럴 때는 이렇게 하면 되지 않을까? 책이 왜 재미없는지 분석해보거나 '나는 이렇게 쓰지 말아야지' 하며 배우는 기회로 삼아야 한다. 내가 아는 작가들은 글을 쓰기 전부터 책을 사랑하는 독서광이었다. 그래서일까. 그들은 독자를 위한 마음으로 책을 출간했고, 그 결과 기획출판에도 성공했다. 그리고 여전히 책을 내면서 많은 독자들에게 선한 영향력을 펼치고 있다.

❷ 공부도 경험도 부족한 사람들

책을 읽다 보면 '이 사람이 정말 알고 썼구나, 경험이 많구나, 배울 내용들이 참 많구나'라고 느낄 때가 있다. 반면에 인터넷만 검색해도 쉽게 알 법한 기본적인 내용이나 저자의 전문성이 결여되어 내용면에서 부족해 보이는 책도 있다.

유튜버 에이전시를 운영하는 한 기업의 대표가 자신도 책을 쓰는 것이 꿈이라며 내게 여러 가지를 질문했다. 그중 하나가 '책을 읽을 때 틀린 정보를 보면 어떻게 해야 하는가?'였다. 대표는 자기의 전문 분야라 잘 알고 있는 내용인데, 책 내용이 틀렸을 때 이를 지적해도 되느냐는 것이었다. 책은 작가의 생각이고 주장이기 때문에 다른 사람들의 의견과 다를 수 있다. 하지만 객관적인 정보들은 틀려서는 안 된다는 것이 그 대표의 주장이었다. 그러면서 나는 그에게 "작가는 다루는 내용들에 대해 얕은 지식으로 말해서는 안되고, 제대로 익히고 배운 후에 책을 써야 한다"고 조언했다.

우리는 말 그대로 '정보의 홍수 시대'에서 살고 있다. 인터넷만 검색하면 웬만한 내용은 알 수 있다. 그렇다면 반문할 수도 있다. "꼭 돈을 들여서 책을 읽을 필요가 있을까?"라고 말이다. 검색하면 내용을 찾을 수는 있다. 그러나 책 한 권 쓰는 데 얼마나 많은 노력을 기울여야 하는지 누구보다 더 잘 알기에, 같은 작가로서 가끔 안타까운 마음이 든다.

직접 자기 돈을 들여 출간할 수 있는 자비출판도 있고, 책 쓰기 아카데미에서 운영하는 출판사도 있다. 아카데미에서 수업을 받고 기획출판에 실패한 작가들에게 수백만 원을 받고서 직접 운영하는 출판사에서 출간을 하게 한다. 여느 아카데미의 코칭강사 그 누구도 '책은 독자들을 위해 써야 한다'라거나 '작가로서의 철학과 마음가짐이 필요하고, 아무렇게나 써서는 안 된다'라는 것을 강조하지 않았다. 오히려 책을 성공의 수단으로만 강조했다. 명품관이나 비싼 수입차 매장에 가서 갖고 싶은 물건 앞에서 사진을 찍어 과제로 제출하라고 하는 경우도 있었다. 물론 꿈꾸면 이루어진다고 한다지만, 모든 이들이 명품과 수입차를 갖는 것이 꿈이 아니다. 오히려 이렇게 편향된 사고에 치우친 수업 같아서 과제의 필요성에 의문이 들었다.

그들은 '책=돈'이라고 정의하는 것 같다. 물론 반드시 나쁘다는 것은 아니다. 다만 본질적인 면을 중시하지 않는 것 같아 안타깝다. 아카데미에서 수업을 듣다 보면 몇몇 작가들은 책을 진정으로 사랑하거나 독자들을 귀하게 여기지 않았다. 아카데미에서 운영하는 출판사가 낸 책의 제목들은 '나는 ~해서 몇 억을 벌었다' 같은 돈 타령만 하는 것들이었다. 그저 이목을 끌 만한 속 빈 강정 같은 책 제목과 목차에만 열중하는데, 오히려 더욱 배우고 경험한 내용을 바탕으로 책을 쓰는 작가가 되어야 한다.

만약 지금 준비가 되지 않았다면 시작하지 않는 것이 좋다. 준비 없이 만든 책이라면 어떤 독자도 만족시키지 못할 것이다. 그리고 1인 브랜드를 위한 책 쓰기가 오히려 당신의 이미지를 무너뜨리는, 평생 따라다니는 주홍글씨가 되고 말 것이다.

❸ 대체 무슨 소리를 하고 싶은 걸까?

나는 강의법을 다룬 《완벽한 강의의 법칙》을 가장 먼저 출간했다. 그런데 이후에 출간한 《말 한마디 때문에》라는 책을 가장 먼저 집필했었다. 이 책은 내가 어떻게 책을 써야 할지, 전혀 모르던 상태에서 썼다.

나는 호기롭게 출판사에 투고를 했지만 매번 거절의 메일을 받아야만 했다. 그래서 나는 그 책을 포기하고 아카데미 이곳저곳을 전전할 수밖에 없었다. 다행히 《완벽한 강의의 법칙》을 출간하고 나니 다음 책을 출간할 수 있었다. 책을 다시 펼쳐 보니 '왜 기획 출판에 실패했는지' 그 이유를 알 수 있었다.

'말에도 메이크업이 필요하다'라는 아이디어는 좋았다. 메이크업을 하면 얼굴이 더욱 예뻐지듯이 말에도 메이크업을 하듯, 예쁘게 표현하자는 내용이었다. 목차도 나쁘지 않았다. 그런데 문제는 내용이었다. 일단 쓸 데 없는 잡음이 너무 많았고, 제시한 목차와는 달리 '대체 무슨 소리를 하고 싶은 건지' 말만 늘어놓았다. 그야말로 물 없이 고구마를 먹는 것처럼 답답한 글이었다.

SO WHAT? 그래서 뭐? 도대체 무엇을 주장하고 싶은지, 무엇을 설득하고 싶은 건지 알 수 없는 글이었다. 방향을 잃고 표류하는 배처럼, 엉뚱한 소리가 많았고 일기 같은 느낌이었다. 진정으로 책을 어떻게 써야 하는지 몰라서 그랬나 보다. 그때의 실패 경험은 약이 되었다. 실패의 원인을 찾고 나니 실수를 반복하지 않기 위해 처음부터 제대로 글을 쓸 수 있도록 노력했다. 그리고 다른 사람들에게도 그 가르침을 전하고 있다. 책을 쉽고도 빨리 쓰되 어수선한 글을 쓰지 않도록, 그 방법을 3장에서 자세히 다루고자 한다.

❹ 건방이 하늘을 찌르는 사람들

지인 중에 첫 책을 쓰고 출판 계약까지 성공한 작가가 있었다. 출간 계약서에 도장을 찍자마자 그는 이미 작가였다. 말 그대로 '시건방진 작가'. 출판사와 관련해 내게 조언을 한답시고 그는 "작가가 갑이지"라는 말을 자주 내뱉었다. 그런 생각 때문이었는지 그는 출판사 담당자와 다툼이 잦았다. 그리고 자신의 글을 수정한 것을 매우 불쾌해하며 초고 그대로 출간할 것을 강요했다.

그의 태도 때문인지 책 출간은 1년이 지나도록 소식이 없었다. 오히려 자신보다 초고를 늦게 완성하고 계약한 작가들이 먼저 책을 출간했다. 그제야 자신의 행동을 뉘우쳐 태도를 바꾸었고, 책을 출간할 수 있었다.

글과 말은 '나'를 드러낸다. 나의 생각이 글과 말로 드러난다. 어쩌나. 작가의 인성이 글로 그대로 드러날진대. 누군가의 글을 읽다 보면 그 사람이 보인다. 말과 글은 참으로 숨기기가 어렵다.

한 출판사 대표님이 해준 이야기다. 투고 메일들을 보면 자신을 과대평가하거나 자기 자랑을 늘어놓고 마치 대단한 사람인 양 한다는 것이다. 더군다나 편집자와 원고를 수정하는 과정에서 마찰을 일으키는 경우가 잦고, 책 디자인에 간섭하거나 '갑질'을 많이 한다는 것이다. 책을 좋아하는 나로서는 이런 이야기를 들을 때면, '좋은 사람들이 책을 썼으면 좋겠다'라는 생각이 든다. 좋은 사람이 쓴 책은 자신의 이름으로 된 책 한 권을 욕심으로 쓴 것이 아니라, 정말 독자를 위해 쓰지 않았을까 싶어서 말이다.

어느 바닥이나 좁기 마련이다. 출판업계도 마찬가지 아닐까? 뿌린 대로 거둔다. 좋은 마음으로 책을 쓰고 내 책을 위해 힘써주는 분들에게 좋은 사람으로 대해주길 바란다. 말 한마디 때문에 작가가 되지 못할 수 있다. 말 한마디 덕분에 좋은 작가로 기억되는 것이 더 좋지 않을까?

나는 ○○○ 1인 브랜드다

책을 쓰기로 마음먹은 나의 독자이자 예비 작가인 당신이 가장 먼저 부딪히는 장애물은 바로 책의 '콘텐츠'일 것이다. '나는 어떤 책을 쓸까?'라는 고민을 하는 사람이 있을 것이고, 이미 '이런 책을 써야지'라고 콘셉트를 확정한 사람도 있을 것이다.

1인 브랜드로 되돌아가서 고민해보자. '나는 어떤 브랜드가 되기를 원하는가?' '왜 나는 1인 브랜드가 되어야 할까?' '나는 스스로를 브랜딩해서 어떻게 하고 싶은가?'

이 질문들에 대한 답부터 한번 적어보자. 이에 대한 답을 나의 예로 들어보면 다음과 같다.

> 1. WHAT. 나는 이떤 **브랜드기** 되기를 원하는가?
> - 나는 사람들의 '브랜딩을 돕는 1인 브랜드'가 되기를 원한다.
>
> 2. WHY: 왜 나는 1인 브랜드가 되어야 할까?
> - 사람들을 브랜딩해주기 위해서는 나 역시 강력한 1인 브랜드가 되어야 한다. 그래야 신뢰를 얻고 앎과 경험을 나눌 수 있기 때문이다.
>
> 3. HOW: 나는 스스로를 브랜딩해서 어떻게 하고 싶은가?
> - 1인 브랜드가 되어 1인 기업, 1인 창업, 1인 프리랜서를 희망하는 사람들에게 책 쓰기법, 강의법, 스피치를 코칭하는 브랜딩 교육 전문기업을 올바르게 운영하고자 한다.

WHAT: 나는 어떤 브랜드가 되기를 원하는가?

이는 당신이 되고 싶은 브랜드가 무슨 브랜드인지를 답하는 질문이다. 스트레스와 관련한 전문가가 되고 싶을 수도 있고, 위기와 역경을 극복한, 회복탄력성이 뛰어난 사람으로의 브랜드가 되기를 원할 수도 있다. 부동산투자 전문 브랜드, 사업과 경영을 쉽게 알려주는 브랜드, 연애 전문 브랜드, 여행 전문 브랜드, 기획 전문 브랜드 등 그 범위는 다양하다.

하지만 쉽게 답이 나오지 않을 수도 있다. 수영을 처음 배울 때 어떤 수영 강사는 발차기만 연습시키기도 한다. 우리는 '이렇게 재미없는 발차기를 언제까지 해야 해? 빨리 팔 동작도 알려주고 호흡도 알려주지'라며 얼른 본론으로 들어가기를 원한다. '지금 당장 책을 쓰도록 글 쓰는 법부터 말하란 말이야'라며 이미 뒷부분의 내용을 읽었을지도 모르겠다. 하지만 1인 브랜드가 되기 위한 책을 쓰기 위해서는 이 질문에 답해야 한다. 그래야 그 다음의 해답이 나온다. 당신은 어떤 브랜드가 되기를 원하는가?

만약 이 질문에 답을 하지 못했는가? 그렇다면 그동안 오랫동안 해오던 일, 스스로 전문가라고 생각하는 분야나 취미에서 그 답을 찾아보자. 전문가라고 할 수 없는 것이라도 좋다. 본인이 좋아하고 즐길 수 있는 일이라면 열심히 익히고 배우면 된다. 그러면 전문가로 갈 수 있다. 어떤 브랜드가 되기를 원하는지, 그 답을 찾았다면 스스로에게 한번 더 질문해보자.

"정말 이 브랜드가 되기를 원하는가?"
"이 브랜드가 되는 것에 두근거리는 설렘이 있는가?"
"그래 이거야!'라며 머릿속에 전구가 반짝 켜지는가?"

WHY: 왜 나는 1인 브랜드가 되어야 할까?

앞의 첫 번째 질문에 답을 못해도 좋다. 두 번째 질문에라도 답해보자. 1인 브랜드가 왜 되고 싶은지에 대한 답이다. 당신이 1인 브랜드가 되어야 하는 이유를 적어보자.

당신이 1인 브랜드가 되면 뭐가 좋을까. 현재 하는 일이나 매출에 도움이 되기 때문인지, 신뢰감을 위한 것인지 등 당신을 사람들에게 알려야 하는 이유가 무엇일까? 왜 책을 내고 싶고, 왜 유튜

브나 SNS를 통해 나를 드러내고 싶은가? 이에 대한 이유를 적어
보자.

답을 적었다면 다시 답을 살펴보자. 나만을 위한 이기적인 브랜
드인지 누군가를 돕거나 이로운 일이 되는지를 말이다. 나는 브랜
딩 전문 교육사업을 시작하면서 비즈니스 미팅을 많이 진행해왔
다. 그러면서 잘되는 사람과 그렇지 않은 사람, 기획을 잘하는 사
람과 그렇지 못한 사람, 사람들이 인정하는 사람과 인정하지 않는
사람의 차이를 알 수 있었다. 바로 고객, 그러니까 상대방을 무시
한 채 자신의 사업과 일만 생각하는 이기심이 그 원인이었다.

자신만 중요해서 남들에게 욕심을 내세우니 일도 안 풀리고 계
약에도 실패하는 경우가 허다했다. 또 자신에게만 이로운 기획을
펼치니 누구도 따르지 않았다. 결국 비즈니스 관계에서 좋은 평판
을 얻지 못해 사람들도 하나둘씩 떠나는 듯했다. 우스갯소리로 사
업은 못된 사람들이 성공한다는 말을 들은 적이 있다. 막상 사업
의 세계(?)에 발을 들이니 오히려 반대인 듯하다. 매너와 인성이
좋고 배려심이 깊은 사업가들이 더 많은 인맥을 형성하고 있었다.
그리고 기획한 일도 좋은 결과로 이어지고, 많은 사람들이 그와
더 많은 일을 하고 싶어 한다. 그러니 성공할 수밖에 없다.

"당신의 1인 브랜드는 누군가를 돕거나 이롭게 하는 일인가?"

HOW: 나는 스스로를 브랜딩해서 어떻게 하고 싶은가?

1인 브랜드가 되기 위해 책도 쓰고 유튜브나 SNS 등 다양한 채널을 통해 사람들에게 나를 알리고, '이 분야의 전문가는 나야'라고 할 수 있게 되었다고 가정해보자. 이제 당신은 1인 브랜드가 되었다. SO WHAT? 그래서 뭐? 그 다음이 있는 것이 좋다.

내가 1인 브랜드가 된 이후가 중요하다. 아니 정확하게는 '1인 브랜딩이 돼서 이렇게 하고 싶다'라는 것 때문에 스스로 1인 브랜드가 되길 원하는 것인지도 모르겠다. 이 고민을 그동안 하지 않았어도 좋다. 책 콘셉트를 잡기 위해서 이는 가장 중요한 질문이다. 그에 맞춰 '이런 책을 써야겠다'라며 머릿속에 전구가 반짝 켜지며 책 콘텐츠도 쉽게 잡을 수 있는 질문이 되기도 할 것이다.

여기서는 조금 이기적이어도 좋다. 당신의 꿈을 적는 것이라고 생각하면 된다. 이 꿈 때문에 1인 브랜드가 되고 싶은 것이기에 좀 더 1인 브랜드가 되는 것을 갈망하게 되는, 1인 브랜드 이후의 당신의 꿈이다. 나의 경우도 이 책을 쓰는 이유가 브랜딩 교육 전문기관으로 현재 운영하는 교육사업을 잘 꾸려나가기 위함이다. 그 꿈이 있기 때문에 1인 브랜딩에 더욱 목숨 걸 듯 책도 악착같이 써냈다. 1인 브랜딩이 될 수 있는 다양한 방법들을 찾는 것에 열정을 더하니, 이 질문 또한 정말 중요한 질문이 아닐 수 없다.

"당신의 꿈은 무엇인가?"

"그 꿈에 1인 브랜딩이 절실히 필요한가?"

모두 답을 잘 적었기를 바란다. 앞서 살펴본 3가지 질문은 당신의 꿈을 1인 브랜드로 완성하기 위해 설계해나가는 과정의 질문이기도 하다. 정균승 작가는《천직, 내 가슴이 시키는 일》에서 "삶의 목적은 먼저 자기 삶의 정체성을 확립하는 것, 어떤 사람으로 살 것인지 자신을 브랜딩하는 것이다. 삶의 정체성을 찾으려면 무엇보다도 자기발견이 최우선이다. 자신이 어떤 성품의 사람인지 인지하고, 어떤 핵심가치들을 소중하게 여기며, 무엇을 좋아하고 무엇을 하고 싶으며 무엇을 잘할 수 있는지 아는 것이 자기발견의 핵심이다"라고 했다. 스스로 다양한 질문들을 통한 자기발견으로 당신의 꿈과 목표가 명확해진 후 마지막 질문을 던져 답해보자.

나는 ○○○ 1인 브랜드다.

책 콘셉트, 한 문장이면 충분하다

《출판사 에디터가 알려주는 책쓰기 기술》을 쓴 양춘미 작가는 "이런저런 이야기가 덧붙여진다면 콘셉트가 명확하지 않다는 것을 의미합니다. 더도 말고 덜도 말고 콘셉트는 딱 한 줄이면 됩니다. 이 책을 쓸 때 저는 '에디터가 알려주는 책쓰기 기술'이라는 콘셉트를 잡았습니다. 이 한 줄만큼 제 책을 설명하는 문장은 없습니다. 여러분은 어떠한가요? 한 줄로 표현이 되나요?"라고 했다.

그렇다. 딱 한 줄이면 충분하다. 누군가가 "당신의 책은 어떤 책인가요?"라고 질문했을 때, 주저리주저리 많은 말이 붙으면 콘셉트가 정확하지 않은 것일 수도 있다. 그러니 딱 한 문장이면 된다. 그게 책의 주제가 된다. 책 제목이 되고 부제목이 된다.

이 책의 콘셉트는 '1인 브랜드를 위한 쉬운 책 쓰기 방법부터 마케팅 비법을 안내하는 책'이다. 자기개발서 분야의 스테디셀러인

《시크릿》은 '원하는 것을 모두 이루는 비밀'이 콘셉트다. 마음이 무너질 때마다 1년에 한 번씩 꼭 찾게 되는 책, 바티스트 드 파프가 쓴《마음의 힘》은 '마음의 놀라운 힘에 관한 비밀을 풀어내는 영적지도자, 작가, 학자들의 이야기'를 담은 마음의 근육을 단단하게 해주는 책이다.

1936년에 출간되어 80년이 넘은 지금까지도 여전히 통하고, 수많은 사람들에게 영향을 끼쳐온 데일 카네기의《인간관계론》은 '사람의 마음을 사로잡고 인간관계에 성공할 수 있는 법'을 다룬 책이다. 책은 저마다의 콘셉트가 명확하다. 그것도 단 하나의 짧은 문장으로 충분한 설명이 가능하다.

광고에서 콘셉트(Concept)란 목표 소비자에게 제품의 성격을 명확히 부여하는 것이라 할 수 있다. 목표 소비자가 누구인지, 그들에게 필요한 욕구는 무엇인지, 광고목표는 무엇인지 등을 살피고, 우리 제품만이 가지고 있는 고유한 특징을 통해 제품의 개념을 만들어주는 것이다.

콘셉트 정의를 보면 우리가 어떤 책을 써야 할지, 더 정확히는 어떤 콘셉트로 책을 써야 할지 그 답을 알 수 있다. 독자에게 책의 성격을 명확하게 부여하는 것. 나는 콘셉트는 한 문장이면 충분하다고 이미 앞에서 설명했다. 그리고 목표 독자는 누구인지, 그들에게 필요한 욕구는 무엇인지, 책의 목표는 무엇인지, 당신의 책이

가지고 있는 차별화된 특징을 먼저 고민해야 한다. 다음 질문에 대한 답을 적어보자.

❶ 나의 목표 독자는 누구인가?

예) 1인 브랜드를 원하는 사람들, 책 쓰기를 통해 1인 브랜드가 되고자 하는 사람들.

---

❷ 그들에게 필요한 욕구는 무엇인가?

예) 1인 브랜드가 되기 위해 자신에게 맞는 책을 쓰는 법과 쉽게 쓸 수 있는 법, 그리고 다양한 채널을 활용해 자신을 드러낼 수 있도록 하는 방법을 아는 것.

---

❸ 책의 목표는 무엇인가?

예) 이 책을 읽은 독자들이 어떤 브랜드로 성장하고 싶은지, 책 콘셉트를 찾고 목차, 글쓰기 등의 과정을 거쳐 출간에 성공해 1인 브랜드로 성장할 수 있도록 한다. 또 유튜브, 네이버 블로그 상단노출 등을 이해하고, 직접 적용이 가능한 1인 브랜드가 될 수 있도록 한다.

나만의 브랜딩을 위한 2주 책 쓰기

❹ 당신의 책이 가지고 있는 차별화된 특징은 무엇인가?

예) 1인 브랜드가 되기 위해서는 책을 출간해야 하고 유튜브 채널을 운영하거나 블로그를 포털 상단에 노출시키는 등 여러 가지 마케팅을 직접 해야 한다. 그런데 이를 한 권으로 담은 책이 없다. 각각의 책을 찾아서 읽어야 한다. 그런데 이 책은 독자의 시간과 비용을 아끼고, 핵심만 담았다. 책 쓰기 방법을 주로 담고 있지만 1인 브랜드가 되기 위한 마케팅 방법들도 제시하고 있으므로, 이 책 한 권으로 많은 도움을 받을 것이다.

_____

나는 앞에서 "독자의, 독자에 의한, 독자를 위한 책을 써야 한다"고 계속 강조할 것이라며 예고했었다. 가장 중요한 부분이다. 책은 독자를 위한 것이니 말이다. 책이 있어서 독자가 책을 읽는다기보다는 독자가 읽기 때문에 책이 존재하는 법이다. 책을 쓰는 목적과 목표가 명확해야 한다. 목적과 목표 없는 책은 '잡소리'에 불과하다. 목적과 목표를 분명히 세우면 목차를 잡거나 글을 쓸 때 흔들림 없이 길을 갈 수 있다. 그러니 앞에서 살펴본 질문에 대한 답을 미리 적고 책의 방향을 기획하자.

한편 서점에 이미 깔려 있는 비슷한 콘셉트의 책들과는 분명한 차별점이 있어야 한다. 독자들은 이미 출간된 책들에 흥미를 잃었거나 뻔한 책이라고 생각할 수 있다. 물론 기존에 없었던 책의 콘셉트라면 더욱 좋겠지만, '기존에 없던 새로운 것'을 찾기는 쉽지 않다. 이미 있다. 그러니 '이미 있는 것에 새로움을 더하는 방식'으로 당신의 책을 차별화하자.

과거의 세탁기는 일명 '통돌이' 형태였다. 그러다 보니 허리를 숙여 빨랫감을 꺼내야 하는 불편함이 있었다. 키가 작으면 까치발을 들어서 빨랫감을 겨우 꺼내야 할 정도다. 이 불편함에 집중해서 새로 등장한 것이 바로 드럼세탁기다. 세탁기는 기존에도 있었다. 하지만 뚜껑이 위에 달린 통돌이 세탁기에서 뚜껑이 앞에 달려서 빨래를 보다 쉽게 꺼낼 수 있도록 했다. 관점을 바꿔 새로움을 더한 것이다. 차별점을 찾기가 쉬운 일은 아니다. 그러니 출간할 책과 콘셉트가 비슷한 책이 있다면 많이 읽어보고 분석해보자. 그리고 독자들이 필요로 하는 점은 무엇인지, 어떤 점이 불편한지를 살펴보자.

내가 '책 쓰기와 관련한 주제로 책을 써야겠다'는 생각을 한 계기가 있다. 나는 15년간 화장품 제품교육, CS, 세일즈, 커뮤니케이션, 프레젠테이션, 강의법 등을 주제로 다양한 강의를 해왔다. 15년간 강의를 해오면서 기획 단계부터 강의 진행까지, 그 프로세스가 책 쓰기와 굉장히 유사하다는 것을 발견했다.

나는 강의를 코칭할 때 초보 강사에게 가장 먼저 강의기획서를 쓰게 한다. 강의기획서를 쓸 때 제일 먼저 해야 할 것은 청중분석이다. 청중이 어떤 사람인지를 알고 그들의 욕구를 이해해야 내가 어떤 강의를 준비해야 할지 콘셉트가 정해진다. 이것이 바로 강의 주제다. 강의주제를 한마디로 표현하게끔 코칭하고, 기존의 강의와 관련 있는 책에서도 독자들에게 강조했다. 책의 콘셉트와 책의 주제처럼 '한마디'로 말이다.

그리고 목적과 목표를 설정하게 한다. 이 콘셉트의 강의를 왜 하는지 그 이유와 청중을 어디까지 변화시킬 것인지에 대한 목표를 설정한다. 주제, 목적, 목표가 정해지면 강의 내용을 구성하기가 훨씬 수월해진다. 그리고 비슷한 주제의 강의보다 내 강의의 어떤 점이 더욱 특별하고 차별화된 부분인지를 적게 한다. 그래야 교육 담당자들이 강의제안서를 봤을 때, 다른 강사보다 본인을 선택할 확률이 높아진다.

책도 그렇다. 독자에게 이 책의 콘셉트로 말하고 싶은 이유(목적), 그들이 어디까지 변하기를 원하는지(목표), 책 주제를 한마디로 표현(주제)하면 책의 내용을 구성하기가 훨씬 쉬워진다. 목적지가 있는 배가 가는 길은 그 과정에 흔들림이 없다. 그런데 정처 없이 떠도는 배는 길을 잃거나 빙하에 부딪혀 난파될 수도 있다.

초고를 완성하면 출간기획서를 작성해서 책 소개를 담아 원고와 함께 출판사에 보낸다. 출간기획서를 미리 작성하면 책을 어떻게 써야 할지 그 방법들을 더욱 잘 알 수 있다. 책은 독자를 위해 쓰는 것이 맞지만, 일단 독자가 읽도록 하려면 책이 출간되어야 한다. 그러니 첫 독자인 출판사의 마음을 사로잡아야 한다.

출판사는 자선사업가가 아니다. 출판사도 기업이다. 잘 팔릴 만한 책을 우선으로 내고 싶어 하는 것은 당연지사다. 그러므로 당신은 독자와 출판사 모두를 매혹시킬 만한 책을 써야 한다. 출간 기획서에 들어갈 내용들을 미리 작성해본 뒤 책을 쓰자.

책에도 유행이 있다

한 사회 내에서 일정한 기간 동안 유사한 문화양식과 행동양식이 일정 수의 사람들에게 공유되는 사회현상을 '유행'이라고 한다. 유행은 패션이나 노래처럼 단기간에 소멸되기도 하고 커피처럼 유행이 되면서 하나의 문화가 되기도 한다. 조직폭력배나 좀비를 다루는 영화들, 뽀로로나 펭수, 겨울왕국과 같은 캐릭터도 한때 유행했다. 책도 마찬가지다.

나는 책을 그때그때 내가 느끼는 감정에 따라 필요로 하는 것을 읽거나 지식을 습득하기 위해서 읽는다. 때문에 책의 유행에 민감하거나 베스트셀러만을 선호하는 편은 아니다. 다만 작가로서는 반드시 알고 있어야 하는 부분이다.

한때 《빨강머리 앤이 하는 말》 《곰돌이 푸, 행복한 일은 매일 있어》 《보노보노처럼 살다니 다행이야》와 같은 캐릭터들의 철학적인 메시지가 담긴 책이 유행했었다. 또 예전의 자기개발서는 '하루하루 열심히 살아야 한다' '시간 활용을 잘 해야 한다' '목표를 세워서 실천해야 한다' '착한 마음으로 사람을 대해야 한다' 등을 주제로 하는 책이 대부분이었다. 그런데 요즘은 《나는 까칠하게 살기로 했다》《하마터면 열심히 살 뻔했다》《느리게 천천히 가도 괜찮아》《모두와 잘 지내지 맙시다》 등 '제 할 말 하고 살자' '싫은 걸 굳이 억지로 하고 살지 말자' '내일을 위해 오늘을 사는 것이 아니라, 오늘만 살고 즐기자'라는 메시지가 담긴 책들이 베스트셀러 반열에 오른다.

요즘 젊은 세대들은 기성세대와는 다르다. 다른 세대를 살았으니 이는 당연하다. 욜로족이나 삼포세대(연애·결혼·출산을 포기한 세대)라는 단어가 등장하고, 세대가 바뀌면서 사람들의 생각이 변화했다. 물론 유행은 다시 돌고 돈다고 하지만, 이미 바뀌어버린 시대와 사회를 읽지 못하고 옛것에만 머물러 있는 상태에서 책의 주제를 잡는 것은 고민해봐야 한다.

유행은 시대를 반영한다. '그러다 말겠지'라고 모두가 간과했던 코로나19는 1년이란 시간이 지나도 기승을 부리고 있다. 2020년 코로나19로 인해 독서 열풍이 불기도 했다. 코로나19 때문에 자유롭게 외출하지 못하면서 '집콕' 하는 사람들이 늘었다. 그러면서 독서를 취미로 삼은 사람들이 늘어났다.

나만의 브랜딩을 위한 2주 책 쓰기

교보문고 '2020년 연간 도서판매 동향'에 따르면 2020년 책 판매량은 전년 대비 7.3% 증가했다. 온라인 서점 예스24 역시 올해의 책 판매량이 지난해보다 2.3%가량 늘었다. 2020년에는 코로나19가 장기화되면서 경제 불황을 겪는 사람들이 많았다. 그 결과 주식이나 재테크 관련 서적이 인기를 끌었고, 김승호 작가의《돈의 속성》, 부와 행운을 얻는 법에 관한 책인 이서윤, 홍주연 작가의《더 해빙》이 베스트셀러에 올랐다.

나는 2020년 2월부터 코로나19 사태로 인해 기업 강의가 뚝 끊겼다. 이후 백수 생활을 오래해야 했다. 마땅히 집에서 할 수 있는 것도 없었고 마냥 시간만 보내기가 아까웠다. 그래서 책《완벽한 강의의 법칙2》를 쓰기로 마음먹었다. '강사를 돕는 강사' 하면 '김인희'로, 1인 브랜드가 되기 위한 준비를 하는 것도 현명한 선택이라 생각했기 때문이다. 집에서 보내는 시간도 많았고 뜨거운 열정 덕분에 나는 2주 만에《언택트 시대, 왜 그 강사만 강의 의뢰가 더 늘었을까》의 초고를 완성했다. 투고한 지 한 달 만에 출간 계약에도 성공했다.

책이 어떻게 진행되어 가는지가 궁금해서 편집자와 비대면으로 소통했다. 그런데 시간이 지날수록 출간이 미뤄졌다. 편집자는 코로나19가 장기화로 가는데, 강사들을 위한 책이 지금 팔릴 시기가 아니라고 했다. 내가 원래 썼던 원고는 언택트 시대가 빠진 오프라인 강의를 하는 강사들을 대상으로 한 이야기였다. 그렇다고 코로나19가 끝나기만을 기다릴 수도 없었다. 편집자와 회의 끝에 언택트 시대에 적합한 '비대면 온라인 온택트 강의법'에 대한 내용으로 수정하는 방향으로 정했다.

초고에는 '강사는 강의력이 중요하다' '기업 강의를 할 때의 노하우'를 담았는데, 원고 전체를 수정할 수는 없어서 그 메시지는 그대로 두기로 했다. 그리고 코로나19로 인한 비대면 온라인 강의는 오프라인 강의보다 강의력이 더욱 중요해졌으므로, 온라인 강의를 할 때의 노하우를 포함시켰다. 그러고 나서야 출간에 성공할 수 있었다. 8개월 만이었다.

책 계약 시점부터 출간까지 걸리는 시간은 아무리 빨라도 3달 이상은 걸린다. 그런데 이 사이에도 시대는 변한다. 그 결과 책 내용이 식상해지거나 유행이 지나기도 한다. '요즘 유행하는 책이 이런 책이니, 나도 이러한 책을 써봐야지' 하면 이미 늦은 것일지도 모른다.

물론 책을 유행으로만 볼 수는 없다. 하지만 시대의 흐름과 현재 독자들의 관심사가 무엇인지 정도는 파악해볼 필요가 있다. '이제 이런 책은 너무 식상해. 지쳤어'라며 독자가 피로해하는 책은 아닌지, 꼼꼼히 분석할 필요가 있다.

사실을 파악하고 분석해본다고 해서 확실하게 알 수는 없다. 독

나만의 브랜딩을 위한 2주 책 쓰기

자들의 마음을 정확하게 알 길은 없다. 짧은 순간에 어떻게 변할지 모른다. 다만 실패 확률을 줄일 수는 있다. 시대의 흐름과 유행에 촉각을 세우고 정보를 습득하되, 나의 책과 가장 유사한 책들을 읽고 나만의 차별점은 무엇인지, 그리고 다른 작가들이 독자에게 주지 못했던 것은 무엇인지, 독자들의 갈증과 불편에 집중하고 새로움을 찾으려 노력하면 된다. 나 역시 여전히 부족하고 익히고 배워야 할 것들이 많다. 다만 쓰는 책마다 기획출판에 100% 성공한 것에는 분명한 이유가 있다고 생각한다.

성명		연락처		메일	
제목 (가제)					
저자 소개	주요 이력 & 활동				
	경력				
	출간 저서				
핵심 콘셉트					
시장환경 및 경쟁도서 분석					
기획 의도					
대상 독자층	1) 주 독자층				
	2) 확산 독자층				

나만의 브랜딩을 위한 2주 책 쓰기

홍보 마케팅 전략	
원고의 진행 상황	
목차	

제 책을 읽을 독자는
당연히 모든 사람들이죠(?)

"승리 전략은 단 한 가지. 목표 시장을 신중하게 선정하고 그 목표 시장에 우수한 제품을 제공하는 것이다."

이는 '마케팅의 아버지'라 불리는 필립 코틀러(Philip Kotler)가 한 말이다. 미국 벤처캐피털 전문 조사기관인 CB insights는 '스타트업이 실패한 이유'에 대해 설문조사를 진행했다. 42%를 차지한 실패의 이유 1위는 바로 '시장이 원하지 않는 제품'이었다. '시장이 원하지 않는다'는 것은 결국 '고객이 원하지 않는다'는 것으로도 볼 수 있다.

나는 책《말 한마디 때문에》를 집필하고 한 출판사의 대표에게 이런 질문을 받았다. "이 책의 타깃 독자는 누구인가요?" 나는 너무 어리석게도 이렇게 답했다. "누구나 인간관계를 형성하기 때문

나만의 브랜딩을 위한 2주 책 쓰기

에 모든 사람들에게 말 표현은 중요해요. 그러니 제 책을 읽을 독자는 당연히 모든 사람들이죠."

나는 '이 책을 읽을 사람은 이렇게 많아'라고 말하고 싶었다. 그런데 이 말은 오히려 어리석은 답변이었다. 모든 독자를 타깃으로 했다는 말은 결국 그 누구도 타깃으로 잡지 못했다는 것과 같다는 의미였으니 말이다. 그러자 출판사 대표는 좀 더 '뾰족한' 타깃 독자가 필요하다고 말했다. 그때는 잘 이해하지 못했지만, 이 책을 쓰는 과정에서 그 말을 이해할 수 있었다.

쿠팡의 타깃 고객은 '온라인 쇼핑이 가능한 국민 누구나'가 아니다. 그랬다면 막대한 자본을 들여가며 '로켓배송, 로켓와우' 제도를 도입하지 않았을 것이다. 쿠팡의 타깃 고객은 '물건을 빨리 받기를 원하거나 당장 내일 물건이 필요한 고객들'일 것이다. 아이의 준비물을 내일까지 준비해야 하는 워킹맘들에게 쿠팡은 좋은 채널이다. 야근 후 집에 돌아와서야 준비물을 미처 준비하지 못했다는 사실을 깨닫고는 당장 쿠팡 앱을 열고 새벽배송 제품을 주문할 것이다. 그런 다음 안도의 한숨을 쉬지 않을까? 쿠팡은 우리나라 사람들의 급한 성격을 이해했고, 그 목표시장을 '로켓배송'으로 선정해 타깃 고객을 정했을 것이다.

맥도날드는 '해피밀'과 같은 장난감과 햄버거를 세트로 내놓았다. 프로모션을 건 햄버거를 사면 장난감도 준다. 맥도날드의 목표

시장은 어린이다. 그런데 아이러니하게도 어린이는 구매력이 없다. 결국 타깃 고객은 어린이의 부모다. 아이가 장난감 때문에 햄버거를 선택하고 부모에게 사달라고 하게끔 계획한 마케팅일지도 모른다.

책은 읽을 사람과 살 사람이 동일한 경우가 많다. 그런데 어린아이들의 책은 아이가 읽더라도 구매자는 부모다. 따라서 아이들의 책도 부모가 구매할 수 있게 기획해야 한다. 타깃 독자층을 넓게 잡는 것이 책 판매율을 높일 거라 생각하지만, 수요가 적은 시장이라면 오히려 판매율은 낮다.

강의 관련 원고를 투고했을 때의 일이다. "예전에도 이와 비슷한 책을 출간했어요. 하지만 판매율이 저조해서 더 이상 출간하지 않기로 했습니다"라는 답변을 받은 적이 있었다. 그만큼 타깃 독자, 구체적이고 뾰족한 독자층을 염두하고 써야 한다. 모든 사람들이 독자라고 설정하는 것은 그물을 던지고는 아무 물고기나 마구잡이로 잡겠다는 것과 다르지 않다. 물론 확산 독자층이 있어서 더욱 많은 독자를 사로잡으면 좋겠지만, 주 독자층을 선정하는 것이 좋다. 그래야 그들에게 공감을 이끌어내고 설득하는 데 필요한 내용들을 책에 담아낼 수 있다.

책 쓰기를 주제로 한 책이 한때 유행했다. 여전히 책을 쓰고 싶어 하는 사람들이 많기 때문에 책 쓰기를 주제로 한 시장은 가능성이 있다. 더욱이 코로나19 사태로 인해 1인 브랜딩이 필요해지면서 책을 쓰고자 하는 사람이 더 많아졌다. 처음에는 책 쓰는 법을 알려주는 책이 독특하고 신기했다. 대중에게 영향력이 있거나 전업 작가만 책을 쓰는 줄 알았는데, 평범한 사람들도 책을 쓸 수 있다니 말이다.

그런데 이제 책 쓰기를 주제로 한 책은 너무나 많다. 평범한 사람들도 책을 쓸 수 있다는 주제는 이제 피로감이 느껴질 정도다. 시대는 변화하고 빠르게 달라진다. 그래서 나의 타깃 독자는 바로 당신이다. 코로나19 이후 1인 브랜드가 되길 희망하는 사람, 동시에 자신을 드러낼 수 있는 마케팅에 관심이 있는 독자들 말이다. 당신의 타깃 독자는 누구인가?

모든 제품을 판매할 때는 타깃팅(Targeting)이 필요하다. 타깃팅이란 전체 시장을 세분화한 후 하나 혹은 복수의 소비자 집단을 목표시장으로 선정하는 마케팅 전략과정을 의미한다. 우리는 먼저 목표시장을 선정해야 한다. 그러고 나서 타깃 독자를 선정한다. 목표시장과 타깃 독자, 그러니까 '책을 읽을 독자'와 '책을 사는 독자'다. 대부분은 책을 읽을 독자와 책을 사는 독자가 동일하다. 하지만 맥도날드 사례처럼 어린이책은 아이가 읽지만 책을 사는 사람은 부모다. 이는 예외로 두고 선정하자.

책의 독자를 선정할 때는 '모든 사람'에서 벗어나 세분화해야 한다. 먼저 남성인지, 여성인지를 정한다. 혹은 직장인, 사업가, 엄마, 아빠, 20대, 30대, 40대, 50대, 여행을 좋아하는 사람, 재테크를 어려워하는 사람, 퇴직을 앞둔 사람, 사업이 하고 싶은 사람, 사업을 하고 싶은 20~30대 CEO, 재테크를 모르는 주부들, 유치원생이나 초등학생 아들을 둔 엄마 등 타깃 독자를 분명하게 잡는다. 타깃 독자가 명확하면 그들이 공감할 만한 사례가 무엇인지, 그들이 원하는 욕구가 무엇인지, 어떤 것을 궁금해하고 원하는 책은 어떤 것인지 등을 쉽게 알 수 있다.

　타깃 독자가 정해지면 독자분석은 더욱 쉬워진다. 내 책의 독자층이 어느 정도의 규모가 되는지 예상해볼 수 있고, 그들이 어디에 주로 모이고 어떤 채널을 이용하는지도 파악할 수 있다. 때문에 책 출간 이후 홍보가 가능한 곳과 책 판매가 어느 정도겠다는 것도 가늠해볼 수 있다.

　"당신 책의 독자는 누구인가?"

나만의 브랜딩을 위한 2주 책 쓰기

'책 쓰기'의 답은 '책 속'에 있다

"다른 사람들처럼 살지 않으려면 다른 사람들이 하지 않을 것을 해야 한다."

이 문장은 30대에 자수성가한 백만장자 사업가이자 발명가, 엠제이 드마코(MJ DeMarco)가 쓴 《부의 추월차선》의 한 구절이다. 내가 책 쓰기에 많은 시간과 수업료를 낸 후에 배운 것이 있다. 바로 책 쓰기의 답은 책 속에 있다는 점이다.

많은 초보 작가들이 책 쓰기에 대한 열정 하나로, 목차를 정하고 나면 책을 바로 쓰려 한다. 이때 실수를 저지른다. 아무리 당신이 책 주제와 관련해 전문가라고 하더라도 반드시 '경쟁도서 분석'과 '책 자료수집' 과정이 필요하다. 물론 자료수집은 책으로만 하는 것은 아니다. 뉴스, 논문, 칼럼, 사례, SNS 등 다양한 채널을 활용해야 한다. 그런데 책을 통한 자료수집이 필요한 이유는 무엇일까? 내 책을 쓸 때 다른 작가들의 책 쓰기 방식을 파악하기에 좋고 경쟁도서이지만 자신과 같은 주장을 하는 작가들이 많다는 것으로 독자를 설득할 수 있어서다. 또한 경쟁도서에서는 나와 비슷한 책 주제를 어떻게 다루었는지도 볼 수가 있어서다. 때문에 나는 꼭 책을 통한 자료수집이 필수라고 생각한다.

1인 브랜드를 위한 책 쓰기를 한다면 책과 가까워져야 한다. 그러니 가장 먼저 당신의 빈 책장부터 채워야 할 것이다. 독자가 되어보지 않고서는 독자를 위한 책을 쓰기가 어렵다는 생각에서다.

경쟁도서를 분석하기 위해서는 먼저 경쟁도서를 선정해야 한다. 경쟁도서란 말 그대로 당신의 책과 '경쟁'하게 되는, '이미 출간된 책'을 의미한다. 앞서 강조했듯이 유사한 책들을 분석하고 그 책들과의 차별성을 찾아 당신만의 콘셉트를 찾아야 한다. 책 콘셉트와 타깃 독자를 정한 다음, 이제는 목차를 구성하기 위해 분석에 집중해야 한다. 다른 작가들이 하지 않은 것, 하지 않을 것을 찾아야만 한다.

경쟁도서를 찾을 때 기준이 필요하다. 스티브 잡스의 라이벌은 빌 게이츠다. 트로트계의 라이벌인 남진과 나훈아, 테니스계의 라이벌인 조코비치와 나달을 보자. 이들은 동일한 분야에서 비슷한 능력을 지니고 있다.

경쟁도서를 찾을 때도 마찬가지다. 나와 비슷한 주제의 책을 가장 1순위로 선정한다. 그런 다음 경쟁도서의 작가가 나와 비슷한 일을 하거나 같은 직업군인 책을 찾는다. 또는 책 내용이 비슷한 책을 기준으로 잡아 경쟁도서를 찾는다. 책 제목, 목차, 작가 프로필, 서문 등을 살펴보면 경쟁도서를 좀 더 빠르게 찾을 수 있다.

경쟁도서를 분석할 때 중요한 것은 당신의 시선, 바로 프레임이다. 우리는 보통 보고 싶은 것만 본다. 달리 말하면 내가 보고자 하는 것이 보인다. 책을 쓸 작가로, 경쟁도서를 분석하는 분석가로, 이 책들에 비해 내가 가진 장점이 무엇이고 내 책의 차별점이 무엇인지를 찾아야 한다.

그 다음은 자료수집이다. 책에 쓸 내용의 자료를 어떻게 수집할까? 나는 《완벽한 강의의 법칙》을 쓸 때 20~30여 권이 넘는 강의 관련 책을 구매했다. 관련 책을 분석해보니, 대개 강의 책은 나와 같은 직업군인 강사들이 쓴 경우가 대다수였다. 강사란 어떤 분야보다 브랜딩이 필수적인 직업이다. 그러니 이해는 하는데, 책을 보다 보면 강사 욕심만 들어 있는 책들도 있었다. 혹은 독자에게 도움이 될 만한 내용이 부족한 책들도 많았다. 오로지 자신의 브랜딩 목적을 달성하기 위한 책들이었다. 물론 훌륭한 책도 있었으나 그런 책을 쓴 작가는 강의기획과 관련한 전문가였다.

나는 교수법에 관한 책들도 함께 분석했다. 대다수의 책이 기획과 강의법과 관련 있는 내용들이었다. 어떤 책은 교과서처럼 강의의 모든 것을 담았지만 강의 경험 내용이 부족해서 독자의 공감을 이끌어내거나 팁을 줄 내용이 적었다.

관련 책들을 분석해보니 소위 '없는 것'이 많았다. 그래서 나는 '없는 것'에 집중했다. 강사에게 필요한 마인드, 강의를 기획하고 자료를 만들어서 강의를 진행하는 법, 강의를 마칠 때까지의 과정, 생생한 강의 사례를 담은 책들은 부족했다. '내가 독자라면 강의의 전 과정을 배울 수 있는 책이 필요할 것 같은데'라는 생각이 들었다.

당시의 나는 강의 관련 책을 출간한 후, 퇴사를 하고 기업 강사를 하겠다는 꿈이 있었다. 그런데 나의 브랜딩을 위한 목적만을 생각하지는 않았다. 브랜딩 자체의 의미보다 그저 독자에게 신뢰와 도움을 주고 싶다는 마음이었다. 그런 마인드 덕분이었는지 나는 독자가 강의를 준비하고 진행할 수 있을 때까지의 전 과정을 그림처럼 그려넣을, 나만의 콘셉트가 명확한 책의 목차를 기획할 수 있었다.

경쟁도서를 분석하다 보면 장점들이 있다. 꽤 좋은 내용들을 수집하거나 인용할 부분을 찾을 수 있어서다. 혹은 미처 생각하지 못했던 아이디어가 떠오르기도 했다. 그럴 때마다 나는 해당 글귀에 밑줄을 치고 표시해두었다. 책이란 중고서점에 다시 팔 수 있도록 깨끗이 읽는 것이 아니다. 인테리어처럼 책장에 꽂아두는 것도 아니다. 마구 더럽혀라. 그때 떠오른 아이디어나 글귀가 있다면 책에 적어도 좋다. '나는 여기에서 이렇게 표현해야지'라고 표시하자. 책에 밑줄을 긋거나 해당 페이지를 접어두면 나중에 찾을 때도 편리하다. 그러니 띠지를 붙여 그 부분을 알아볼 수 있도록 단어로 적어놓자. 예를 들면 '강의기획' '스피치' '강의자료' 등으로 말이다. 그러면 해당 목차에 대한 글을 쓸 때 띠지만 보고도 이를 활용해볼 수 있다.

그리고 평소에 책을 읽을 때 자료를 수집하는 습관을 들이는 것도 좋다. 솔직히 귀찮은 일이라서 반드시 권하는 것은 아니지만, 작가로 제2의 직업을 살고 있는 나로서는 자료수집이 얼마나 중요한지 알기에 이렇게 한다.

나는 독서를 할 때 마음을 사로잡은 문장이나 단어를 발견하면 밑줄을 긋고 해당 페이지를 접어둔다. 그러고 나서 해당 구절들을 노트에 적는다. 그 다음 문득 떠오른 아이디어나 생각들을 구절 아래에 적어둔다. 또 언제든 그 내용을 확인할 수 있도록 책 제목, 작가, 책 페이지까지 적어둔다.

이렇게 하다 보면 독서 노트가 여러 권 만들어진다. 노트가 많아지면 어떤 노트에 어떤 책을 적어두었는지 알기가 어렵다. 그래서 책 제목들을 따로 적어둔다. 이 과정들을 통해 단 몇 권의 노트로도 몇십 권의 책을 보는 효과를 누릴 수 있다.

책을 통해 자료를 수집할 때는 무조건 처음부터 끝까지 읽어볼 필요는 없다. 책의 목차만 살펴보거나 발췌하는 것도 괜찮은 방법이다. 만약 초보 작가라면 책이 어떤 흐름으로 쓰였고 어떤 문체로 쓰였는지를 익힐 요량으로, 처음부터 끝까지 읽는 것을 추천한다. 또 관련 주제의 단어로만 검색하기보다는 좀 더 범위를 넓히는 것이 좋다. 연관 검색어를 활용해서 책을 읽고 자료수집하는 것이 좋은 방법이다.

강의법과 관련한 책을 쓴다고 가정해보자. '강의' '강사'라는 단어로 책을 검색한다. 강의에는 교수법과 기획이 필요하고 청중을 설득하는 일이기에 설득에 대한 내용도 필요하다. 그래서 다음과 같은 책들을 찾을 수 있다. 《창의적인 교수법》《최고의 교수법》《기획홍신소》《기획의 정석》《기획의 신》《설득의 심리학》《레토릭》 등이다. 이는 강의 관련 책뿐만 아니라 강의에서 파생되는 단어들로도 책을 찾을 수 있다. 당신도 다양한 책으로 시선을 좀 더 넓혀보면 어떨까? 목차와 내용을 구성하는 데 많은 도움이 될 것이다.

다음은 《부의 추월차선》에서 엠제이 드마코가 한 말이다.

"멋진 아이디어가 떠올랐는데 누군가 이미 하고 있다면? 뭐 어떤가, 더 잘하면 된다. 누군가 하고 있다는 것은 극복하지 못할 장애물처럼 보이는 터무니없는 환상일 뿐이다. 누군가는 이미 그것을 하고 있다. 여기서 더 중요한 문제는 '당신이 더 잘할 수 있는가'이다. 당신이 욕구를 더 잘 충족시키고 더 나은 가치를 제공하고 더 잘 홍보할 수 있겠는가? 큰 아이디어에 집중하지 말고 더 나은 아이디어에 집중하라."

1. 타깃 도서 선정하기

 – 책의 주제에서 파생되는 단어로 책 찾기(예를 들어 책의 주제가 '강의'
 라고 한다면 파생되는 단어는 교수법, 기획, 설득, 스피치, 비언어 커뮤니케
 이션 등이다.)

2. 공감을 이끌거나 책에 재료가 될 만한 부분에 밑줄 긋고 페이지 접기

3. 해당 페이지에 띠지나 포스트잇 붙여놓기

 – 해당 부분을 쉽게 찾을 수 있도록 하기

이외에도 마인드맵이나 스마트 기기를 활용할 수 있다. 자신에게 맞는 방
법을 찾아 자료를 수집하는 것이 좋다. 책을 가장 쉽고 빠르게 쓰는 방법은
자료수집임을 기억해야 한다.

1. 독서노트 맨 앞 장에는 책 제목 쓰기

맨 앞은 비워두고 이 노트에 쓰인 글귀의 책 제목을 적어두세요.

이후에 독서노트가 많아질 경우, 해당 노트에 어떤 책의 글귀들이 적혀 있는지 찾기가 쉬워집니다.

2. 노트 맨 위에 책 제목과 작가 이름 적기

어떤 책의 내용들이 적혀 있는지 쉽게 알기 위해, 책 제목과 작가 이름을 적은 후 그 아래에 인상 깊은 내용이나 글귀를 써내려가세요.

때로는 책을 평가해보고 아쉬운 점이나 좋은 점들을 따로 적어두면, 책을 분석하는 데 많은 공부가 됩니다.

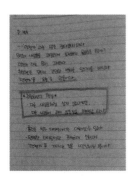

3. 책 페이지를 적고, 떠오른 아이디어나 나의 생각 적기

글귀 앞에 책의 페이지를 적어두면 나중에 해당 부분을 확인하고 싶을 때 책에서 쉽게 찾을 수 있습니다.

책을 읽다가 떠오른 아이디어나 나의 생각을 적어두면 이후에 책을 쓸 때 쉽게 문장을 만들 수 있습니다.

머리 쥐어뜯는 목차 고민,
기획하면 안 되는 게 없다

"넌 다 **계획**이 있구나."

영화 〈기생충〉에서 나온 대사다. 나는 이 대사를 바꿔 이렇게 표현하고 싶다.

"넌 다 **기획**이 있구나."

책도 '기획'이 필요하다. 이미 당신은 이 책에서 나와 함께 책 기획을 해보았다. 책 콘셉트, 목표시장, 타깃 독자 선정, 경쟁도서 분석 등 이 모든 일련의 과정이 바로 '기획'이다. 어쩌면 지금까지 해온 기획 덕분에 당신은 어떤 내용을 책에 넣어야 할지 머릿속에 그림이 그려졌을 것이다. 그게 목차다. 책에 어떤 내용을 실을지

하나하나 짧은 문장으로 적는 것, 그게 목차다.

매운 것을 잘 못 먹는 사람에게 김치찌개를 요리해서 대접해야 한다면, 맵지 않은 김치와 돼지고기, 양파, 파, 다진 마늘 등의 재료를 준비해야 한다. 이것이 바로 독자에게 적합한 목차이자 소재다. 목차를 기획할 때는 콘셉트와 주제에서 벗어나지 않는 것이 중요하다. 그리고 독자를 최우선으로 둬서, 내용들이 독자에게 도움이 되는 것인지 그들이 궁금해하는 부분을 해설해줄 수 있는 것인지를 반드시 체크해야 한다.

다음은 《기획의 정석》을 쓴 박신영 작가의 말을 인용한 것이다.

"'제 의도는 그게 아니었어요. 사실 제가 말하려는 것은 그게 아니었어요'라고 말해봤자 소용이 없다. 이런 상황이 가장 유감스럽다. 의도가 어떻든 원래 하려던 말이 무엇이었든 상대방의 뇌 속에 연상된 것이 무엇인가가 중요하다. 자신이 무엇을 말했느냐보다 상대방의 머릿속에 어떤 그림을 그렸느냐가 더 중요하다."

펜실베이니아대학교 와튼스쿨 교수인 스튜어트 다이아몬드 (Stuart Diamond)는 "협상에서 덜 중요한 사람은 언제나 당신임을 기억해야 한다. 가장 중요한 사람은 바로 상대방이다"라고 했다. 책을 읽을 독자를 설득하기 위해서는 작가인 당신이 하고 싶은 말보다 독자가 듣고 싶은 말이 무엇일지에 더욱 집중하고 목차를 정해야 한다. 목차가 엉망이면 글은 당연히 엉망이 될 것이니 말이다.

책은 계획하는 것이 아니라 기획하는 것이다. 《기획 흥신소》의 저자 서대웅은 계획과 기획의 차이를 이렇게 설명했다.

"계획(plan) vs.기획(planing). 계획에는 없고 기획에는 있는 'ing.' 계획이 명사적 개념이라면, 기획은 현재 진행중인 동사적 개념으로 볼 수 있습니다. 'planing'은 기획하는 중. 그래서 기획은 계속해야 합니다. 액션할 때까지. 그 기획을 액션할 수 있을 때까지 계속 생각하고 얘기를 나누고 수정하고 보완하고 계속 'ing' 하는 것이 기획입니다. 여러분은 왜 기획을 하시나요? 저는 실행하기 위해서 기획을 합니다. 액션을 하고 싶은 절실한 마음으로 기획을 합니다. 액션에 대한 강한 욕망이 있어야 좋은 기획이 나온다는 것입니다. 계획(計劃) vs.기획(企劃). 計劃에는 없고 企劃에는 있는 것. 바로 사람(人)이 있습니다. 계획이 셈을 중시하는 개념이라면 기획은 사람을 중시하는 개념입니다."

완벽할 만큼의 설명인 것 같아 더 이상의 설명이 필요 없을 듯하다. 그저 당신의 책은 처음 기획한 것과는 달리 초고 완성 이후에도 출판사 편집자와 유동적으로 수정 및 보완할 수도 있고, 제

나만의 브랜딩을 위한 2주 책 쓰기

대로 될 때까지 'ing' 하는 것이 필요하다. 그리고 늘 그 안에 독자를 위한 마음을 잃지 않고 기획하기를 바란다.

책 목차 기획하기

❶ 부제목, 장제목, 중제목, 소제목 정하기

책의 목차를 기획할 때는 없는 것에서 짜내려 하는 것보다는 경쟁도서를 활용하거나 다른 책들의 목차가 어떻게 기획되어 있는지 분석해보는 것이 좋다. 어떤 식으로 할지는 작가 마음이다. 정답은 없다. 자신의 책 콘셉트와 주제가 잘 드러날 수 있는 목차라면 충분하다.

보통 목차는 '1부, 1장, 1.1)' 형식이다. 다시 말해 부제목, 장제목, 중제목, 소제목 순이다. 부제목 없이 장제목에서 중제목으로 끝내도 좋다. 자유롭게 정하도록 한다. 나는 보통 장제목과 중제목을 활용한다. 2가지만으로도 독자들이 목차를 보고 어떤 내용이 담겨 있는 책인지를 충분히 알 수 있기 때문이다.

책의 목차는 편집자가 수정하기도 한다. 그러니 굳이 처음부터 멋진 문구를 떠올리며 애쓸 필요는 없다. 오히려 시간만 빼앗긴다. 당신이 쓰는 초고는 출판사를 설득하기 위한 것이기에 출판사 담당자가 어떤 내용인지를 파악할 수 있는 목차로 선정하는 것이 좋다. 출판사 담당자가 내용을 모두 훑어보지는 않더라도 목차만큼은 반드시 읽어본다는 사실을 기억하자.

❷ 목차를 한 문장으로 적기

이러한 경우도 있다. 나도 처음에는 목차를 대충 단어처럼 써놓고 글을 쓰기 시작했다. 그러다 글 내용에서 쓰는 단어나 문장 등을 활용해 목차를 후에 짓기도 했다. 또 목차를 '브랜드하지 말고 블렌드하라'처럼 정해놓고 글을 쓰면, 막상 쓸 때 어떻게 풀어내야 할지 어떤 내용을 넣어야 할지 기획하기가 쉬워진다. '블렌드'라는 단어를 썼기 때문에 브랜딩만 욕심내지 말고 작가가 하고 싶은 이야기와 독자가 듣고 싶은 이야기를 잘 섞어 블렌딩하라는 내용으로 풀 수가 있다. 그래서 목차를 단어로 써두는 것보다는 문장으로 써두는 것이 유리하다. 왜냐하면 목차가 주장이 되어서 그렇다. 그 주장대로 독자를 설득하기 위한 글을 쓰면 된다. 그러면 배가 산으로 가지 않는다. 글의 방향을 잡아주고 쓸 데 없는 말을 덜 늘어놓기 때문이다.

일단 문장부터 나열하라

❶ 100개 이상의 문장으로 책의 소재 적기

부제목, 장제목, 중제목, 소제목을 어떻게 지어야 할지 모르겠다면, 다음의 방법을 활용해보라. 나도 책 쓰기가 익숙하지 않았을 때 사용했던 방법이자 큰 범주의 제목을 짓기 어려워하는 초보 작가들에게 코칭했던 방식이다.

당신은 목차를 기획하기 전에 이미 타깃 독자들을 선정했다. 장제목을 정하기 어렵다면, 독자들에게 주장하고 싶고 설득하고 싶은 말, 책의 주제에 관심 있는 독자들이 궁금해할 만한 것을 한 문장으로 순서에 상관 없이 적어보자. 이때 주의할 점이 있다. 당신의 책 콘셉트와 주제에서 절대 벗어나서는 안 된다는 것이다.

약 100개 이상의 문장을 써보자. 왜냐하면 이후에 한 목차에 들어갈 같은 내용들이 다른 언어로 반복되므로, 목차로 쓸 수 있는 것이 술어늘기 때문이다(반복된 문장들은 글을 쓸 때 내용에 녹여도 충분하다. 그러니 목차가 선정된 이후라도 버리지 말고 갖고 있도록 하자). 이렇게 많은 목차 문장을 쓰다 보면 자신이 이야기하고 싶은 큰 단어들로 묶을 수가 있다.

이 책에서도 '#1인 브랜드, #책 쓰기 전 필요한 것들, #글을 쉽게 쓰는 법, #출간하는 법, #1인 마케팅법'으로 구성되어 있다. 처음부터 큰 제목들을 정하면 좋겠지만 초보 작가들에게는 쉽지 않은 일이다.

목차를 한 문장으로 100여 개 이상 나열하듯 적어놓아도 어떻게 장제목을 적어야 할지 모를 수 있다. 여기서 짚고 넘어갈 것이 있다. 간혹 장제목 없이 문장만 나열한 책들이 있다. 꼭 그것이 잘못된 것은 아니다. 다만 장제목이 없으면 목차를 봤을 때 어떤 내용을 다룬 책인지가 한눈에 쉽게 보이지 않는다. 그러니 장제목, 그 아래 중제목 형태의 목차로 쓰기를 권하는 바다.

❷ 포스트잇을 활용하기

장제목 짓기를 어려워하는 사람들에게 내가 했던 방식을 공유하고자 한다. 일단 컴퓨터에 적었거나 노트에 끄적이거나 프린트 물로 보면서 장제목을 짜려면 골치 아플 것이다. 어떤 순서대로 적은 것이 아니라, 생각나는 대로 목차를 썼기 때문이다. 그러니 '포스트잇'을 활용하자.

① 포스트잇 한 장마다 굵고 큰 글씨로 한 문장씩 쓰자.

② 장제목은 5~6개 정도로 쓴다는 생각으로, 포스트잇에 큰 글씨로 쓴다. 숫자 역시 한 장에 한 숫자만 쓰자.

③ 방이나 넓은 테이블을 활용하자. 먼저 숫자를 쓴 포스트잇을 가로로 배열하자.

④ 목차문장을 써놓은 포스트잇을 하나씩 읽으면서 비슷한 것끼리 1~6까지 분류하자.

나만의 브랜딩을 위한 2주 책 쓰기

포스트잇에 적어두면 내용이 훨씬 잘 보인다. 동일한 내용이 반복되거나 겹치는 목차를 가르는 과정을 거치다 보면 장제목을 쉽게 지을 수 있다.

가르기를 하다가 2~3장 정도의 포스트잇이 번호 아래 쌓이면, 그때 번호 옆에 장제목을 유추할 수 있는 짧은 단어나 문장을 적어두는 것이 좋다. 그러면 가르기를 하는 속도가 훨씬 빨라질 것이다.

목차기획, 3가지 방법을 활용하라

중제목을 정하는 방법도 있다. 장제목 정하는 방법이 나무를 먼저 심고 숲을 만드는 방법이라면, 중제목 정하는 방법은 숲을 먼저 그리고 나무를 심는 방법이다. 대다수의 사람들이 숲부터 그리라고 하지만, 나는 답이 정해져 있다고 생각하지 않는다. 당신에게 맞는 방법이 최고 좋은 방법이다.

나는 강의나 책 쓰기를 코칭할 때 기획의 중요성을 언급하며 'WWH 법칙'을 활용할 것을 권한다. 강의나 책은 청중과 독자를 설득하는 일이라는 점에서 참 많이 닮아 있다. 그런데 이는 둘에만 해당되는 것은 아니다. 정확히 말하면 상대를 설득하는 기획을 할 때도 이 방법이 꽤 유용하다.

임영균 작가는 《기획의 신》에서 기획(企劃)의 기(企)를 기회 기(機)로 써서 '기획은 기회를 그리는 일'이라고 표현했다. 그러면서

'WHY'로 시작해서 'WHAT'으로, 그리고 'HOW'로 끝나는 3단계의 간단한 과정이라고 했다.

이 책 내용을 인용해 '기획을 기회를 그리는 일'로 설명해보면 다음과 같다.

[아내의 반격]

명품 가방이 필요한 아내의 WHY
- 요즘 주변 친구들은 명품 가방 하나씩은 다 가지고 있다.
- 결혼식, 돌잔치 등 모임에 나가서 자기만 명품 가방이 없으면 남편이 무능한 사람으로 간주될 수 있다(남편의 자존심을 제대로 건드리는 Why).

명품 가방 획득을 위한 아내의 WHAT
- 큰 가방까지는 필요 없고 작은 걸로 하나 사겠다.

굳히기에 들어가는 아내의 HOW
- 아는 언니가 이번에 외국 출장을 가는데 면세점에서 사면 싸게 살 수 있다.
- 가방 가격은 200만 원인데, 반은 여보(남편) 카드, 나머지는 자기 카드로 결제한 후 매달 본인 용돈에서 차감하겠다.

친절한 아내의 마지막 요청
- 여보는 카드만 주면 된다.

-임영균, 《기획의 신》 중에서

이렇게 재미있는 사례로 보니 기획이 그리 어렵지 않게 느껴진다. 우리는 이미 일상에서 많은 기획을 해왔고 지금도 하고 있다. 목차를 기획하는 방법에는 WWH 법칙, 알아야 할 순서대로 기획하는 방법, How to 방법 위주로 기획하는 방법이 있다.

나만의 브랜딩을 위한 2주 책 쓰기

❶ WWH 법칙

임영균 작가의 WWH 방법과 비슷하다. 이 방법은 강한 설득을 하기에 좋은 목차기획법이다. WWH 법칙은 WHY(왜 문제가 되는가, 왜 해야 하는가), WHAT(문제를 해결하기 위해 무엇을 할 수 있는가), HOW(어떻게 해야 하는가)다. 숲을 그리고 나무를 심자. 처음부터 목차의 순서를 잡으려 하지 말고 WWH 법칙에 답해보자.

- WHY(서론): 우리는 남에게 목숨 줄을 쥐인 채 산다. 하루아침에 실직자가 될 수도 있고 취업도 쉽지 않다. 평생직장이란 개념은 이미 사라진 지 오래고, 자영업도 코로나19 사태로 인해 안전하지 않다. 우리는 살아남아야 한다. 이제는 1인 브랜딩 시대다. 시대에 발맞춰 1인 브랜딩으로 살아남는 법을 이제는 찾아야 한다.
- WHAT(본론): 스스로 직업을 찾고 누구도 해고할 수 없는 1인 브랜드가 되는 것이다.
- HOW(결론): 먼저 책을 쓰고 강의하자. 다양한 채널을 통해 스스로를 알릴 수 있는 마케팅을 하자.

숲을 그렸다면 이제 나무를 심으면 된다. WHY에서는 현재 1인 브랜드가 되지 않기 때문에 더욱 힘든 사람들의 이야기를 다루며, 문제를 독자 스스로가 인식하고 1인 브랜딩의 필요성을 담은 목차들이 필요하다. 1인 브랜딩이 필요하다는 주장을 펼치기 위해 동기부여와 설득이 필요한 부분이라 생각하면 된다.

WHY에서 독자들이 동기부여가 되고 1인 브랜드가 되어야겠다는 생각을 들게 했다면, WHAT에서는 문제를 해결하는 방법들을 풀어주는 것이 좋다. 이 책의 결론이 미리 나오는 것이다. 책 쓰기와 마케팅이 필요하다는 내용이다. 책 쓰기와 마케팅의 필요성을 함께 다뤄주고 동기부여를 주는 것이 좋다.

HOW에서는 책 쓰기 방법과 마케팅 방법에 대해 풀어주는 것이다. 이 책의 목차를 다시 보자.

> **1장. 브랜드, 책 쓰기부터 시작하라**
> 1. 살아남으려면 1인 브랜드가 되어라
> 2. 누구나 '내 이름'으로 된 것을 꿈꾼다
> 3. 진짜 마법은 안전지대 밖에서 일어난다
> 4. '브랜드'하지 말고 '블렌드'하라
> 5. 책 쓰기, 어려울 것 같나요?

나는 책의 1장에 WHY와 WHAT을 모두 담았다. 문제를 인식하게 하며 1인 브랜드의 필요성부터 언급해(WHY) 문제를 해결할 수 있도록, 책 쓰기부터 시작하기(WHAT)를 권하는 내용들이다. 그리고 HOW로 책 쓰기법과 책 출간 방법, 마케팅 방법에 대해 목차를 기획했다. WWH 법칙을 설득을 위한 순서를 정하는 방법으로 활용해보길 바란다.

❷ 알아야 할 순서대로 쓰기

나는 당신이 이 책을 읽고 책을 출간한 뒤 1인 브랜드가 되기를 바라는 목표로 글을 썼다. 1인 브랜드가 되려면 먼저 책을 써야 한다. 책을 쓰려면 어떻게 해야 할까? 책을 쓰기 위해 기획을 하고, 이 과정이 끝나면 내용을 쓴다. 초고가 완성되면 편집 과정을 거쳐 책이 출간된다.

출간이 되었다고 해서 끝나는 것은 아니다. 책을 홍보하는 과정이 필요하다. 그러면서 자연스레 1인 브랜드가 될 수 있도록 하는 과정이 필요하다. 이렇게 과정의 순서를 알아야 목차기획이 훨씬 수월해진다.

❸ 방법 위주로 구성하기

정보와 지식 습득을 목적으로 책을 읽는 독자들이라면 방법 위주로 풀어놓은 목차가 더욱 구매욕을 일으킬 것이다. 방법 위주의 목차 역시 알아야 할 순서대로 풀어놓으면 독자들이 더욱 이해하기 쉬울 것이다.

나는 목차기획에 이 3가지 방법 모두를 활용할 것을 권한다. 독자를 설득해야 하기 때문에 설득을 위한 기획의 WWH를 바탕으로 하고, 배열과 순서는 알아야 할 순서대로 푸는 것이 좋다. 즉 방법 위주로 구성하라는 것은 WWH 법칙처럼 문제제기와 독자들이 필요성을 인지하고 동기부여가 되도록 하고, 무엇이 필요한지를 서론에서 다루고 어떻게 해야 하는지에 대한 방법을 뒤에 구성하면 된다.

WHY가 많이 필요한 책인지, WHAT이 많이 필요한 책인지, HOW가 많이 필요한 책인지는 책을 쓴 목적을 되돌아보며 확인해보자. 이미 독자분석을 통해 당신은 독자의 입장이 되어 독자에게 더욱 필요한 부분이 무엇인지를 잘 알고 있을 것이다. 반드시 잘 알고 있어야 한다.

위 방법들로 숲을 그렸다면, 즉 장제목을 정했다면 다음 단계가 필요하다. 목차기획으로 순서를 정하고 대략적인 장제목도 정했으니, 이제 세분화된 중제목을 정하면 된다. 목차가 쉽게 잡히면 다행이지만 이는 쉽지 않다. 만약 중제목 잡기가 너무 어렵다면, 당신은 그 부분에 대한 공부가 덜 되었거나 자료수집이 부족한 상태일지도 모른다. 이럴 때에는 장제목과 관련한 자료들을 수집하거나 인터넷 검색으로 중제목의 힌트를 얻는 것이 좋다. 또한 경쟁도서에서는 어떤 내용들을 담았는지 파악해보고 아이디어를 얻는 것도 중요하다.

책을 읽으면 모든 시선이 책을 쓰기 위한 독서가 되기 때문에 아이디어가 잘 떠오르는 편이다. 그러니 경쟁도서나 책의 콘셉트와 관련한 책을 읽어보는 것도 도움이 되겠다. 단 중제목 늘리기를 위한 억지 목차가 되어서는 안 된다. 책의 주제에서 벗어나지 않는 것이어야 하고, 독자에게 반드시 도움이 되는 내용인지를 다시 한 번 점검할 필요가 있다.

처음부터 완벽하게 목차를 잡기란 어려운 일이다. 목차기획을 끝내고 글을 쓰는 중에도 수시로 수정하고 보완한다. 나 역시 이 책을 쓰면서 목차의 큰 틀은 변하지 않되, 세부적인 내용들을 더 하거나 덜어냈다.

목차를 정했다면 책 쓰기의 절반은 끝낸 셈이다. 그만큼 어렵고 중요하다는 이야기다. 여기까지의 기획이 정말 중요하고 어려운 부분인데, 이를 해결했다면 이제는 목차대로 글을 쓰기만 하면 된다. 이제부터 책 쓰기를 시작해보자. 다만 다음 단계로 넘어가기 전에 점검해야 할 부분이 있다. 독자분석부터 목차선정까지의 기획이 출간 여부를 결정짓는다는 것을 말이다. 반드시 유념하기를 바란다.

목차기획 정리하기

1. 책 목차 기획하기
 1) 부제목, 장제목, 중제목, 소제목 정하기
 - 장제목, 중제목으로도 충분하다. 출판사 담당자 및 독자가 전체 내용을 파악할 수 있도록 중제목만 나열된 것보다는 장제목, 중제목으로 목차를 구성해보자.

 2) 목차를 한 문장으로 적기
 - 목차는 곧 주장이다. 이는 글의 방향을 잡아준다. 주장에 따른 설득의 글로 쓰면 쉬워지므로 한 문장으로 적어보자.

2. 장제목 짓기가 어렵다면 일단 문장(중제목)부터 나열하자
 1) 100개 이상의 문장으로 책의 소재들을 적어보기
  - 비슷한 부제목들을 모아 장제목을 지어보자.
  - 겹치거나 비슷한 문장을 하나로 만들자.

 2) 포스트잇을 활용하기
 - 포스트잇 한 장마다 굵고 큰 글씨로 한 문장씩 쓰자.
 - 장제목은 5~6개 정도로 쓴다는 생각으로, 포스트잇에 큰 글씨로 쓴다. 숫자 역시 한 장에 하나씩 쓰자.
 - 방이나 넓은 테이블을 활용하자. 먼저 숫자를 쓴 포스트잇을 가로로 배열하자.
 - 목차문장을 써놓은 포스트잇을 하나씩 읽으면서 비슷한 것끼리 1~6까지 가르기를 하자.

3. 목차기획의 3가지 방법
 1) WWH 법칙
 - WHY(서론): 왜 문제가 되는가, 왜 해야 하는가.
 - WHAT(본론): 문제를 해결하기 위해 무엇을 할 수 있는가.
 - HOW(결론): 어떻게 해야 하는가.

 2) 알아야 할 순서대로 쓰기
 - 시간의 흐름이나 알아야 할 순서대로 목차를 정해보자.

 3) 방법 위주로 구성하기
 - 타깃 독자, 목적, 목표를 확인하고 어떤 목차 구성이 독자에게 가장 도움이 되는지 파악해보자. 그리고 반드시 SO WHAT?(그래서 뭐?)라는 질문에 답할 수 있는 방법이 제시되어야 함을 잊지 말자.

나만의 브랜딩을 위한 2주 책 쓰기

3장

2주 만에 초고를
완성하는 비결

2주 만에 책 쓰기가 가능할까?

나는 처음 집필한 책《말 한마디 때문에》는 한 달,《완벽한 강의의 법칙》은 15일,《언택트 시대, 왜 그 강사만 강의 의뢰가 더 늘었을까》는 13일 만에 원고를 썼다. 꽤 짧은 시간 안에 초고를 끝냈다. 이렇게 빨리 초고를 완성할 수 있었던 비결은 무엇일까?

나는 "2주 만에 책을 쓰려는 생각은 버려라. 오래 걸려서 글을 써도 된다는 생각 또한 버려라"라고 말하고 싶다. 내가 2주 만에 책을 쓸 수 있었던 것은 개인적인 생활을 포기하고, 꽤 많은 집중력이 필요한 책 쓰기를 얼른 끝내고 싶은 마음에서였다.

2주 만에 책 쓰기, 당신도 할 수 있다. 하지만 진짜 독하게 써야 한다. 때로는 고통스럽기까지 한 2주 만에 책 쓰기, 만일 당신의 지구력이 약하다면 반대한다. 노는 것, 먹는 것, 자는 것, 때로는 씻는 것까지(?) 그 시간을 줄이거나 포기해야 한다. 꼭 2주 만에 책을 쓰라고 강요하고 싶지 않다. 그 말을 하려는 것도 아니다. 한 달도 좋고 두 달도 좋다. 다만 그 이상을 넘겨도 된다는 여유는 부리지 않았으면 좋겠다. '1인 브랜드가 되기 위해 악착같이 책을 써내야겠다'라는 생각 하나면 충분하다.

내가 2주 만에 책을 쓸 수 있었던 것은 책 쓰기를 계획하고 혹독해지겠다는 결정을 스스로 했다는 점, 그리고 쉽게 책을 쓰는 법에 대해 연구했다는 점 때문이다. 나는 책을 쓸 때마다 항상 다이어리를 활용했다. 목차 작성을 완료하면 내가 써야 할 목차의 중제목이 몇 개인지를 먼저 세어본다.

책은 보통 250~300페이지 분량이다. A4 1장에 책 2.5페이지 분량이 나온다. 책 한 권을 쓸 때 한글 파일 바탕체 10포인트 기준으로, 100~120장 정도 써야 한다는 계산이 나온다. 그렇다면 중제목은 몇 개가 되어야 할까?

A4 기준으로 1꼭지당 2~2.5장 쓰는 것이 좋다. 물론 어떤 꼭지에서는 2장 정도를 썼는데 어떤 꼭지에서는 6장 분량이 나오기도 한다. 이때는 소제목을 넣어서 지루함을 없애는 것이 좋다.

평균 1꼭지당 2.5장, 완성된 초고 100장을 기준으로 잡는다면 중제목은 40여 개가 되어야 한다는 결론이 나온다. 40개가 넘어도 좋고 조금 부족해도 괜찮다. 100장 정도의 분량이라면 충분히 책이 될 수 있다.

40개의 꼭지로 가정해보면 하루에 1꼭지씩 매일 썼을 때, 두 달 안에는 충분히 써낼 수 있다. 이러한 집필 계획을 세우는 것이 중요하다.

나는 《언택트 시대, 왜 그 강사만 강의 의뢰가 더 늘었을까》를 2020년 2월에 집필했다. '하루에 2꼭지는 무조건 쓰겠다'는 계획을 세웠다. 총 50여 개의 목차 꼭지가 나왔는데, 하루 2꼭지를 쓴다면 25일 안에는 충분히 전체를 쓸 수 있다는 결론이 나왔다. 강의 일정이 비어 있는 날, 중요한 일이 없는 날, 특히 주말에는 보통 3~4꼭지를 쓰겠다고 계획했다.

정확히 2020년 2월 9일에 집필을 시작해 2월 27일에 초고를 완성할 수 있겠다는 계획표가 완성되었다. 50여 개의 꼭지를 써내려가면서 불필요한 것들이 많았다. 그래서 집필하는 순간에도 목차는 수시로 수정되었다.

한 꼭지에 담은 내용이 10장 분량인 것도 있었다. 그러다 보니 하루에 2꼭지를 완성했어도 다른 꼭지보다 2배 이상 분량의 글을 썼고, 점차 분량이 늘어 100장 이상이 되었다. 결국 불필요한 꼭지들을 삭제해 40여 개의 꼭지로 줄였다. 그 결과 13일 만에 초고를 완성했다. 2월 21일 금요일, 포기하려 했던 내 생일에 초고를 완성하고는 신나게 술을 마시러(?) 떠났다는 후문이 있다.

글의 분량이 많아진다고 해서 꼭 목차를 삭제할 필요는 없다. 나는 그저 너무 두꺼운 책 때문에 독자들의 독서 지구력을 떨어뜨리

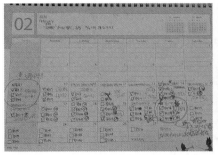

2020년 2월, 3번째 책 쓰기 계획 　　　　　　　　2020년 12월, 이 책의 집필 계획

고 싶지 않았을 뿐이다. 그래서 웬만하면 A4 기준 130장 정도로 쓰려고 노력한다.

초고를 완성했는데 100장이 안 되어도 좋다. 출판사에 투고하는 데는 문제가 없다. 책의 전체적인 흐름과 작가가 글을 써낼 수 있는 사람인지를 출판사 담당자가 파악하기에는 충분한 분량이다. 물론 이후에 편집자가 책의 분량을 더 늘려달라고 요구를 할 것이다. 그때 책의 분량을 더 늘릴 수 있는 기획력과 책을 더 쓸 수 있는 힘이 남아 있다면 가능하다.

나는 이 책을 쓰는 지금, 2020년 12월에도 같은 방법으로 책 쓰기를 계획했다. 이번에는 처음부터 16일 만에 책을 쓰기로 계획했다. 이유인즉슨, 2021년 1월 중순에 방송 출연이 예정되어 있어서다. 2020년 2월에 책을 이미 집필하고 11월에 출간해서 쉴 법도 하지만, 방송 출연 후 책 쓰기와 1인 브랜딩 교육 전문기관을 운영하는 사업가로 나아가기 위해서는 계획상 필요했다.

크리스마스 하루만큼은 나에게 휴식으로 선물했다. 나는 현재 하루 평균 4꼭지씩을 계획하고, 아직까지 잘 실천하고 있다. 오늘은 크리스마스가 지난 다음 날인 2020년 12월 26일 오전 11시이며 책 쓰기 시작한 지 6일째 되는 날이다. 이 장은 오늘 처음으로 쓰는 꼭지이며 13번째 꼭지다(나는 이 책을 책 쓰기 휴무날인 크리스마스를 제외하고 9일 만에 초고를 완성하는, 스스로도 놀라운 신기록을 세웠다. 사실 너무 고통스러운 시간이기도 했다. 무릎과 엉덩이가 너무 아팠다. 한의원을 가야할 정도로. 여러분은 그냥 천천히 쓰는 것이 좋겠다. 두 달 안에 쓰는 것도 굉장히 훌륭한 일이다).

재차 강조하지만 빨리 쓰는 것이 중요하다고 말하고 있는 것이 아니다. 책 쓰기를 먼저 계획하고 하루 한 꼭지씩이라도 쓴다면, 두 달 안에도 쓸 수 있다는 것을 말하기 위한 것이다. 다만 책을 쓰면서 힘든 시간을 보내면 결국 지쳐서 쓸 수 없다. 하루 한 꼭지씩 쓰면 글쓰기 리듬이 유지되어 글발(?)도 좋아진다. 그러니 더도 말고 덜도 말고, 하루에 한 꼭지씩이라도 쓰자.

책 집필 기간 외에 자료를 수집하고 해당 분야에 전문지식을 갖추는 시간은 계획할 수 없다. 제대로 익히고 충분한 자료가 될 때까지 많은 시간을 들여야 한다. '그래, 책 쓰기는 지금이야'라는 순간에 쓰도록 하자. 전문 지식과 자료를 많이 갖춘 후에 책을 쓰면,

그 속도는 빨라질 것이다. 이는 경험자로서 장담한다. 쓸 것이 없어서 모니터 속 깜박이는 커서만을 바라만 보지 않을 것이다.

"과학적 근거에 따르면 인간이 최상의 상태에 도달하기 위해서는 육체적으로 혹독한 활동을 해야 한다(엔도르핀 분출). 또한 임무를 완수하고 성취감을 느껴야 한다(도파민 분출). 인간은 태생적으로 자신과 육체를 한계치로 몰아붙이고 그 대가로 신체는 우리에게 보상을 주도록 설계된 셈이다. 결론적으로 우리는 도전하는 삶을 살지 않으면 결코 최상의 상태로 인생을 살아갈 수 없다."

-스탠 비첨, 《엘리트 마인드》 중에서

내가 2주 만에 책을 쓸 수 있었던 비결은 책 쓰기 계획을 구체적으로 세웠고 혹독하게 스스로를 몰아붙여서였다. 어떤 날은 하루에 16시간 이상 글을 쓴 적도 있다. 1인 브랜드가 되기 위해 나 스스로 혹독해지기로 결정했고, 그 결과 출간에 성공했다. 한 번 성공하고 나니 그 이후에는 좀 더 수월해졌다. 그리고 내 경험이 담긴 책을 읽고 있는 당신에게도 나눌 수 있게 되었다. 처음이 어려울 뿐, 그 다음은 조금 쉬워진다. 습관을 잘 들이고 나면 이후에는 하기 싫은 귀찮은 일도 잊어버리고 일상에 스며든다.

세계 최정상의 자리에 오른 200명의 생각과 습관, 성공의 비밀을 담은 《타이탄의 도구들》을 쓴 팀 페리스(Timothy Ferris)는 "목표와 계획을 세울 때 가장 중요한 것은 '변명의 여지를 없애는 것'이다"라고 말했다. 그러면서 그는 "일단 쉽게 습관 들게 하는 것이 핵심이다. 습관이 되고나면 두 번, 세 번, 열 번으로 늘려가도 어렵지 않다는 것을 깨달을 수 있다"고 했다.

처음부터 달성하기 힘든 목표를 세우지 말고, 딱 한 쪽시씩만 쓰는 것으로 실천해보자. 그리고 한 꼭지에서 두 꼭지, 두 꼭지에서 세 꼭지로 늘려보자. 그러면 당신도 두 달이 아닌 한 달 반 만에, 더 줄여서 한 달 만에, 심지어는 나처럼 2주 안에도 책을 쓸 수 있는 경이로운 신기록을 세울 수 있을 것이다. 계획과 혹독함을 견디는 습관으로 말이다.

글쓰기에도 기획이 필요하다

1925년 노벨문학상을 수상한 영국의 극작가이자 소설가, 조지 버나드 쇼(George Bernard Shaw)가 쓴 글에 그의 부인은 이렇게 말했다. "당신의 글은 쓰레기감이에요." 이 말에 버나드 쇼는 "맞아, 하지만 7번 교정한 다음에는 완전히 달라져 있을 거라고!"라며 외쳤다.

이 일화를 통해, 책을 쓰기 시작한 당신을 응원해주고 믿어주는 사람을 곁에 두라고 조언하고 싶다. 하지만 내가 더 강력하게 전하고 싶은 메시지, 즉 여기에서의 주장은 쓰레기감이 되지 않을 만한 어쩌면 퇴고조차도 필요 없는 글쓰기로 '기획'하자는 것이다.

앞에서 나는 2주 만에 책 쓰기에 성공한 비결로 책 쓰기 계획과 혹독함을 스스로 결정했다는 것, 그리고 쉽게 책을 쓰는 법에 대해 연구했기에 가능했다고 말했다. 쉽게 책을 쓰는 법. 나는 복잡

한 일도 간단하게, 어려운 것도 쉽게 하는 것을 좋아하고 그렇게 하기 위해 늘 방법을 찾는다. 나에게도 쉽지 않았던 책 쓰기를 하면서 '어떻게 하면 글을 쓸 때 다다다닥 컴퓨터 키보드를 쉴 새 없이 두드릴 수 있을까'를 연구했다. 그리고 '글쓰기를 할 때도 기획이 필요하다'는 것을 깨달았다. '누구나 쉽게 글을 쓰는 방법'을 더욱 고민하기 시작했다.

나에게 책 쓰기 도움을 요청했던 많은 이들이 이렇게 말했다. "저는 말로 하면 잘하는데 글로 쓰는 건 잘 못하겠어요." 평소 말을 잘하는 사람이라 하더라도 실제로 글을 쓰려 하면 모니터만 멍하니 바라본다. 글 쓰는 일이 쉬운 일은 아니다. 그런데 어려운 것만도 아니다. 글쓰기 방법을 알고, 왜 글이 잘 안 써지는지를 안다면 말이다.

글이 잘 써지지 않는 이유는 하나다. 무엇을 써야 할지를 몰라서 그렇다. 더 자세히 말하자면 무작정 쓰려고만 해서, 글쓰기의 재료 없이 무작정 머리에서만 짜내려 해서 그렇다. 시나 소설처럼 창의성이 필요한 글쓰기는 머리에서 짜내야 한다. 그런데 전문적인 지식과 자료가 풍부하다면 '말하듯이' 글을 쓰면 된다.

나는 '내가 어떻게 빨리 책을 쓸 수 있었지? 글 쓰는 것이 타고난 게 아니라면 남들보다 빠르고 쉽게, 어떻게 할 수 있을까?'를 초보 작가들을 도우면서 늘 고민했다. 그때 나는 작가가 아닌 강사의 입장으로 돌아갔다. 어려운 것도 쉽게, 하지 못하는 사람도 할 수 있게 만드는 나의 장점을 살려 연구했다. 나 역시 이 방법대로 여전히 글을 쓰고, 여전히 빨리 글을 쓰는 최상의 방법이라고 생각한다. 나는 글의 재료들을 바탕으로 쉽게 쓰는 '글쓰기 기획법'에 관해 지금부터 강의를 시작하고자 한다.

해당 목차에서 하고 싶은 주장을 한 줄로 써라

지금 당신이 읽고 있는 이 중제목은 '글쓰기에도 기획이 필요하다'이다. 이는 이미 주장하는 문장으로 보인다. 이런 목차라면 쉽다. 책 목차를 기획했을 때처럼 서론·본론·결론으로 나눈 뒤, 어떤 글을 어느 위치에 쓸 것인지를 기획하자. 이 장의 목차대로 주장하기 위해서라면 서론에서는 글쓰기 기획의 필요성을 느끼게 하는 동기부여, 문제제기(WHY) 등의 글을 쓰면 된다. 본론에서는 글쓰기 기획법으로, 무엇을 할 수 있는지(WHAT), 글쓰기 위한 방법(HOW)을 제시한다. 결론에서는 서론과 본론에서 이야기한 내용을 간단히 정리하는 방식으로 쓴다. 아직도 글쓰기 기획에 감이 오지 않았다면 더 자세히 설명하겠다.

앞 중제목을 보자. '2주 만에 책 쓰기가 가능할까?'가 제목이다. 이는 주장하는 형태의 목차는 아니다. 그렇다면 한 줄의 주장으로 변경해서 써보자. 나는 '2주 만에 책 쓰기가 가능할까?'라는 중제목을 '2주 만에 책을 쓰려면 책 쓰기 계획과 혹독함을 견딜 습관을 들여라'는 방식으로 주장했다.

해당 중제목을 주장으로 변경해서 한 줄의 문장으로 잘 썼다면, 포스트잇에 문장을 옮겨 컴퓨터에 붙여놓자. 내 주장을 잊어버리고 배가 산으로 가는 글쓰기가 되지 않도록 하기 위해서다. 그야말로 '쓰레기 같은' 초고가 되지 않도록 미리 방지하는 셈이다(서론·본론·결론에 어떤 내용을 쓸지 이미 기획이 된 상태라면 흔들리지 않는 글쓰기가 될 수 있으니 무시해도 좋다).

흐름이 잘 이어지고 타당한 근거로 잘 구성했다면, 퇴고하는 시간을 줄일 수 있다. 그리고 내용 자체를 수정할 일도 적어서 퇴고 없이 출판사에 투고하는 것도 가능해진다. 무작정 글을 쓰기보다는 글을 쓰기 전에 기획을 하고 쓰자. 그러면 주장에 맞는 글로 독자를 설득하는 '잘 쓴 글'이 될 확률이 높아진다. 오타나 비문이 있을지언정 출판사 담당자가 목차만 보더라도 탄탄한 내용이라는 것을 알 수 있다.

쉽게 쓰는 글쓰기 기획법

앞에서 목차를 선정할 때 다루었던 기획을 기억하는가? 책은 독자를 설득하기 위한 목적이 있다. 설득을 하려면 주장이 명확해야 하고 흔들림이 없어야 한다. WWH 법칙이 강한 설득을 하는 데 좋은 기획법이다. 이 방법을 활용해서 기획을 해보자.

먼저 쓸 글을 서론·본론·결론, 이렇게 세 부분으로 나누자.

❶ 서론(WHY): 왜 문제가 되는가, 왜 해야 하는가

서론을 쓰기 전에 서론의 주장(주제)을 정하자. '2주 만에 책 쓰기가 가능한가?'라는 목차의 글을 보면 '독하게 책을 써야 책 쓰기가 가능하다'라는 주장으로 글을 썼다. 서론은 첫 글쓰기의 시작점이다. 때문에 여기서 첫 글을 잘 쓰면 다음 글은 의외로 쉬워진다. 그렇다면 서론을 어떻게 열어야 할까?

서론에서는 해당 목차를 주장하기 위해 '동기부여, 문제제기, 주의집중'으로 독자의 흥미를 유발해야 한다. 영화가 시작할 때 처음에 등장하는 프롤로그를 생각해보라. 영웅의 이야기를 다룬 〈스파이더맨〉이나 〈어벤저스〉만 해도 잔잔하게 시작하지 않는다. 이 영화를 궁금해할 수 있게끔 프롤로그부터 흥미를 유발할 만한 화면으로 시작한다. 이를 통해 관객의 눈을 사로잡는다. 영화가 시작되고 3분 안에 관객을 사로잡지 못하면 어떨까? 관객은 흥미를 잃고 말 것이다. 그래서 영화의 시작은 매우 강렬한 편이다.

나는 '2주 만에 책 쓰기가 가능할까?'라는 목차의 서론에서 '어서 다음을 알려줘. 2주 만에 책을 쓴 그 방법이 뭔데?'라고 생각할 수 있게끔 1달, 15일, 13일 만에 책을 쓴 스토리로 시작했다. 이 장에서도 조지 버나드 쇼의 일화를 활용했다. "넌 다 계획이 있구나"와 같이 영화 속 대사를 활용하기도 했다. 즉 서론의 첫 문장을 쓰기가 어렵다면 서론의 주장에 맞는 일화, 명언, 대사, 뉴스, 통계, 다른 책의 문구나 내용 등을 활용하는 것이 좋다. 동기부여, 문제

나만의 브랜딩을 위한 2주 책 쓰기

제기, 주의집중으로 흥미를 유발하라는 뜻이다.

자료가 많으면 책 본문의 내용으로도 활용할 수 있다. 그래서 나는 자료수집의 중요성을 계속 강조해온 것이다. 흥미를 유발하는 문장으로 시작했다면 자연스럽게 그 이야기를 언급한 이유를 당신은 글로 설명할 것이다. 그러고는 다시 한 번 주장한 바를 정리하거나 다음에 나올 내용을 예고할 것이다. 혹은 이 목차를 통해 이야기하고 싶은 바를 결론으로 미리 제시하며 서론을 마무리하는 것도 좋다. 즉 서론 부분을 다시 서론-본론-결론으로 구분하라는 뜻이다.

- 서론의 서론: 일화, 명언, 대사, 뉴스, 통계를 활용한 동기부여, 문제제기, 주의집중하게 하기
- 서론의 본론: 왜 위 이야기를 했는지 이유를 설명하고 주장에 대한 근거를 제시하기
- 서론의 결론: 다시 한 번 서론의 주장을 제시하거나 다음에 나올 이야기를 예고, 목차 전체 주장이 되고 이 장에서 이야기하고자 하는 결론을 제시하기

때로는 서론이 길어지는 목차도 있고 몇 줄 정도로 짧게 쓰이는 경우도 있다. 목차를 기획했을 때처럼 방법에 대한 제시가 많아야 하는 꼭지인지, 아니면 동기부여로 설득해야 하는 내용이 많아야

하는지도 고민하며 글을 기획해보자.

책을 읽을 때도 다른 책은 서론을 어떻게 시작하고 어떤 내용으로 풀어내는지를 유심히 살펴보며 분석해보자. 책 쓰기에 많은 도움이 될 것이다.

《완벽한 강의의 법칙》을 인용한 예시

▶목차제목: 준비된 강사라면 떨리기보다는 설렌다.

▶주장문장으로 바꾸기: 강의를 제대로 준비한 후 무대에 서야 한다.

▶서론: 연설가인 릴리 월터스는 "연설 공포는 마음의 준비를 통해 10%, 심호흡을 통해 15%, 사전 준비와 연습을 통해 75% 정도 극복된다"고 했다(서론의 서론. 명언 활용). 나 역시 이 말에 동감한다. 강의 전 철저한 준비와 연습을 하다 보면 '이 정도면 완벽해'라는 느낌을 받게 된다(서론의 본론, 경험으로 주장에 대한 근거 제시). 그 순간부터 자신감을 얻게 되고 내일의 강의가 걱정되기보다는 완벽하게 준비된 내가 빨리 청중 앞에 서서 강의하는 내일이 오기를 설렘으로 기다릴 수 있다(서론의 결론. 이 장에서 주장하고자 하는 결론을 목차제목을 활용해 마무리함).

---

❷ **본론(WHAT): 문제를 해결하기 위해 무엇을 할 수 있는가**

본론(HOW) : 어떻게 해야 하는가

우리는 '본론으로 들어가서'라는 말을 자주 사용한다. 진짜 하고 싶은 이야기, 즉 말하고자 하는 진짜 핵심을 전달하겠다는 의미다. 글을 쓸 때도 본론에서는 핵심을 이야기해야 한다. 본론은 서론에서 문제제기한 내용을 해결하기 위해 무엇을 할 수 있는지, 어떻게 해야 하는지에 대한 방법을 담으면 된다.

나는 2장에서 '글쓰기도 기획이 필요하다'는 주장을 하고 있으므로 본론에서는 글쓰기 기획법에 대한 내용을 다루고 있다. '2주 만에 책 쓰기가 가능할까?'에서는 '2주 만에 책을 쓰려면 계획을 철저히 세우고 혹독함을 견딜 습관을 들여라'라고 주장했다. 때문에 책 쓰기를 할 때 계획하는 법을 위해 알아야 할 순서대로 본론을 풀었다. 1꼭지당 A4 2~2.5장을 써야 하고, 종 100~120장 정도를 써야 책이 될 수 있다고 했다.

본론 역시 서론의 방법처럼 본론의 서론, 본론의 본론, 본론의 결론을 어떤 내용으로 넣을지를 세분화해서 기획하는 것이 좋다. 이 장에서 나는 본론의 서론, 본론, 결론을 알아야 할 순서대로 적고 있다. 본론은 WHAT과 HOW에 대한 이야기가 대부분이므로, 이해를 위해 필요한 것부터 적어가면 쉽다.

책은 '설득'이라고 했다. 설득이 되려면 동기부여가 되어야 하고 문제를 인식해야 한다. 그 다음은 이해가 되어야 한다. 이해가 되어야 설득이 된다. 그러니 최대한 독자가 쉽게 이해할 수 있도록 글을 쓰고, 초등학생도 보고 이해할 수 있을 만큼 쉽게 써야 한다. 독자가 나의 주장대로 실행해볼 수 있도록 길의 방향을 가리키고 안내하는 것으로 생각하면 된다. 길을 찾아오는 방법을 쉽게 설명한다고 생각하며 글을 써보자.

《완벽한 강의의 법칙》을 인용한 예시

▶목차제목: 준비된 강사라면 떨리기보다는 설렌다.

▶주장문장으로 바꾸기: 강의를 제대로 준비한 후 무대에 서야 한다.
 *이 목차에서는 방법제시보다는 동기부여를 위한 목적으로 주장함.

▶본론
 1) 강의가 떨리지 않고 기다려지는 이유
 - 중학교 때 3분 스피치를 했을 때, 준비하지 않아서 겪은 실수담과 재미있
는 이야기를 제시한다. 개인 사례를 활용해 설렘을 보여준다.

 2) 준비는 많이 할수록 좋다
 - 강의 준비를 철저히 하면 PPT 자료화면을 보지 않고도 설명할 수 있다. 그
리고 돌발 상황에서도 순발력 있게 대처할 수 있음을 논리적으로 설명한다.
다른 강사의 일화 등을 활용한다.

해당 목차에서 방법 위주로 풀어야 할지 동기부여 위주로 풀어야 할지, 목적을 기획하는 것이 중요하다. 그리고 일화나 명언, 뉴스, 통계, 책 등의 자료를 본론에서도 활용해 핵심 메시지, 즉 주장에 관한 근거들을 자세히 풀어 설명하는 것이 좋다.

나는 위 예시에서 왜 강의를 제대로 준비한 후에 무대에 서야 하는지(목차의 주장), 그렇게 하지 않으면 어떤 일이 벌어지는지를 사례를 들어 제시했다. 독자에게 '강의를 하기 전에 철저히 준비하지 않으면 안 되겠구나'라는 생각이 들도록(목적), 그리고 강의를 철저히 준비하고 무대에 서도록(목표) 하게끔 설득했다.

책의 콘셉트를 정했던 기획방법처럼 해당 목차에서 독자에게 설득하려는 목적과 독자가 어떻게 변화하기를 바라는지에 대한

목표도 함께 세운 후 글쓰기를 기획하면, 훨씬 명확하고 논리적인 내용의 글을 쓸 수 있을 것이다.

❸ 결론: 다시 한 번 정리하기

결론은 짧게 풀어내는 것이 좋다. 결론이 너무 길면 독자는 지치고 흥미를 잃기가 쉽다. 결론은 서론과 본론에서 언급한 내용들을 짧게 정리해서 강조를 하는 부분이다. 그러니 몇 문장으로 써도 좋다. 다만 앞에 언급한 내용들을 이야기해야 한다. 새로운 내용을 더하지 않도록 주의하자.

본론에서 독자에게 길의 방향을 가리키고 안내하며 가는 방법에 대해 썼다면, 결론에서는 독자가 작가의 주장대로 해볼 만한 것인지 스스로 생각하게 만드는 부분이다. 따라서 여운 있게 끝내도 좋다. 이때 IF(만약~한다면) 기법을 활용해보자.

"만약 당신이 책을 쓸 때 아무 기획 없이 무작정 쓴다면, 퇴고를 할 때 쓰레기감처럼 보이는 글들에 대해 다시 써야 하는 번거로움이 생길 수 있다. 대체 무슨 말을 하고 있는지 횡설수설해서 출판사 담당자의 마음을 사로잡지 못할 수도 있다. 결국 출간이 어려워질 수도 있다. 그러니 책을 쓸 때 쉽게 쓰는 방법이자 제대로 방향을 잡고 가는 배처럼, 글을 쓰기 전에 기획을 먼저 해보는 것은 어떨까?"

위 문단과 같이 IF와 물음표 화법으로 독자 스스로가 선택할 수 있도록 여운을 주는 것이 좋다. 결론도 서론을 시작할 때처럼 책에서 미리 수집한 글귀, 일화, 사례 등을 활용해서 끝내는 것도 좋다. 다만 주의할 점은 문장이 짧아야 한다는 점이다. 이미 본론에서 독자는 할 수 있는 방법에 대해 터득했고 갈증을 해결했는데, 결론이 길어지면 지루함을 느낄 수 있다. 따라서 문장은 짧고 간결하게 쓰도록 하자.

나는 '2주 만에 책 쓰기가 가능할까?' 꼭지에서 팀 페리스의《타이탄의 도구들》의 글을 인용했다. 이를 통해 다시 한 번 게으른 변명을 늘어놓지 말고 습관을 바꿔야 책을 쓸 수 있다는 것을 강조하고 마무리했다.

나는 글쓰기 기획을 잡는 데만 30분 이상이 소요된다. 어떤 때

《완벽한 강의의 법칙》을 인용한 예시

▶목차제목: 준비된 강사는 떨리기보다는 설렌다.

▶주장문장으로 바꾸기: 강의를 제대로 준비한 후 무대에 서야 한다.
 *이 목차에서는 방법제시보다는 동기부여를 위한 목적으로 주장함.

▶결론: 철저한 준비와 연습은 돌발 상황이 생겨도 당황하지 않게 한다. 오히려 자신감과 여유로움마저 느껴지게 만든다. 완벽해질 때까지 준비하고 연습하라. 강의를 피하고 싶은 두려움이 아닌 내일의 강의 시간이 빨리 오기를 바라는 설렘을 가질 수 있게 하고 무대에 당당하게 설 수 있다(짧은 결론, 앞의 내용을 한 번 더 정리하며 쐐기 박기, 이 장에서 무엇을 이야기하려 했는지 목차제목의 단어들을 활용해 마무리하기).

나만의 브랜딩을 위한 2주 책 쓰기

는 더 오래 걸리기도 한다. 그런데 기획하는 데 시간을 쏟아야 한다. 시간을 들일수록 글쓰기가 쉬워지기 때문이다. 무엇을 써야 할지, 어떻게 써야 할지를 알고 쓰기 때문에 그렇다.

책 쓰기에 대해 알면 알수록 당신은 독자가 중요하다는 것, 책을 읽는 독자부터 되어야 한다는 것, 책을 쓸 때는 많은 자료들을 수집하는 것이 유리하다는 것, 그리고 목차를 선정할 때에도 글을 쓸 때에도 모두 기획이 필요하다는 것을 알았을 것이다. 글쓰기 전에 쓸 글을 미리 기획한다면 당신은 누구보다 쉽게 글을 쓸 수 있을 것이다.

나 역시 글을 쓰기 전에 먼저 쓸 글에 대한 기획을 하고 쓴다. 앞으로 수십 권, 수백 권의 책을 써도 이렇게 기획한 다음 책을 쓸 것이다. 방향을 잘 잡아주기 때문에 흔들리지 않는 글을 쓸 수 있

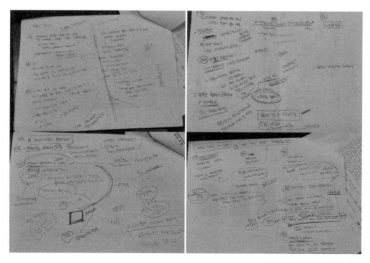

글쓰기 기획을 작성한 메모

고, 무엇보다 책을 쉽게 쓸 수 있는 방법이니까. 나는 이렇게 종이에 적어가며 기획하지만 여러분들은 좀 더 글쓰기 기획이 수월하도록, 다음 페이지에 글쓰기 기획서 예시를 만들어두었다. 글을 쓰기 전에 기획서대로 먼저 기획한 후, 글을 써보는 것은 어떨까?

[쉽게 쓰는 글쓰기 기획서]

목차제목		글쓰기도 기획이 필요하다
주장문장		글쓰기도 기획이 필요하다
설득 이유(목적)		글쓰기가 어렵다고 느껴지는 사람들이 글을 쉽게 쓸 수 있도록 하기 위해서, 흔들리지 않는 글로 논리적인 설득의 글을 쓰기 위해서
독자 변화(목표)		글쓰기의 기획법을 익히고 실제로 활용할 수 있도록 도움
집중 내용		방법 위주 vs. 동기부여
서론	서론의 서론	조지 버나드 쇼의 일화 활용
	서론의 본론	내가 글을 쉽게 쓸 수 있는 방법을 연구하게 된 이유
	서론의 결론	본론에서 다룰 내용에 대한 예고
본론	본론의 서론	쉽게 쓰는 글쓰기 기획법이 무엇인지 결론부터 짧게 제시
	본론의 본론	글쓰기 기획법에 대한 방법 제시 1) WWH 법칙 설명 2)《완벽한 강의의 법칙》책을 활용한 예시
	본론의 결론	나도 여전히 글쓰기를 기획하고 있고, 그래서 쉽게 쓴다는 이야기로 한 번 더 강조하기
결론		나의 글쓰기 기획 사진을 공유하고 메시지 전달, IF 화법으로 마무리

독자를 피곤하게 하는 작가들

나는 단체 채팅방이 여러 개 있다. 업무를 위한 것도 있고 모임을 위한 것도 있다. 어떤 이는 채팅방에 공지 글을 작성하기도 하고 정보를 전달하고자 작성하기도 한다. 그런 사람들 중에는 가끔 '뜨악' 하고 경기를 일으킬 만큼, 눈과 정신을 피곤하게 만드는 글을 올리는 사람들이 있다. 나만 느낀 것은 아닌가 보다. 누구도 그 글에 답변을 하지 않으니 말이다.

읽기 싫은 글들이 있다. 횡설수설하거나 내용이 반복되는 글들이 그렇다. 도무지 무슨 말인지 이해가 되지 않아서 글을 여러 번 읽어야 하는 경우도 있다. 끝날 듯 끝나지 않는 문장. 대체 언제 문장이 끝나려나.

잡소리, 고구마 화법에 피곤한 독자들

횡설수설 '잡소리'가 많고 중복된 내용이라면 기획이 잘못되었다. 이런 글은 기획이 없는 글이 대부분이다. 심지어는 목차와 다른 방향으로 빗겨간 내용들인 경우가 허다하다. 그래서 나는 앞서 글을 쓸 때는 기획이 필요하다고 강조했다.

글을 쓸 때 최대한 덜어내는 연습을 하는 것이 좋다. 이해를 돕기 위해 어느 정도는, 어느 부분에서는 설명이 잘 되어야 하기에 글이 길어지는 것은 당연하다. 하지만 쓸데없이 반복되는 글은 독자에게 피로감만 느끼게 할 뿐이다. "굳이 그렇게까지 설명하지 않아도 되는데, 핵심만 말해줄래요?"라는 소리만 들을 것이다.

연예인과 매니저의 일상을 담은 MBC 〈전지적 참견 시점〉이라는 방송 프로그램이 있다. 개그맨 이승윤은 고구마 화법으로, 다른 연예인들로부터 "말이 길다, 그래서 결론이 뭔가? 결론부터 먼저 이야기해달라"며 장난 섞인 핀잔을 듣는다. 평소 고구마 화법으로 편집당하기 일쑤인 이승윤을 위해 매니저가 나섰다.

"형수님은 어떻게 만나셨어요?"라고 매니저가 코칭을 하기 위한 질문을 던졌다. "내가 '헬스보이'를 할 때 출판사에서 다이어트 책을 만들자고 연락이 왔는데, 그 책을 기획했던 사람이 아내였던 거지. 책을 쓰면서 가까워진 거야"라고 했다. 그러자 스튜디오에 있던 연예인들이 "이것 좋다" "이것 짧다"라며 긍정적인 호응을 했다.

그런데 그가 또 말을 이어간다. "책을 만들면서 일주일에 한두 번은 꼭 만났어. 내가 민소매를 입고 금목걸이를 차고 나갔거든. 근데 그게 제일 싫어하는 스타일이었대… (중략)… 그래서 내가 결혼하자고 했지"라며 불필요한 이야기까지 쏟아냈다.

매니저는 그의 말을 간결하게 표현하는 법을 시범 보였다 "헬스 보이 하면서 다이어트 책을 내게 됐는네, 그 덩시 출판사 편집자였던 와이프를 만나게 되었습니다"라고 핵심만 요약해서 간결하게 말했다. 그러면서 "어떻게 만나게 되었는지를 질문한 것이지, 민소매에 금목걸이를 했는지, 그런 걸 물어본 게 아니다"라고 했다. 소위 안물안궁이다.

필요한 핵심만 이야기하는 것이 중요하다. 간혹 말이 많은 사람과 대화를 하다 보면 때로는 듣기가 힘들어서 참으며 듣는 경우가 있다. 어떤 때는 계속 듣고 있으니 어지러울 때도 있다. 말하고자 하는 핵심만 전달하면 될 일인데 이렇게까지 주저리주저리 말할 필요가 있을까? 글도 마찬가지다.

"코로나19 이후 나는 급격하게 살이 쪘다. 몸무게를 재보니 두 달 만에 10kg이 늘어서 깜짝 놀랐다. 그래서 다이어트를 시작했다. 당장 헬스장에 가서 트레이너의 도움을 받아 운동을 시작했다. 그런데 하루 만에 거리두기가 2.5단계로 격상

되면서 헬스장이 문을 닫았다. 코로나19 확진자 수가 낮아지기를 매일 뉴스로 확인했는데 오히려 확진자 수는 더 늘었다. 결국 3주 이상 헬스장에 갈 수 없었다. 어쩜 이렇게 운도 없는지 나는 그냥 다이어트를 포기해버렸다."

위 글을 읽어보니 어떠한가? 몸 다이어트가 아니라 문장 다이어트가 필요한 상황이다. 이 글의 핵심은 '다이어트를 포기할 수밖에 없었던 이유'다. 이유만 간결하게 이야기하면 된다. 최대한 핵심만 간결하게 쓰는 것이 좋다. 독자의 귀한 시간을 허비하게 만들어서는 안 된다.

"코로나19 이후 나는 두 달 만에 10kg이 늘어 깜짝 놀랐다. 그래서 다이어트를 시작했다. 헬스장에 등록해 운동을 시작한 지 하루 만에 거리두기 단계가 격상되면서 헬스장이 문을 닫았다. 더 이상 헬스장에 갈 수 없게 되었고 나는 다이어트를 포기해버렸다."

이 글은 어떠한가? 불필요한 문장이 확연히 줄었다. 군더더기 없이 깔끔한 느낌이다. 나도 처음에 글을 쓸 때는 불필요한 글을 많이 썼다. 너무 자세히 쓰려는 욕심에서였다. 그런데 굳이 그렇게 할 필요는 없다. 그저 독자가 알고 싶은, 독자에게 전하고 싶은 메시지를 위한 정도의 글만 쓰면 된다.

문장도 다이어트가 필요하다. 책을 쓸 때 원고 분량을 맞추는 것도 중요하지만, 주저리주저리 떠드는 글쓰기로 독자를 피곤하게 하는 고구마 화법의 글쓰기가 되지 않도록 주의하자.

가독성을 해치는 비문

가독성이란 '글이 얼마나 쉽게 읽히는가'이다. 가독성이 좋으면 독자는 집중력이 높아져서 책을 읽기가 쉬워진다. 가독성을 높이려면 먼저 비문을 쓰지 않아야 한다. 비문(非文)이란 아닐 비, 글 문의 한자를 사용한다. 한자 그대로 뜻을 풀이해보면 글이 아닌 것이 비문이다. 문장이나 문법이 잘못된 문장이다.

《출판사 에디터가 알려주는 책쓰기 기술》의 작가 양춘미는 "비문을 좀 더 쉽게 알아차리는 방법이 있습니다. 가장 간단한 방법은 주술호응이 되는지 살펴보는 것입니다. 주술호응이라는 것은 '주어와 서술어가 잘 맞는가?'인데 의외로 방법은 쉽습니다. 주어와 서술어를 이어서 읽었을 때 어울리는지 생각해보면 됩니다"라고 했다.

'그 이유는 나는 그를 사랑한다.'

'그 이유는'으로 시작한 문장과 마지막 문장을 붙여 읽어보자.

'그 이유는 사랑한다.'

뭔가 이상하다.

'그 이유는 나는 그를 사랑하기 때문이다.'

이렇게 쓰는 것이 맞다. 다시 문장의 첫머리와 서술어를 붙여서 읽어보자.

'그 이유는 사랑하기 때문이다.'

이제야 말이 된다. 주어와 서술어, 목적어와 서술어가 서로 호응하지 않으면 문장은 어색해진다. '독자가 피곤하게 하는 글쓰기가 되지 않도록 해야 한다'라는 문장을 보자. 이 문장, 뭔가 이상하다. '독자를 피곤하게 하는 글쓰기가 되지 않도록 해야 한다'로 '독자가'를 '독자를'로 바꿔 써야 한다. 마치 앞의 문장은 독자가 누군가를 피곤하게 하는 것 같다. 작가가 독자를 피곤하게 하는 것과는 전혀 다른 뜻이 되기도 한다. 혹은 이 문장을 '독자가 피곤함을 느끼는 글쓰기가 되지 않도록 해야 한다'로 수정할 수 있다.

그 외에도 특정 부사에 붙는 서술어가 잘못된 경우도 있다 '나는 결코 잠을 잘 것이다'에서 '결코'라는 말은 뒤에 부정이 오는 경우에 많이 쓰인다. '나는 결코 잠을 자지 않을 것이다' 혹은 잠을 잘 것을 강조하려 했다면, '나는 반드시 잠을 잘 것이다'라는 표현이 맞겠다.

글을 쓸 때 이런 비문들을 주의해야 한다. 비문을 쓰지 않으려면 문장을 최대한 짧게 쓰는 것이 좋다. 문장이 짧으면 비문인지 아닌지를 더욱 빨리 알아차리기 쉽다.

"나는 어릴 적부터 내성적인 성격이라 말수가 적었고 남들 앞에서 발표하는 것도 힘들어했고 친하지 않는 누군가가 말을 걸면 얼굴이 금세 빨갛게 달아올랐으며 그 때문에 친구가 많지도 않아 늘 외톨이처럼 지냈고 여전히 외로움을 느낀다."

이 문장에서 문제점을 찾았는가? 문장이 너무 길고 장황하다. 이렇게 문장을 길게 쓰는 사람들이 생각보다 많다. 도대체 무슨 말을 하고 싶은 것인지, 이해하기가 어렵고 와닿지도 않다.

출판 편집자가 편집 과정에서 글을 수정해주기도 하지만 당신은 작가라는 본분을 지켜야 한다. 기본적으로 글 쓰는 법을 익힐 필요가 있다.

"나는 어릴 적부터 내성적인 성격이라 말수가 적었다. 남들 앞에서 발표하는 것도 힘들었다. 안 친한 누군가가 말이라도 걸어오면 얼굴이 금세 빨갛게 달아올랐다. 그 때문에 나는 친구가 많지 않아 늘 외톨이처럼 지냈고 여전히 외로움을 느낀다."

이 문장은 어떤가? 문장이 짧고 간결해서 가독성이 좋아졌다. 우리는 문장을 최대한 짧고 간결하게 쓸 수 있도록 평소에 연습해야 한다. 본격적인 책 쓰는 과정에서 작문 실력을 늘리려 하지 말고, SNS나 일기 쓰기 등을 통해 글 실력이 늘 수 있도록 평소에 글 쓰는 습관을 들이자.

이해하기 어려운 글

글을 쓸 때는 독자가 이해하기 쉽게 쓰는 것이 중요하다. 잘난 척하며 어려운 용어나 영어를 섞어 글을 쓴다고 해서 독자가 '와, 이 작가님 정말 똑똑하고 훌륭하구나'라고 생각하지 않는다. 어려운 용어를 써야 한다면, 용어를 알기 쉽게 풀어주고 설명해주면 된다. 예를 들거나 비유를 활용해도 좋다.

시중에는 외국 저서가 번역된 책들도 많다. 그중에는 가독성이 떨어지고 이해가 잘 되지 않는 문장들이 쓰인 책이 있다. 번역 문제 때문일 수도 있다. 어쨌든 작가나 번역가는 독자들이 이해하기 쉽고 읽기 편하도록 문장을 써야 한다. 작가의 이야기를 제대로 이해하지 못한 번역가라면 작가의 글만을 보고 번역하기 때문에 독자를 피곤하게 만들 수 있다. 그래서 나는 외국 저서의 경우 번

역을 누가 했는지, 번역자의 프로필부터 확인한다. 그 분야를 올바르게 이해하고 있는 번역가인지 알아보기 위해서다.

알버트 아인슈타인(Albert Einstein)은 "쉽게 설명하지 못한다면 제대로 이해하지 못한 것이다"라고 했다. 작가 스스로 이해하지 못하고 쓴 글이라면 독자 역시 당연히 이해할 수 없다. 그러니 어려운 내용이라 하더라도 독자가 쉽게 이해할 수 있게 글을 써야 한다. 내가 알고 있는 것을 독자도 알 수 있게 말이다. 독자가 이해할 수 있는 글을 써라. 독자가 이해해야 설득도 되지 않겠는가.

초고를 완성하고 출간 계약까지 성공하면 출판사 편집자의 도움을 받는다. 이때 편집자 찬스를 쓸 수 있다. 작가의 시선에서 볼 수 없었던 부분을 편집자가 보완해주기도 한다. 많은 책들을 편집하면서 쌓은 편집자의 노하우는 이제 갓 책을 쓰기 시작한 초보 작가보다는 조금은 더 뛰어날 것이다.

초고를 완성했다면 편집자를 믿고 맡기는 것이 좋다. 그렇다고 해서 편집자에게 전부 의존해서는 안 된다. '편집자가 다 수정해주겠지'라고 생각하면 곤란하다. 기본적인 맞춤법부터 띄어쓰기 정도는 맞추는 게 좋다. 그리고 아무리 능력 있는 편집자라 할지라도 원고 전체를 수정해주기란 여간 힘든 일이 아니다. 작가가 되고 싶다면 블로그나 SNS 등을 활용해 글쓰기를 연습하는 것도 좋겠다.

한 가지 팁이 있다. 편집자와 소통할 때 내가 원하는 내용이나 글을 수정할 때 '지켜주었으면 하는 내용'들을 명확히 전달하는 것이 좋다. 내가 출간한 책 중에서 한 번은 편집을 출판사 대표님이 직접 하셨다. 그런데 나이가 지긋하신 분이다 보니, 수정하는 글들에서 조금 연륜이 느껴졌다. 요즘에는 잘 쓰지 않는 어투였다.

기존 책을 읽어본 내 지인들은 "네 책을 읽으면 내 옆에서 너가 말해주는 것 같아. 책 속에 네가 있어"라고 했다. 나는 이 말이 참 좋았다. 그래서 나는 편집자에게 글 속에 내가 살아 있게만(?) 해달라고 부탁한다(이건 개인적인 내용이니 참고하라는 것일 뿐, 꼭 그렇게 부탁하라는 것은 아니다).

논문마냥 지나치게 경직된 글은 독자가 읽기 힘들다. 좀 더 유연하게 글을 쓰는 것이 좋다는 편집자의 의견을 따라야 할 필요가 있다. 1인 브랜드가 되기 위한 목적으로 쓰는 책이니 편집 과정에서 삭제하면 안 되는 부분들이 있다면 그것 또한 미리 이야기해두는 것이 좋다. 편집자는 나의 원고에 대해 피드백을 하고 수정하거나 추가할 부분의 내용들을 전달한다. 그러면 작가는 편집자의 의견을 반영해 원고를 다시 수정한다. 편집자는 수정된 원고를 편집·수정하고 다시 작가에게 보내 확인시킨 다음, 최종적으로 원고 수정을 한 뒤 마감을 한다.

편집자에게 요구할 내용이 있다면 최종 원고 수정 이후에 이야기하는 것은 곤란하다. 물론 잘못된 내용을 발견했다면 당연히 수

나만의 브랜딩을 위한 2주 책 쓰기

정을 요청해야겠지만, 또 다른 내용을 추가로 수정하는 것은 아무래도 편집자들이 좋아하지 않는다. 출판사 내부에서도 정해진 기간과 계획이 있기 때문이다. 따라서 수정할 내용이 있다면 그 이전에 미리 요청하고, 이때는 서면으로 전달하는 것이 좋다. 그리고 아주 친절하게 예의를 갖춰 편집자와 소통하자. 나의 책 한 권을 위해 많은 노력을 기울여주는, 정말 고마운 사람이니 말이다.

《부의 추월차선》의 저자 엠제이 드마코는 성공하려면 다음 중 무엇이라도 100만 명에게 제공해보라고 했다.

1. 기분을 좋게 해주어라

2. 문제를 해결해주어라

3. 교육을 해주어라

4. 외모를 발전시켜라

5. 안전을 제공하라

6. 긍정적인 정서를 유발하라

7. 삶을 편하게 해주어라

8. 꿈과 희망을 고취하라

독자의 기분을 좋게 하고, 문제를 해결해주며, 긍정적인 정서를 유발하고 좀 더 쉽게 정보와 지식을 습득하게 해 삶을 편하게 해준다면 당신은 1인 브랜드가 될 수 있을 것이다. 그러니 독자들을

피곤하게 만들어야겠는가? 읽기 편한 책, 오로지 독자만을 위한

책을 쓰는 작가가 되길 빌어본다.

- 이 책의 작가가 아닌, 당신 책의 독자가 될지도 모르는 예비 독자로부터

지루한 글쓰기,
독서를 포기한 독자

부부의 일상을 그리는 SBS 예능 프로그램 〈동상이몽 2 - 너는 내 운명〉에 배우 오지호와 야구선수 박찬호가 출연했다. 그들은 한 대학에서 강의를 진행하는 일상을 보여주었다. 평소 'TMT(Too Much Talker, 투 머치 토커의 줄임말로 '말이 너무 많은 사람'을 일컫는다)'로 알려진 박찬호는 강의 초반에는 특유의 위트로 청중에게 웃음을 자아냈지만, 갈수록 지루한 이야기를 해서 청중들은 졸기 시작했다.

책을 좋아하지 않는 사람들이 많다. 책만 보면 졸려서 '수면제로 딱'이란다. 슬프다. 세계적으로 유명한 사람도 정보와 지식이 풍부하고 관련 분야에서 공부를 많이 한 사람들도 쉽게 만날 수 있는 것이 바로 책인데 말이다. 그것도 아주 저렴한 가격으로 내 시간에 맞춰 언제든 나에게 아는 것, 경험한 것들을 아낌없이 나눠주는 것이 책이건만.

그런데 책을 좋아하는 나도 읽기 힘든 책들이 있다. 누구나 지루함을 느끼거나 궁금하지 않는 이야기들에는 흥미가 없다. 동기부여가 되는 책이 아닌, 잔소리만 가득하고 끝날 듯 끝나지 않는 목차에도 독자들은 지루함을 느낀다. 그런 책이라면 불면증으로 힘들어하는 독자에게 최고의 책이 아닐까? 혹은 신년계획으로 '독서'를 하겠다는 의지도 금세 꺾어버려 독서를 포기하게 만들지 않을까?

재미있고 흥미로운 책을 써라. 이 때문에 책을 쓰기가 더 힘들어졌다고 불평하는 독자들이 있을지도 모르겠다. "나는 유머감각이 있는 사람이 아니에요"라고 말하고 싶은 이들도 있을 것이다. 글에 유머가 있으면 당연히 재미있다. 그런데 이때 유머란 개그맨처럼 웃기라는 의미가 아니다. 독자가 재미와 흥미를 느낄 수 있도록 글을 쓰라는 것이다.

어떻게? 먼저 당신이 책을 읽었을 때 지루함을 느꼈다면 그 이유가 무엇인지, 기억에 남는 책은 무엇인지, 왜 그 책이 기억에 남는지, 흥미로운 책이 있다면 왜 그 책이 흥미로운 책이었는지를 살펴보자. 그 이유를 찾았다면 지루하지 않게, 그리고 흥미롭고 재미있게 써보자.

독자의 흥미를 유발하라

《What's The Use of Lectures?》의 저자 도널드 블라이(Donald A. bligh)는 학생들에게 심장박동수를 체크하는 모니터를 달게 하고 다양한 강연에 참석시켰다. 강연이 시작되는 순간 85bpm이던 심박수가 시간이 갈수록 감소했다. 그러더니 30분도 채 되지 않아 심박수는 80bpm 이하로 떨어졌다. 마치 학생들의 몸이 마취 상태로 시시히 빠져드는 깃처럼 휴식 모드로 집어든 것이다.

나는 이 사례를 인용해 강의에서는 '10분 폭탄'이라는 것을 활용하라고 제안한다. 이는 사람들이 지루해질 즈음, 흥미를 유발할 만한 것을 폭탄처럼 10분마다 터뜨리라는 뜻이다. 책을 쓸 때도 마찬가지다. 작가는 책으로 독자를 설득하기 위해 글을 늘어놓는다. 이때 작가의 생각이나 이성적인 글만 쓰면 지루할 뿐 아니라 독자에게는 잔소리처럼 느껴질 뿐이다. 어떠한 논리적인 근거나 예시도 없이 '이래야 한다, 저래야 한다'는 작가의 잔소리 같아서 독서를 포기하게 만들기도 한다.

물론 독자가 공감하고 작가의 전문성이 있는 이야기라면 흥미를 느낄지도 모른다. 내가 최근에 읽었던 책, 라라 E. 필딩의 《홀로서기 심리학》은 재미를 주는 요소들이 많지 않음에도 공감이 되어서 매우 흥미롭고 재미있게 읽었다. 좋은 정보를 주고 동기부여로 설득하는 것도 좋다. 이때 이왕이면 재미있고 흥미로운 책으로 써 보는 것은 어떨까?

책을 재미있게 쓰려면 핵심을 간결하게 써서 독자의 피로감을 줄여야 한다. 그리고 독자가 지루해질 것 같은 타이밍에 뉴스, 통계, 사례, 일화 등을 제시해 흥미를 유발하거나 직접 테스트해볼 수 있도록, 글로 적어볼 란(欄)을 만들어보는 것이 좋다.

이 장에서도 나는 독자인 당신이 지루하지 않게끔, 흥미를 가지고 계속 책을 볼 수 있도록 노력했다. 이전 장에서 느꼈을지 모를 피로감을 위해 서론의 시작부터 박찬호 일화를 이야기했고, 그 다음엔 도널드 블라이 이야기를 활용했다. 이를 통해 관심을 끌고 집중력을 도모했다("그건 네 생각이고"라고 말하는 독자가 있을지 모르겠다. 사람마다 다른 것이기에 "재미없어, 네 책도 지루하거든"이라고 한다면 할 말 없지만, 부디 당신이 이 책을 끝까지 재미있게 읽도록 바라고 바라본다).

스토리텔링을 활용하라

지루하지 않게 쓰려면 스토리텔링을 활용하자. 스토리텔링이란 스토리(Story)와 텔링(Telling)의 합성어로, 전하고자 하는 메시지를 위해 이야기를 활용하는 것을 의미한다. 사람들은 태곳적부터 이야기를 좋아했다. 우리는 이성적이거나 이론적인 내용보다는 '이야기'에 더욱 흥미를 느낀다.

주제에 적합한 당신이 겪었던 사례, 유명인의 일화, 다른 책에서 다뤄진 내용들, 뉴스기사 등 흥미로운 것들을 스토리텔링 형식으로 쓰면 독자는 덜 지루하다. 독자가 훨씬 책을 읽기가 쉬워지고 이성적으로 쓴 글보다 피로감도 덜하다. 떨어진 집중력도 다시 일으켜 세우기에 좋다.

스토리텔링으로 글을 쓰면 독자는 더욱 쉽게 기억한다. 우리는 백설공주 이야기를 군이 외우려 하지 않아도 누군가에게 말할 수 있다. 어린아이도 백설공주 줄거리를 술술 말한다. 당신이 책을 통해 주장하는 바를 이야기로 전한다면 독자는 기억하기가 훨씬 수월하다.

또한 스토리텔링은 설득에서도 강력한 무기가 된다. 2차세계대전에 참가한 군인이 적군이 쏜 총알에 맞았다. 그런데 윗옷 주머니에 넣어둔 지포(Zippo)라이터에 총알이 박히는 바람에 생명을 구할 수 있었다. 이후 이 이야기가 전해지면서 지포라이터는 이 사례를 광고에 활용했다. 병사들은 지포라이터를 '불행을 막아주고 목숨을 구할지도 모른다'며 부적처럼 구매했고, 어느 곳을 가든 휴대하고 다녔다.

지금 TV 광고를 한번 보라. 고객을 설득해서 구매로 이어지게 끔, 스토리텔링 기법을 활용한 광고들이 대부분이다. 나는 '책은 설득이다'라고 여러 차례 강조해왔다. 설득을 위해, 독자의 지루함을 없애기 위해, 책의 내용들을 잘 기억하고 이해할 수 있게 스토리텔링 기법을 활용해보자.

독자와 소통하라

프레젠테이션이나 강의를 코칭할 때 청중의 지루함을 없애기 위한 하나의 기법이 있다. 바로 쌍방소통이다. 청중을 강의에 참여시키지 않고 가만히 앉아 듣게만 한다면 어떨까? 청중은 당연히 지루할 수밖에 없다. 눈과 귀를 한곳에 집중하는 일 외에는 몸을 움직일 일이 없으니 마취 상태로 빠져드는 것이다. 그래서 나는 쌍방소통 방식으로 강의에 청중을 참여시킨다. 퀴즈의 답을 맞히게 하거나 실습을 통해 직접 행동하게 하거나 질문으로 대화를 이끈다. 즉 소통 강의를 도모한다.

책도 마찬가지다. 독자가 작가와 거리감을 느껴 동떨어진 관계라고 인식하게 만들기보다는 내 옆에서 나를 위해 코칭해준다는 느낌으로 글을 쓰는 것이 좋다. 나는 이 책에서 '당신'이라는 단어를 자주 쓰고 있다. 또 '~하지 않겠는가?'라든가 '~해보면 어떨까?'라는 형식이 많다. 독자에게 한 번씩 생각해볼 수 있는 계기를 만들고 참여를 도모하기 위해서다.

독자가 감정적으로든 이성적으로든 책 속에 참여할 수 있다면 지루함을 덜 느낄 것이다. 또 필요에 따라 독자가 책에 적어볼 수 있도록 실습하는 형태도 추천한다. 이 책의 2장 '책 콘셉트, 한 문장이면 충분하다'에서 독자가 누구인지, 독자의 욕구가 무엇인지, 책 목표와 책 차별성을 당신이 직접 적어볼 수 있도록 한 것처럼 말이다.

나만의 브랜딩을 위한 2주 책 쓰기

이미 정해진 목차도 다시 한 번!

미국의 작가이자 연설자인 스콧 버쿤(Scott Berkun)은 "사람을 지루하지 않게 만드는 법은 사람들이 관심을 많이 보이는 소재 다루기"라고 했다. 관심 없는 것에 쉽게 지루함을 느끼는 것은 당연지사다.

상대가 자신과 연애하는 사람과의 이야기를 잔뜩 늘어놓는다. 당신이 별로 관심 없는 내용들이다. 지루하지 않겠는가? 인물인 궁. '안 물어본 건 안 궁금해.' 그게 독자다.

목차를 다시 한번 살펴보자. 독자들이 궁금해할 내용인지, 그저 분량을 늘리기 위한 목차는 아닌지, 앞에서 다룬 내용을 여러 번 반복만 하는 것은 아닌지를 말이다. 내용이 계속 반복되면 독자는 지루하다. 목차를 재점검해보고, 불필요한 반복이라면 과감하게 삭제하자.

한 꼭지당 분량이 길어지지 않도록 주의하라

대개 독자들은 한 꼭지가 빨리 끝나기를 원한다(물론 모두가 그런 것은 아니다). 핵심만 간결하게 알고 싶어 한다. 물론 어떤 꼭지에서는 어쩔 수 없이 글이 길어지기도 한다. 당신이 읽고 있는 이 꼭지도 마찬가지다. 여전히 끝나지 않고 있다.

필요한 내용에 따라서는 반드시 담아야 하는 것을 삭제하고 무조건 짧게 쓰라는 것은 아니다. 나는 독자인 당신의 피로감을 조금은 덜어주고자 '독자의 흥미를 유발하라' '스토리텔링을 활용하라' '독자와 소통하라' 등으로 글을 분류했다. 이 장의 소주제들을 하나씩 나눠 편집해놓으니 덜 지루할 것이다.

어떤 블로그를 보면 글만 잔뜩 있는 경우가 있다. 눈에 피로감이 느껴져서 읽을 마음이 사라진다. 그런데 어떤 블로그는 글을 분류해두고, 글씨를 진하게 표현하거나 문단을 구분해둔다. 그래서 글을 읽는 피로감이 적다. 이는 편집자가 원고를 수정하며 편집해주는 경우도 있지만, 작가인 당신의 역량 때문이기도 하다. 작가는 편집자보다 책 내용에 있어서는 전문가다. 그러니 핵심이 잘 드러나도록 부분으로 나눠 글을 쓰는 것이 좋다. 대개 한 꼭지에 A4 기준으로 2장 이상의 분량이라면 새로운 꼭지를 만드는 것도 좋은 방법이다.

책을 읽다 보면 처음에는 꽤 흥미롭고 재미있는데 뒤로 갈수록 긴장감이 떨어지는 경우가 있다. 모든 장과 꼭지마다 새로운 내용, 새로운 주장이 있는지 체크해보자. 억지로 분량을 맞추기 위한 책이라면 독자는 앞부분만 읽고는 책을 덮어버리고 말 것이다. 처음부터 끝까지 독자의 흥미를 자극할 수 있도록, 내용을 더욱 넓혀서 제대로 알고 익힌 다음, 새로운 내용들로 구성하자. 그리고 독자들이 갖고 있는 욕구들을 만족시킬 수 있을 만한 목차와 내용들로 채워가야 한다.

오바마와 힐러리가 대통령 후보 시절에 좁은 강당에서 나란히 연설을 하게 되었다. 먼저 연설을 한 오바마는 1시간으로 예정되어 있던 연설을 어쩐 일인지 20분 만에 끝냈다. 다음 연설자였던 힐러리는 1시간 이상 연설을 진행했다. 좁은 강당에 많은 청중들이 모였고, 자리에 착석하지 못한 청중들은 긴 연설을 서서 들어야만 했다. 오바마는 그런 청중을 배려해 열심히 준비한 연설을 난 20분 만에 끝내버린 것이나. 그의 세심한 배려와 국민을 위하는 진실된 마음 덕분이었는지 오바마는 당선되었고, 아직도 많은 사람들이 그를 존경하는 인물로 손꼽고 있다.

미국의 경제학자이자 작가인 토머스 소웰(Thomas Sowell)은 "예의와 타인에 대한 배려는 푼돈을 투자해서 목돈으로 돌려받는 것이다"라고 했다. 독자에 대한 배려로 당신의 진심을 투자한다면 1인 브랜드라는 당신의 꿈을 이루는 것으로, 또 책에 대한 긍정적인 평가들로 반드시 돌려받을 것이라고 확신한다. 그러니 독자를 위한 책이자 독자가 흥미와 재미로 책을 읽을 수 있도록 내용을 잘 기획해서 써보도록 하자.

힘 좀 준 작가 vs. 힘쓰는 독자

생존수영법이 있다. 이는 최소한의 체력으로 물에 오래 떠 있으면서 이동하는 수영법이다. 몸에 힘을 뺀 상태로 폐에 공기를 채우면 누구나 가지고 있는 기본적인 부력 덕분에 물 위로 뜰 수 있다. 보통 물에 빠지면 당황해서 발버둥친다. 그 결과 근육이 경직되면서 부력이 낮아져 몸은 수면 아래로 가라앉는다. 물에 몸을 맡기듯이 힘을 빼면 우리는 살 수 있다.

작가의 글도 마찬가지다. 글쓰기 경험이 적은 초보 작가들 중에는 글을 세련되게 꾸며 쓰려는 작가들이 있다. 글에 힘을 주려고 하는 것이다. 그런데 그런 글들은 매력이 없다. 그저 이해하기 힘든 글일 뿐이다. 결국 독자는 책을 덮어버리고 말 것이다. 마치 물 아래로 가라앉듯 말이다. 나는 힘 주는 초보 작가들에게 이렇게 말하고 싶다.

"글에 힘 좀 주셨네요. 힘 빼고 글을 써보세요."

K팝 스타를 발굴하는 오디션 프로그램의 심사위원으로 등장한 박진영은 경연자들에게 "가수처럼 부르려고 하지 마"라고 한다. 이 말은 가수처럼 너무 꾸민 듯한 바이브레이션보다 자신이 가진 목소리와 감정으로, 노래를 순수하게 부르라는 뜻이다. 그러면서 노래에 힘이 들어갔다며 "힘을 빼라"고 한다.

"(꾸민 듯한) 글을 쓰려 하지 말고."

"힘 빼고."

"다른 작가 흉내 내려 하지 말고."

앙드레 김, 도올 선생은 많은 연예인들이 그들의 말투를 따라 할 만큼 독특하다. 누구나 저마다의 말투가 있다. 글에도 말투와 같은 '글투'가 있다. 나는 다른 작가나 글을 따라 하지 말고, 나만의 글투대로 편하게 쓰라고 권하고 싶다. 말로는 하겠는데 글로는 잘 못 쓴다는 사람들에게 희망적인 이야기를 하자면 '말하듯 글을 쓰면' 된다.

- 초보 작가: 말로 하라고 하면 잘할 수 있는데, 글로 쓰는 게 잘 안
  돼요.

- 책 쓰기 강사 김인희: 아니 아니~ 가능해요. 익숙하지 않은 것일
뿐, 글도 충분히 잘 쓸 수 있어요. 말하듯이
글을 써보세요.

말로 하라고 하면 잘할 수 있는데, 막상 글로 쓰려니 어떤 내용을 써야할지 막막한가? 이런 고민을 하고 있다면 앞서 이야기한 기획에 더욱 집중해야 한다. 글을 쓸 때도 서론, 본론, 결론으로 나눠서 먼저 기획을 하라고 말했었다. 나는 분명 당신도, 다른 초보 작가들에게도 글로 쓸 수 있다고 확신하듯 말했다. 희망을 주기 위해서 하는 말이 아니다. 다음 방법을 활용해보면 어떨까?

누군가가 당신에게 카카오톡 메시지로 "건강해지려면 어떻게 해야 할까요?"라고 질문을 했다. 성실하게 답변하고 싶은 당신은 인터넷 검색을 해서 자료를 먼저 수집할 것이다. 혹은 주변 사람들의 이야기를 떠올리며 답변을 할 것이다. 글을 쓰기가 어렵다면 독자에게 받은 질문에 답하는 대화 형식으로 써보자.

이 장에서 나는 "글을 어떤 방식으로 써야 할지 잘 모르겠어요. 어떻게 하면 잘 쓸 수 있을까요?"라는 독자의 질문에 답하고 있다. 늘 서론에서는 문제제기나 동기부여가 되어야 하니 생존수영법과 박진영 사례, 성대모사 등을 예로 들어 공감하게 했고, 글을 잘 쓰기 위해 힘 빼고 누군가처럼 쓰기보다는 당신만의 글투로 쓰라고 그 방법을 전하고 있다. 또 이 본론의 마지막에서 내용을 정리하

고 강조할 것이다.

간혹 초보 작가들은 이런 질문을 한다. "책을 쓸 때 경어체(존댓말)를 쓰는 게 좋을까요, 아님 평어체(반말)를 쓰는 게 좋을까요?" 사실 큰 상관이 없다. 경어체로 책을 쓴 작가들도 있고, 나처럼 평어체를 쓰는 경우도 있다. 정답은 당신이 알고 있다. 당신이 글을 쓸 때 편한 것을 선택하면 된다.

중요한 것은 말투와 글투다. 절대 숨길 수가 없다. 내가 드러나는 일이다. 말투도 글투도 좋지 않은 사람들이 있다. 한 번도 만난 적 없는 사람들의 글을 읽어보면 '이 사람은 이런 사람일 거야'라고 판단하게 된다. 바로 글투에서 느껴지는 느낌 때문이다.

생각은 말이 되고 말은 행동이 된다고 했다. 화려하고 세련된 글을 흉내 내려 해도 결국 글투에서 내가 드러나기 마련이다. 평소에 자랑하는 것을 좋아하고 잘난 척하는 사람이라면 그것이 모두 글에서 드러난다. 그러니 겸손의 자세를 갖추고 어떤 마음과 생각으로 책을 쓸지, 독자를 위해 진심으로 쓰는 책이 되도록 마인드셋이 필요하다.

1인 브랜드가 되기 위한 욕심을 버리고 오로지 독자를 위해 당신의 앎과 경험을 아낌없이 나누고 베풀어야 한다. 그러면 1인 브랜드가 되려고 하지 않아도 당신은 나누고 뿌린 만큼, 아니 그 이상의 것으로 되돌려 받을 것이다. 그러니 글에 힘을 주려 하지 말고 독자에게 힘을 주는 책을 쓰도록 하자. 그 마음이면 충분히 좋은 글, 좋은 책이 될 것이다.

'하품'에는 내가 하는 '자발적 하품'과 하품하는 모습을 보거나 소리만 들어도 하품이 나오는 '전염성 하품'이 있다. 한 연구결과에 따르면 전염성 하품의 원인은 '공감' 때문이라고 한다. 그래서 공감능력이 적은 4세 이하의 아동이나 자폐증이 있는 사람들은 전염성 하품이 잘 나타나지 않는다고 한다.

독자는 당신의 글이 얼마나 세련되고 잘 썼는지를 유심히 보지 않는다(물론 초보 작가가 다른 작가들이 글을 어떻게 썼는지를 목적으로 보는 것이라면 다를 수 있다). 독자들은 공감이 되는지, 책 주제에 맞게 자신이 원하는 것을 얻을 수 있는지, 도움받을 수 있는지에 대해서 더 많은 관심이 있다. 책의 목적이 그것이다.

그러니 우리는 책을 쓸 때 무엇보다 세련된 글보다는 내용에 더욱 집중해야 한다. 그것이 독자에게 공감되는 좋은 책, 좋은 작가다. 그리고 당신이 원하는 분야의 브랜드로 사람들이 생각할 수 있도록, 당신의 하품에 독자들도 자연스럽게 하품하는 전염성 하품처럼 '전염성 강한 책'으로 통할 것이다. 늘 독자를 위한 진정성 있는 책을 쓰는 작가가 되길 바란다.

오 마이 갓,
몰라서 못 했어요

종합소득자 1만 1,614명을 대상으로 세무 사각지대 실태를 조사했다. 그 결과 종합소득세를 신고하지 않은 응답자는 64%였다. 신고하지 않은 이유는 응답자 중 무려 84.8%가 '몰라서 못 했다'고 답했다. 세금신고를 하지 않으면 떼인 세금을 환급받지 못하는 것은 물론, 과태료를 물어야 하는 상황이 생길 수 있다. 몰라서 못 했더라도 말이다.

나도 책을 쓰면서 몰라서 못 한 것들이 많았다. 같은 일을 여러 번 반복하는 등의 번거로운 일들이 생기기도 하고, 방법을 알려주는 이가 주변에 많지 않아서 스스로 찾고 헤매는 일에 많은 시간을 허비하기도 했다. 나는 당신이 이 책 한 권으로 몰라서 못 한 일이 없도록, 헤매느라 힘든 시간을 보내지 않길 바란다. 초보 작가가 꼭 알아두면 유용한 팁은 다음과 같다.

지나치다 싶을 만큼 원고를 사수하라

가수이자 엔터테인먼트 대표인 박진영은 그의 에세이《미안해》에서 "만일의 상황에 미리 대비하라"고 조언했다.

"미국에서 음반 녹음을 마치면 나는 반드시 3개의 마스터 테이프를 만든다. 미국 친구에게 하나 맡기고, 집칸에 하나 넣고, 마지막으로 짐이 분실될 것을 대비해 내 몸에 하나를 지닌다. 마스터 테이프를 만드는 데 꽤 많은 시간이 들지만 조금도 귀찮거나 시간이 아깝지 않다. 반년을 고생해서 만든 음반이 만에 하나라도 잃어버려 다 날리는 것보다 낫다. 집 앞에 가게를 다녀올 때도 문을 잠그고 갔다 올까 말까 망설이다가 내가 갔다 온 그 10분 사이에 도둑이 들어서 후회할 걸 생각해보면 바로 문을 잠그게 된다. 그리고 '이렇게 간단한 일을 왜 망설였지' 하고 생각한다."

-박진영,《미안해》중에서

처음에 책을 쓸 때 나는 원고를 쓰는 데만 집중하느라 원고를 지키지 못했다. 저장했다고 생각해 그대로 종료 버튼을 누르고 한글 파일을 닫아버린 것이다. 왜 한글 파일은 종료 버튼을 누르면 '저장할까요?'라고 물어보지 않는 거냐며 탓해도 이미 늦었다. 하루 종일 쓴 원고, 나름 잘 쓴 것 같아서 뿌듯했던 원고는 이미 날아가고 없다. 진짜 울고 싶었지만 울 겨를도 없다. 시간이 지날수록 머릿속에서 원고 내용은 잊혀져간다. 잊히기 전에 다시 원고를 써야 한다. 마음속에서 뜨거운 것이 마구 솟구치는 느낌이었다.

지나치다 싶을 만큼 원고를 사수해야 한다. 나는 그 일이 있고 난 후 수시로 저장 버튼을 클릭한다. 지나치다 싶을 만큼 말이다. 이 글을 쓰면서도 벌써 두세 번은 클릭한 듯하다. 목표한 대로 글을 모두 쓰고 나면 한 번 더 저장한다. 세나가 카카오톡 나의 재닝 창에 파일을 보내놓는다. '만약 내일 노트북이 고장 나서 아예 파일을 열 수 없으면 어떡하지?'라는 지나친 걱정 때문이다.

그런데 원고를 지나칠 정도로 챙기는 것은 오히려 좋은 습관이다. 어찌 보면 귀찮고 번거로운 일일지도 모르나 매우 간단한 일이기도 하다. '굳이 그렇게까지'라고 생각할 수도 있지만 원고를 날려본다고 생각하면, '아, 내가 왜 그때 그 간단한 일을 귀찮아했을까'라며 후회할 것이다.

인용해도 좋다, 출처만 확실히 밝혀라

글을 쓰다 보면 다른 작가의 책, 다른 이의 논문이나 글, 자료 등을 인용하는 일이 생긴다. 이때 인용을 했다면 반드시 그 출처를 밝혀야 한다. 표절이란 다른 사람의 글이나 작품의 일부 또는 전체를 허락 없이 쓰는 것을 말한다. 표절의 의미에서 집중할 단어는 '허락 없이 쓰는 것'이다.

그렇다면 어디까지 밝혀야 할까? 일단 한 문장이라도 남의 것을 그대로 베껴 쓴다면 반드시 출처를 밝혀야 한다. 논문도 출처를 밝혀야 한다. 블로그에서 글을 따왔다면 그 역시 출처를 밝혀야 한다.

출처를 굳이 밝히지 않아도 될 때가 있다. 예를 들면 나는 '지루한 글쓰기, 독서를 포기한 독자'의 결론 부분에 오바마와 힐러리 이야기를 전했다. 이 스토리는 인터넷에서 많이 떠도는 이야기다. 이런 이야기는 사실확인만 된다면 내가 그 스토리를 이해하고 글을 써도 좋다.

다만 누군가가 쓴 글을 똑같이 썼다면 반드시 출처를 밝혀야 한다. 오바마와 힐러리의 이야기나 이솝우화 이야기는 사실 누군가의 글을 인용할 필요가 없다. 그 정도는 작가가 스토리를 이해하고서 직접 글로 쓰는 것이 좋다. 앞에서 제시한 '박진영,《미안해》중에서'라고 출처를 내용에 밝히는 것도 당연히 해야 한다.

간혹 출판사에서도 저작권과 관련해 확인을 해주기도 하지만 저자가 더욱 꼼꼼히 체크해야 한다. 당신이 쓰고 싶은 주제의 책이나 인용한 글의 분량에 따라서도 저작권을 갖고 있는 사람이나 해당 출판사의 허락을 구해야 하는 일도 있다.

만약 당신이 스타벅스와 관련한 내용의 '스타벅스의 모든 것'이라는 책을 준비한다면, 스타벅스 측에 허락을 구해야 한다. 힘들게 원고를 다 쓰고 나서 허락을 받으려는 행동은 어리석다. 원고를 쓰기 전에 미리 허락을 받고, 소송과 분쟁에 휘말리지 않도록 녹음 파일이나 서면으로 남겨두는 것이 좋다. 또 특정 인물에 대한 이야기를 다룰 때 이름을 밝혔다면 당사자에게 허락을 구해야 한다.

내 것인 듯 내 것 아닌 내 것 같은 글. 다른 이의 글이 너무 좋아서 그대로 쓰고 싶은, 마치 딱 내가 쓰려고 했던 글. 아니, 그건 남의 글이다. 반드시 출처를 밝혀라.

어떤 형식으로 원고를 써야 할까

원고를 어떤 형식으로 쓰는 것이 좋을까? 일단 당신의 초고를 누가 가장 먼저 읽는지를 생각해보자. 대개는 원고를 발굴하는 출판사다. 출판사에서 보기 편한 파일로 보내는 것이 가장 현명하다. 아직도 원고지를 사용하는 사람들이 있을지 모르겠으나 원고지에 쓰면 출판사에 우편으로 복사본을 보내야 한다. 출판사 여러 곳에 투고를 한다면, 그 비용 또한 만만치 않을 것이다. 출판사에 투고할 때는 이메일로 파일을 보내는 것으로도 충분하다.

나는 한글 파일을 주로 사용한다. 출판사 대부분이 한글 파일을 좀 더 많이 사용하는 듯하다. 사실 워드든 한글이든 상관은 없지만 이왕이면 한글 파일로 원고를 작성하자. 투고를 할 때 출간기획서와 원고를 함께 보낸다. 출간기획서를 앞 단에 세우고 원고를 그 뒤에 이어 쓰는 경우도 있는데, 각각 다른 파일로 저장해서 보낼 것을 추천한다.

출판사 담당자가 출간기획서를 먼저 볼 확률이 높다. 출간기획서는 분량이 적기 때문에 담당자가 빠른 시간 내에 확인할 수 있다. 그리고 원고는 맨 위에는 목차제목을 쓰고 두 줄을 띄운 후 목차에 맞는 내용을 쓰도록 한다. 출판사마다 다르겠지만 첫 글을 쓸 때는 앞의 한 칸을 띄운 들여쓰기보다는 칸을 띄우지 않고 글을 쓰는 것이 좋다. 보통 이 방식이 편집자가 편집하기에 편하다고 한다.

문단을 띄어쓰기 할 때도 문단 구분을 위해 앞 문단과 한 줄 띄우는 것이 편집하기에 좋다. 그리고 한 목차의 글이 A4 중간에서 글이 끝났다면 다음 새로운 장 목차를 쓰는 것이 구분하기에 좋다. 이 방법으로 100장 정도의 글을 쓰면 책 한 권이 될 만큼 충분하다.

서체는 바탕체나 함초롬 바탕체 기준 10포인트로 사용하는 것이 좋다. 그리고 목차제목을 진하게 표현하는 것이 좋다. 한 꼭지당 글이 너무 길어질 경우에는 글을 주제별로 쪼갠다. 이 장의 '지나치다 싶을 만큼 원고를 사수하라' '인용해도 좋다, 출처만 확실히 밝혀라' '어떤 형식으로 원고를 써야 할까'처럼 제목을 붙여서 분류하자. 그러면 독자는 글을 읽는 호흡이 빨라져서 덜 지루하고, 책을 구매하기 전에 훑어볼 때 핵심을 쉽게 파악할 수 있다.

나만의 브랜딩을 위한 2주 책 쓰기

책 제목·부제·목차 짓기

책의 제목은 초고를 완성한 후에 지어도 늦지 않다. 이때 주의할 점은 독자가 아닌 출판사 담당자의 마음을 끌 수 있는 제목이 좋다는 것이다. 한눈에 봤을 때 어떤 내용의 책인지가 드러나는 제목이 좋다. 그만큼 책의 주제를 짧게 요약한 책 제목을 짓도록 하자. 책 제목에 너무 욕심 내서 길게 짓기보다는 짧고 굵게 지어보자.

부제는 부제목을 말한다. 제목에 미처 담지 못한 책의 주제를 부연 설명하는 것이다. 부제는 좀 더 책의 차별성이 드러나게끔, 한두 줄로 짓는 것이 좋다.

나의 첫 책《완벽한 강의의 법칙》은 내가 직접 제목을 지었다. '법칙'이라는 말을 썼기 때문에, 부제가 '강사라면 강의력, 강사력, 태도력하라'며 '강강태 법칙'이었다. 이 책을 읽으면 이 3가지 도움을 받을 수 있다고 어필했다. 부제로는 '이 책의 법칙만 대입하면 초보도 베테랑이된다'였다. 이 부제를 크게 적은 다음, 아래에는 책에서 다룬 법칙인 '리허설PRD, 소통KFC, PPT제작 3S, 콘텐츠 WWH, 10분 폭탄, 청중은 내 편 BMW'를 기재했다. 그래서 독자로 하여금 궁금증을 유발했다.

출판사 담당자들은 책의 내용을 모두 훑어보지는 않더라도 목차만큼은 반드시 확인한다. 나도 독자로서 책을 선택할 때 목차를 확인하는 편이다. 대부분의 독자들이 목차를 확인할 것이다. 목차를 보면 어떤 내용인지 한눈에 쉽게 파악할 수 있기 때문이다. 비숫한 부류의 책 쓰기 서적이라도 어떤 책은 책을 쓰라고 동기부여에 집중한 책도 있고, 글쓰기 방법에 집중한 책도 있다.

책의 초고를 완성하는 것부터 투고에 성공하는 법을 다룬 것도 있고, 출판사를 선택하는 것부터 인세와 계약금은 어떻게 되는지, 출판사를 선택하고 계약할 때는 어떻게 해야 하는지에 대해 내용의 절반을 채운 책도 있다. 굳이 내용을 보지 않아도 목차를 통해 내용을 파악할 수 있는 것이다. 그러니 출판사 담당자가 책의 콘셉트와 전제 내용을 쉽게 파악할 수 있는 목차를 짓도록 하자.

제목, 부제, 목차 등은 추후에 편집 과정에서 수정될 수도 있다. 그래서 글을 만들어내려는 창의적인 일에 집중하기보다는 전체 내용을 파악할 수 있는 문장으로 목차를 짓는 것을 추천한다. 제목, 부제, 목차 짓기가 어렵다면 다른 책의 목차를 활용하는 것도 좋다. 혹은 유행어나 명언 등을 활용하는 것은 어떨까?

나는 《완벽한 강의의 법칙》 제목을 책 《완벽한 공부법》을 참고해서 지었다. 이기주 작가의 《언어의 온도》가 베스트셀러 반열에 오르자 '온도'란 단어를 활용한 책 제목도 많았다. 책의 콘셉트를 잘 드러낼 수 있는 단어를 활용해 문장을 짓고, 매력적인 제목이라면 더욱 좋다. 참고로 나는 이 책을 출판사에 투고할 때 '1인 브랜딩을 위한 2주 만에 책 쓰기 비법'으로 정했었다. 어떤 책인지 명확히 드러나는 제목이라 생각한다.

프로필 작성하기

출간기획서의 프로필은 저자의 이력이나 특이점 등을 간단하게 쓰는 경우가 많다. 서술형보다는 더욱 눈에 띄기 때문이다. 다음은 실제로 이 책을 투고했을 때 쓴 내용이다.

저자 소개	주요 이력 & 활동	1)1월 중순 SBS플러스 <프리덤> 예능 프로그램 MC 출연 예정
		  -이후 타 방송출연 2건 확정(하단 출연계약서 첨부)
		2)망쏭실년사협회등록
		3)브랜딩 전문 교육기업 '골든버킷에듀' 대표
		  -책 쓰기, 강사 과정, 스피치, 프레젠테이션 코칭
		  -홈페이지: www.goldenbkedu.com
		4)1인 비즈니스 협동조합 발기인, 임원
		5)네이버 인물검색 등록
		6)유튜브 '토닥토닥 김인희TV' 운영. 구독자 1만 3,500명
		  -3개월 뒤 구독자 10만 명 목표
		7)유튜브 '타로녀TV' 운영, 구독자 약 3천 명
		8)인스타그램 팔로워 약 6,400여 명
		9)대기업, 공공기관, 관공서, 학교, 다수의 기업 강사로 활동

	강의 경력	1)강의 경력 15년차
		2)강의 분야
		  -강의스킬법, 프젠테이션, 소통대화법, 스피치, 커뮤니케이션, 뷰티, 아로마 등
		3)강의 경험
		  -삼성전자, 오렌지라이프, 롯데백화점, AK백화점, 한화면세점, 조달청, 군산시청, 한국배구연맹, 대한적십자사, ABL생명, 인천구치소, 대구디지털산업진흥원, 광주&포천새일센터, 강원대학교, 다수 학교 교사 및 학생 대상 강의 등

	출간 저서	1)《완벽한 강의의 법칙》, 한국경제신문i, 2018. 02. 12. 출간
		  -예스24 CEO/비지니스맨top100 4주
		2)《말 한마디 때문에》, 청년정신, 2018. 06. 10. 출간
		  -예스24 화술/협상/회의진행top100 6주
		3)《언택트 시대, 왜 그 강사만 강의 의뢰가 더 늘었을까》, 이지퍼블리싱, 2020. 11. 12. 출간
		  -예스24 화술/협상/회의진행top100 3주

그런데 책 표지에 들어가는 프로필은 다르다. 출간 계약한 후 출판사는 저자에게 프로필을 요청한다. 이때 저자 프로필은 '독자들에게 내가 이 책을 이야기할 수 있는 자격'에 대해 타당성 있게, 서술형으로 풀어서 설명하는 것이 좋다. 간혹 이력서처럼 자신의 학력 등을 자랑하듯이 적는 작가들이 있다.

물론 학력이나 전공이 필요한 책들도 있다. 심리학과 관련된 책이라면 관련 전공이 필요한 것처럼 말이다. 필요시 학력은 웬만하면 서술형으로 쓰고, 자신이 이 책의 콘셉트로 이야기할 수 있는 자격이 있고 전문가임을 드러내는 소개글 형태가 좋다.

독자들은 매력적인 책 제목을 보고 책장의 첫 페이지를 열어본다. 첫 번째로 확인하는지 두 번째로 확인하는지 독자마다 다르기 때문에 알 수는 없지만, 무엇보다 확실한 건 독자는 반드시 저자의 프로필을 확인한다는 것이다. 이 책을 이야기할 수 있는 자격

《완벽한 강의의 법칙》 프로필

가슴으로 강의하는 강사, 강사를 돕는 강사
강의연구가, 강의 콘텐츠 크리에이터

12년 동안 1천 회 이상의 다양한 주제의 강의 경험을 지닌 베테랑 강사. 화장품 제품강의를 시작으로 CS강의, 세일즈강의, 뷰티클래스, 동기부여강의 등 다양한 주제의 강의 경험과 연구로 축적된 노하우를 강사가 되고 싶은 사람, 강의를 배우고 싶은 사람과 공유해 돕고자 한다. 사람을 설득하며 쌓은 진한 경험을 강의에 접목해 남들보다 빠르게 성장할 수 있었던 비기를 함께 나누려는 마음을 담아냈다.

《말 한마디 때문에》 프로필

화장품, 뷰티, 서비스, 세일즈에 관한 12년 경력의 베테랑 강사이자 강의연구가로서 말하는 것을 직업으로 삼아 다양한 활동을 하고 있다.

강사의 삶과 더불어 직원 채용, 고객 응대, 사회생활, 결혼, 육아 등 다양한 경험들을 통해 모든 인간관계에서 무엇보다 말 표현이 중요하다는 것을 깨닫고 여성들이 아름다워지기 위해 메이크업을 하듯 '말에도 메이크업이 필요하다'고 믿게 되었으며, 직간접적인 다양한 경험들과 함께 꺼내기 힘든 아픈 기억들까지도 진솔하게 토로하면서 책 한 권에 모든 진정성을 담아 미지의 독자들이 용기와 희망, 변화를 선물로 받기를 고대하며 이 글을 썼다. 지은 책으로는 《완벽한 강의의 법칙》이 있다.

《언택트 시대, 왜 그 강사만 강의 의뢰가 더 늘었을까》 프로필

교육컨설팅 전문회사 골든버킷에듀의 대표이자 강사 전문 트레이너다. '강의 주제에 대한 최고 전문가는 강사'라는 생각으로 전문성을 키웠고, '강의 후 청중의 변화를 이끄는 강사'를 목표로 강의 무대에 섰다. '배워서 남 주는 일'이 너무 좋아서 강의법을 갈고 닦았고, 전문 콘텐츠가 있는 사람을 보면 강사 일을 권했다. 그러다 보니 어느새 강의 의뢰가 끊이지 않는 강사, 강사를 돕는 강사가 되었다.

강의를 전혀 해본 적이 없는 사람이라도 인터뷰를 통해 자신만의 콘텐츠를 개발해주며 이후 강의 기획, 준비, 스피치까지 코칭한 '강의법'을 주제로 예비 강사를 컨설턴트하고 있다. 소통 전문가, 언어의 메이크업 아티스트, 커뮤니케이션 전문가, 심리상담가로도 활동하고 있다. 《언택트 시대, 왜 그 강사만 강의 의뢰가 더 늘었을까》는 강사가 되고 싶은 사람, 지금보다 더 강의를 잘하고 싶은 사람을 위해 연구한 결과물이다. 그 밖에 저서로는 《완벽한 강의의 법칙》《말 한마디 때문에》가 있다.

이 있고 전문가로 느껴진다면 책을 더욱 신뢰하지 않을까. 프로필은 작가의 불필요한 자랑이 아닌 독자에게 '어필'이 되는 것이어야 한다. 자랑과 어필의 차이는 무엇일까?

"나는 서울의 명문 대학을 나왔고 심리학 박사학위가 있다."

이것은 자랑이다. 나의 유행어이자 이 책에도 자주 등장한 "SO WHAT? 그래서 뭐?"가 없다.

"나는 서울의 명문 대학을 다니며 심리학에 관심을 가져 박사 학위를 취득하면서 더 넓고 깊은 심리와 관련한 공부를 할 수 있었다. 심리학을 공부하며 얻은 지식과 많은 사람들을 상담 하며 얻은 경험들을 바탕으로, 이 책을 통해 아픈 마음을 스 스로 치유할 수 있도록 돕고자 한다."

"나는 심리학 공부를 많이 해서 박사학위가 있다"는 말에 "그래 서 뭐?"라고 질문하면, "심리에 대해 공부를 많이 한 만큼, 거기서 얻은 지식과 경험으로 네 스스로 아픈 마음을 치유할 수 있도록 도우려고 해."라고 답할 수 있다.

'SO WHAT?'에 대답할 수 있는 것이 바로 어필이다. 프로필은 자랑이 아닌 책의 주제를 말할 수 있는 자격과 자신을 어필할 수 있는 내용들로 적는 것이 좋다.

나만의 브랜딩을 위한 2주 책 쓰기

프롤로그&에필로그 작성하기

프롤로그와 에필로그는 출판사에 투고할 때 굳이 쓰지 않아도 된다. 프롤로그는 모든 책마다 반드시 들어가기 때문에 출판사에서 이후에 요청하기도 한다. 하지만 당신이 좀 더 출간 계약에 성공할 확률을 높이고자 한다면 프롤로그를 써서 투고해도 좋다.

출간기획서와 목차를 확인한 출판사 담당자는 프롤로그를 가장 먼저 보거나 목차의 어느 부분을 선택해서 볼 것이다. 그래서 전문적으로 썼는지, 작가의 글쓰기 실력은 어떠한지를 파악해볼 것이다. 프롤로그는 출판사 담당자도 독자도 어떤 책인지 전체를 가늠할 수 있는 안내서가 되도록 쓰는 것이 좋다. 간혹 프롤로그에 '1장에서는 무엇을 다뤘고 2장에서는 무엇을 다뤘고'라거나 감사인사를 전하는 글이 있다. 나쁘다는 것은 아니다. 하지만 나는 그보다도 좀 더 독자를 위한, 또 작가 스스로를 위한 내용으로 쓰는 것이 좋다고 말하고 싶다.

독자가 프롤로그를 보고 어떤 책인지를 가늠해볼 수 있도록 쓰자. 1장에서는 무엇을 다뤘고 2장에서 무엇을 다뤘는지는 독자가 목차를 보면 금방 알 수 있다. 책이 어떤 내용으로 독자에게 도움을 줄 수 있는지를 언급하는 것이 훨씬 도움이 된다. 작가는 자신의 책을 어필하고 독자에게 '제발 제 책을 선택해서 읽어주세요. 좋은 책이에요'라는 설득을 하는 글쓰기가 되니 일석이조인 셈이다.

영화의 프롤로그는 관객이 영화 전체의 내용이 궁금해지도록,

어서 빨리 영화를 보고 싶은 마음이 들도록 강렬한 내용과 화면을 담는다. 당신의 책도 그랬으면 한다. 출판사와 독자를 유혹하는 책, 출판사가 책을 출간할지 말지, 독자가 책을 읽을지 말지를 판단하도록 돕는 책, 책의 예고편, 그것이 프롤로그가 되면 좋다.

에필로그를 원하는 출판사도 있고 그렇지 않은 출판사도 있다. 에필로그를 쓸지 말지는 출판사와 협의하면 된다. 투고할 때 엄청나게 중요한 부분은 아니다. 독자를 위해서 에필로그를 쓴다고 한다면 이렇게 써보는 것은 어떨까? 프롤로그가 책의 문을 열었다면 에필로그는 책의 문을 닫는 일이다. 프롤로그가 오프닝이면 에필로그는 클로징이다.

강의를 할 때도 오프닝은 흥미 있고 재미를 느낄 만한 것, 다음 강의 내용이 궁금해지도록, '저 강의 들어볼 만한 것 같아'라는 생각이 들도록 하는 내용들로 구성한다. 한편 강의의 마지막은 강의에서 다룬 내용들을 짧게 정리하고, 청중에게 감동을 줄 만한 짧은 일화나 명언으로 마무리한다.

책도 마찬가지다. 책의 프롤로그는 독자에게 흥미를 유발하고 이목을 끌 만한 것, 이 책으로 얻을 수 있는 혜택 등을 제시하며 책을 읽도록 설득하는 글을 쓴다. 에필로그는 전체 내용을 정리하며 다시 한 번 작가가 주장하고자 하는 메시지를 전달하고, 독자에게 긍정적인 희망을 주고 응원하는 메시지, 독자 스스로 작가의 주장에 대해 선택하고 결정할 수 있도록 안내하며 여운을 남겨 작성하는 것을 추천한다.

작가는 책을 통해 독자에게 자신의 생각과 경험을 공유하고 나눈다. 나도 그렇다. 그래서 꼭 내가 공유한 방법들이 맞다고만 할 수는 없다. 나의 방법으로만 기준을 잡지 말고 다른 책을 읽어보거나 분석한 뒤 나만의 프로필, 프롤로그, 에필로그를 작성하자. 끌리는 대로 하라. 단 이것조차도 독자를 위한 마음으로 써보기를 바란다.

"마음의 언어는 느낌이다. 마음을 따르려면 머리가 아니라 가슴으로 옳다고 느끼는 소리에 귀를 기울여야 한다. 마음은 진실을 알고 있다. 마음에 귀를 기울여라. 그러면 잘못될 리 없다, 절대로."

-바티스트 드 파프, 《마음의 힘》 중에서

원고의 연금술,
퇴고가 답이다

필자가 운영하는 브랜딩 전문 교육기업 '골든버킷에듀'는 골든
버킷이 지주회사로, 김성현 대표가 지은 이름이다. '돌덩이도 골든
버킷을 만나면 황금으로 변한다'는 의미로, 고객사에 만족스러운
결과로 보답하겠다는 약속이기도 하다.

자회사로 교육회사 대표직을 맡았을 때 나는 그 의미가 좋아서
골든버킷 이름을 똑같이 활용하고 싶었다. 삼성이 삼성전자, 삼성
생명, 삼성물산, 삼성SDS처럼 사업의 형태에 따라 이름을 붙이는
것처럼 말이다.

'돌덩이처럼 평범한 사람도 골든버킷에듀를 만나면 황금처럼
브랜딩이 된 사람으로 변화할 수 있다는 의미'로, 나와 함께한 모
든 이들의 브랜딩을 적극적으로 돕고 황금처럼 빛날 수 있도록 도
와주는 교육 사업을 경영해나갈 것을 약속하고 싶었기 때문이다.

퇴고가 그렇다. 퇴고가 이른바 골든버킷이다. 값싼 물질을 값비싼 금으로 바꾸는 연금술이 퇴고다. 《7년의 밤》《28》《종의 기원》《내 심장을 쏴라》 등의 소설을 쓴 정유정 작가는 "초고의 10% 이상이 소설에 남아 있으면 실패한 작품"이라고 했다. 그만큼 퇴고 작업에서 내용이 완전히 뒤집어지기도 한다.

나는 화장품 회사를 다닐 때 상품기획부서에서 일한 적이 있다. 상품을 만드는 목적은 고객에게 상품을 판매하기 위해서다. 그러니 고객이 중요할 수밖에 없다. 요즘 트렌드를 시작으로 기존의 부진한 제품과 베스트셀러, 스테디셀러 제품들을 분석하고 제품 구성도 함께 체크하면서 어떤 제품을 만들어야 할지를 먼저 기획했다. 그런 다음 제품을 만들 때 어떤 효능을 넣을지, 타사와의 차별성은 무엇인지를 고민했다. 제품 샘플이 만들어지면 직원들과 함께 테스트하고 몇 번을 제조사와 소통하며 수정·보완한다. 그러고 나서야 제품을 출시할 수 있다.

책도 마찬가지다. 초고를 완성했다고 끝난 것이 아니다. 더 중요한 퇴고가 남아 있다. 퇴고를 할 때 '나 왜 이렇게 글을 못 썼지? 정말 엉망이야'라고 생각하는 사람이 있다면 나는 이렇게 말해주고 싶다.

"우와 그만큼 성장하셨나 봐요. 수정 부분이 많이 보인다는 것은 그만큼 글쓰기 실력이 늘었다는 증거 아닐까요?"

'초고 완성도 힘든데 책 전체를 뒤집어야 하거나 여러 번을 수정해야 한다니, 퇴고할 때도 힘들겠구나'라고 생각한다면 나는 먼저 "걱정하지 않아도 된다"라고 말하고 싶다. 나도 이전에 퇴고를 할 때 책 내용이 마음에 안 들어서 전부 뒤집어야겠다는 생각을 했었다. 오히려 초고를 쓸 때보다 더 막막했다. 그 과정을 해보고 나서야 퇴고를 할 때 시간을 줄이는 방법이 있는지 연구했다. 그것은 '처음부터 잘 쓰자'였다.

처음에는 초고 완성이 중요하니 무작정 써내려가는 것이 중요하다고 말하는 사람들이 있다. 그 또한 틀린 말은 아니다. 하지만 나는 초고를 다 썼다고 '만세'를 부른 시점에서 '처음부터 다시' 할 지구력이 남들보다 부족하다. 그래서 처음부터 잘 기획해서 써야 한다는 것을 깨달았다. 또 시장성 있는 주제를 선정하고 독자들이 궁금해하는 내용, 독자에게 도움이 될 만한 내용으로 구성했다면 아마 퇴고할 때 전체를 흔들어야 할 경우는 없을 것이다. 오히려 퇴고할 때 '의외로 내가 참 잘 썼구나' 하고 뿌듯해할지도 모른다.

초고는 한 번 이상 읽어보고 퇴고하자. 물론 나는 때에 따라 지겨웠던 초고 쓰기에서 얼른 벗어나고 싶어서 3번째 책은 퇴고 작업을 생략하고 투고했다. 어차피 출판사와 소통하며 원고를 수정하기 때문이다. 또 나름대로 목차와 글쓰기 기획에 대한 자신감도 있었기 때문에 퇴고 없이 투고했다. 하지만 출판 계약까지 성공하더라도 퇴고 작업은 이루어져야 한다는 것을 기억하자. 출판 직전의 상태까지 원고가 완성된 것을 '탈고(脫稿)'라고 하고, 탈고를 위해 수정하는 작업을 '퇴고(推敲)'라고 한다. 편집자와의 소통을 통해서도 퇴고는 끊임없이 이어진다. 그렇다면 퇴고를 할 때 어떤 점을 중점적으로 두고 수정해야 할까?

퇴고할 때의 중점사항

❶ 다시 한 번 전체의 흐름과 구성을 체크하자

사실 이 단계는 이미 목차를 선정하는 기획단계에서 완벽히 끝냈어야 하는 일이다. 그런데 초고가 완성되었을 때는 내가 초고를 썼던 시점과 초고를 끝낸 시점의 사회적 환경이나 트렌드가 바뀌었을지도 모른다. 내가 《언택트 시대, 왜 그 강사만 강의 의뢰가 더 늘었을까》라는 책을 썼을 때처럼 말이다.

2020년 2월에는 코로나19가 금세 사그라들 줄 알았지만 책을 출간할 때까지도 잠잠해지지 않았다. 그러니 단순히 강의법만을 전하기보다는 언택트 시대, 온라인 강의로 모든 것이 바뀐 시점에서 그에 맞는 책으로 탈바꿈했어야만 했다. 책 주제와 맞는 시장이 여전히 존재하고 있는지, 그간에 변수가 생기지는 않았는지를 함께 체크해보자.

❷ 글의 흐름·논리적 근거·사례가 주제에 맞는가

글의 내용을 꼼꼼히 체크하자. 이미 기획이 잘되어 있다면 목차 제목에 맞는 하나의 주장에, 알맞은 근거와 사례를 잘 넣었을 것이다. 그래도 혹시나 하는 마음으로 다시 한 번 체크해보자. 또 사례나 인용한 책 제목, 저자 이름, 영문 이름 등이 제대로 작성되었는지도 확인하자. 문장과 문장 간의 흐름이 매끄러운지, 사용한 단어들이 정확한 것인지, 단어가 헷갈릴 때는 사전을 검색해서 그 뜻을 다시 확인하고 쓰도록 하자.

책은 설득이다. 설득을 위해 주장한 것이 책의 주제이자 목차다. 나의 주장이 독자를 설득할 수 있는지, 독자들이 이해할 수 있는 내용들로 잘 쓰여 있는지, 주장에 대한 근거나 예시들이 충분한지도 살펴보자. 비문, 오타, 잘못된 띄어쓰기가 있다면 퇴고시에 수정하자.

나는 예전에 출판사의 실수로 오타나 띄어쓰기가 완벽하지 않은 책을 출간한 적이 있었다. 책을 볼 때마다 낯부끄럽다. 이러한 경우는 아주 드물지만 편집자의 눈에도 어쩌면 보이지 않을 오타들이 있을 수 있으니, 퇴고할 때부터 신경 써서 수정하자.

❸ 과감하게 삭제하라

앞서 문장은 최대한 간결하게, 짧고 굵게 쓰라고 강조했다. 그래야 비문이 줄어들고 가독성이 좋아지기 때문이다. 사족이 많이 붙

나만의 브랜딩을 위한 2주 책 쓰기

어 있거나 긴 문장들은 문장을 나누어 표현하거나 과감하게 삭제하자. 요즘 독자들은 문장뿐 아니라 한 목차가 빨리 끝나서 다음 주제의 이야기를 얼른 듣고 싶어 한다. 문장이 길어지면 가독성이 떨어지고 지루함과 피로감이 함께 느껴진다. 애써 쓴 초고를 삭제하는 과정에서 100장이 채 되지 않을 수 있다. 너무 많은 페이지가 사라졌더라도 괜찮다. 투고에는 문제가 없다. 페이지 수가 부족하다면 출판사에서 130장 이상을 요구하기도 한다. 또 한 꼭지가 끝나면 필요시에 정리하기, 실습하기 등으로 페이지를 추가할 수도 있다.

다만 목차가 너무 적은 것은 아닌지, 한 목차당 글의 분량이 너무 적지는 않은지를 살펴보고 내용을 덧붙이자. 이때 주의할 것은 분량을 늘리기 위한 목적이 아니어야 한다. 독자가 궁금해하고 반드시 도움이 되는 내용인지를 따져보자.

퇴고를 할 때 초고를 출력해서 보는 게 좋을까?

먼저 질문에 답하자면 "아니 아니~"다. 스마트 기기보다 출력해서 초고를 확인하고 퇴고하는 것이 더욱 잘 보인다고 해서 나도 처음에는 100장이 넘는 초고를 모두 출력했다. 그런데 막상 출력본에 체크하고 다시 컴퓨터에서 수정하면서 퇴고하려니 일을 두 번 해야 했다. 게다가 인쇄 비용도 만만치 않았다. 이 방식이 본인에게 맞는다면 좋은 방법이겠으나 컴퓨터로 초고를 읽어가며 여러 번 퇴고한 후 더 이상 고칠 것이 없을 때 출력해서 확인하는 것을 추천한다.

나는 작은 노트북 화면보다는 큰 모니터를 이용해서 퇴고를 한다. 글자가 크게 보이니 오타도 훨씬 더 잘 보인다. 많은 작가들이 "퇴고는 초고를 완성한 다음에 좀 쉬었다 하세요"라고 한다. 당신의 휴식을 위한 일이기도 하지만, 초고를 완성하고 며칠 지난 후에 다시 보면, 수정할 부분들이 훨씬 잘 보인다. 쉬고 나니 다시 퇴고할 힘도 생긴다. 이것은 여러분의 선택이다. 대신에 정신이 맑은 상태에서 할 수 있도록 오전 시간을 활용하거나, 한 번에 끝내려 하기보다는 휴식 시간을 가지면서 천천히 해도 늦지 않다.

쇼트트랙 1500m 경기를 보면 선수들은 마지막 트랙에서 최대한 스피드를 내며 결승점으로 향한다. 여러 꼭지들을 하나하나 완성해가며 초고를 힘들게 완성했다면, 이제는 막판 스퍼트를 해야 할 때다. 퇴고까지 마쳤다면 이제 결승점이 얼마 남지 않았다는 이야기니까.

나만의 브랜딩을 위한 2주 책 쓰기

초고를 읽어줄 든든한 지원군,
예비 독자를 찾아라

2019년 문화체육관광부에서 '국민 독서 실태조사'를 진행했다. 조사결과에 따르면 성인이 독서하기 어려운 이유가 '책을 읽을 만한 마음의 여유가 없어서(5.4%)' '다른 여가활동 때문에 시간이 없어서(11.9%)' '책 읽는 것이 싫고 습관이 들지 않아서(13.6%)' '일(공부) 때문에 시간이 없어서(27.7%)'였다. 독서하기 어려운 이유로는 많은 사람들이 '책 이외의 다른 콘텐츠를 이용(29.1%)'한다고 답했다.

시간과 여유가 없다는 이유 때문인지 한 사람당 종이책을 읽는 권 수가 2017년보다 연평균 2.2권이 감소했다. 하지만 전자책의 수요는 더욱 증가하는 추세다. 스마트폰만 있으면 언제 어디서나 책을 쉽게 볼 수 있어서다. 그리고 많은 사람들이 책 이외의 다른 콘텐츠를 많이 이용하면서 독서를 하지 않는다고 한다. 대중교통을 이용할 때 책을 보고 있는 사람은 거의 드물다. 대다수가 스마트폰으로 영화나 드라마를 보거나 유튜브, SNS를 하는 데 많은 시간을 보낸다. 책은 독자가 일정한 금액을 지불하고 구매해야 하지만, 다양한 채널들을 통해 지식이나 정보를 쉽게, 무료로 얻을 수 있다. 그 결과 국민들의 독서량은 더욱 줄어들었다.

1인 브랜딩을 위한 책 쓰기 서적을 구매하지 않아도 블로그나 유튜브 등에서 정보를 쉽게 얻을 수 있다. 그런데 왜 이 책을 구매해서 봐야 할까? 여러분은 왜 무료 채널을 활용하지 않고 이 책을 직접 구매했는가? 이 질문이 핵심이다. 물론 책을 읽는 것을 평소 좋아하기 때문에 구매한 독자도 있을 것이다. 하지만 무엇보다 무료 채널에 비해 더 신뢰할 수 있는, 전문성과 경험이 있는 작가가 쓴 책이라고 판단해서 이 책을 구매하지 않았는가?

다른 채널을 운영하는 사람들의 전문성이 떨어진다는 말이 아니다. 모든 책이 다 그렇지는 않지만 기획출판 책은 대개 출판사의 선택으로 이루어진다. 이때 어느 정도는 검증된 것이라고 생각한다. 독자가 더욱 신뢰를 갖고 시간과 돈을 들여 구매한 책은 얻고자 했던 정보를 습득할 수 있는, 전문성이 있는 책이 되어야 한다. 이는 독자만을 위한 일도 아니다. 1인 브랜딩을 원하는 당신 스스로도 책을 통해 자신의 전문성을 입증하는 데 유용한 수단이 된다.

"저는 '1인 브랜딩을 위한 책 쓰기'라는 주제로 **블로그와 유튜브**를 운영하고 있습니다."

"저는 '1인 브랜딩을 위한 책 쓰기'라는 주제로 **책**을 출간했습니다."

블로그와 유튜브는 누구나 쉽게 할 수 있는 것이라면 책을 출간하는 일은 상대적으로 어렵다. 내가 책을 쓴 작가라고 하면 사람들의 시선이 달라졌다.

성인 독서량이 갈수록 줄고 있지만 책을 쓰고 싶은 사람들은 여전히 늘고 있다. 평균수명이 늘어나고 코로나19 사태 이후 더욱더 평생직업이 사라졌음을 실감하며 1인 브랜딩의 필요성을 더욱 느끼고 있기 때문이다. 1인 브랜딩을 위해서 블로그와 유튜브도 함께 운영하면 더 좋겠지만, 그보다 책 쓰기를 가장 추천하는 이유는 '전문성'과 '신뢰성' 때문이다.

구인·구직 사이트 '알바천국'이 시행한 설문조사를 보면, 사람들이 책을 읽는 이유 중 '새로운 지식과 정보를 얻기 위해서'라는 답변이 가장 많았다. 사람들은 다양한 채널을 통해 지식과 정보를 수집할 수 있음에도 전문 지식과 정보를 얻기 위해 책을 읽는다. 이러한 설문조사만 보더라도 우리가 쓰는 책은 독자를 충족시켜야 한다. 그리고 전문성과 신뢰성을 주기 위해 나는 더욱 독자들에 대한 이해와 분석이 된 상태에서 책을 쓰는 것을 추천한다. 미리 예비 독자와 소통하면서 자료수집을 많이 하고 책을 기획한다면, 더욱 전문적이고 신뢰할 수 있는 1인 브랜드로 성장할 수 있지 않을까?

《1천 권 독서법》을 쓴 전안나 작가는 책을 쓰기 전 지인들에게 독서 관련 설문조사로 책의 내용과 목차를 기획했다. 책을 쓰는 작가끼리 서로 다독이며 동기부여가 되자는 목적으로 단체 채팅방을 활용했다. 그녀가 만든 채팅방에는 책을 좋아하는 사람들이 대부분이었다. 때문에 책 주제와 관련한 설문이나 이야기를 듣는 데 활용할 수 있었다. 또 책을 평소 읽지 않는 사람들에게는 다른 질문으로 설문조사를 하며 자료를 수집하기도 했다. 전안나 작가처럼 책을 쓰기 전에 예비 독자들을 찾아 직접 질문하고, 그들의 답변을 통해 책 쓰기에 많은 도움을 받을 수 있다.

'책이 도움이 된다 안 된다, 좋은 책이다 아니다'는 독자마다 다르게 느낄 것이다. 때로는 작가보다 더 뛰어나게 책을 평가하는 평가단이 되기도 한다. 그들은 독자의 시선으로 책을 읽기 때문이다. 나는 당신이 책을 쓸 때 예비 독자들을 먼저 만나보라고 말하고 싶다. 예비 독자라 함은 당신이 쓸 책의 주제와 관련한 일에 종사하거나 관심을 갖고 있는 독자다. 당신의 책 주제에 대해 평소 관심을 갖고 있지만 아직 전문가가 아닌 사람이라면 더욱 좋다.

당신의 책이 도움을 줄 수 있는 독자를 찾아보자. 그들의 갈증이 무엇인지, 어떤 내용을 알고 싶은 것인지를 쉽게 파악할 수 있기 때문이다. 미리 예비 독자를 만나 설문조사를 진행하고 자신의 경험들을 책에 담은 전안나 작가는 그녀가 쓴 책의 독자였던 서울시장으로부터 "책을 잘 읽었다"라는 격려의 전화를 받기도 했다.

나는 나의 초고까지 읽어줄 든든한 지원군인 예비 독자를 찾았다. 앞서 말한 골든버킷 김성현 대표다. 1인 기업 비즈니스와 관련한 모임의 임원으로도 활동하고 있기 때문에 1인 브랜딩에 대한 필요성을 누구보다 더 잘 알고, 사업을 위해 책 출간을 원하는 안성맞춤 독자이기 때문이다. 더군다나 나와 많은 인터뷰를 통해서 이미 본인 책의 콘셉트와 타깃 독자를 선정했고 목차도 어느 정도 완성된 상태였다. 본인 스스로 더욱 자격을 갖췄을 때 책 쓰기를 시작하고 싶다고 해서 그날만을 기다리는 중이다. 그러니 내게는 아주 귀한 예비 독자인 셈이다.

나는 대표님에게 며칠 전 절반 정도 쓴 초고를 보내면서 "1인 브랜딩을 원하는 독자, 책을 한 번도 쓰지 않은 독자로서 책 쓰기에 도움을 받고자 하는 독자의 시선으로 책을 읽어달라"고 부탁했다. 그리고 정말 괜찮으니 독자로서 뾰족하고 악랄하게(?) 평가해달라고 했다(평소 아닌 건 아니라고 짚고 넘어가는 성격이라, 사실 평가를 악랄하게 해달라는 부탁은 필요 없었는지도 모르겠다. 흉보는 것 같지만 정말 칭찬이다).

내 주위에는 대표님만 한 예비 독자가 없었기 때문에 식사를 함께할 때도 줄곧 이 책에 관한 이야기를 했다. 대표님을 예비 독자로 선정하고 다음에 쓸 꼭지 내용도 이야기 나누며 아이디어도 얻을 수 있었다. '힘 좀 준 작가 vs. 힘쓰는 독자'가 그랬다. 대표님은 "책을 쓸 때 잘 쓰고 싶은 욕심에 글을 꾸며 쓰려는 것이 쉽게 글쓰지 못하는 이유인 것 같다"고 이야기했다. 어떤 책에서는 너무 글을 꾸민 듯이 써서 가독성과 이해력이 떨어져 독자가 힘을 쓰며 읽어야 한다며, 그런 내용을 책에 담으면 좋을 것 같다고 했다. 그러면서 평소 운동을 좋아하는 대표님은 수영을 예로 들며 "사람은 누구나 부력이 있어서 물 위에 뜰 수 있는데, 몸에 힘을 주면 부력이 낮아져 물 아래로 가라앉는다"고 말해주었다. 나는 이것을 놓치지 않고 '생존수영'이라는 키워드를 떠올려 '힘 좀 준 작가 vs. 힘쓰는 독자'의 서두로 활용했다.

이렇게 미리 예비 독자를 만나면 많은 도움을 받을 수 있다. 물론 초고를 아무에게나 보내고 읽게 할 수는 없다. 믿는 사람이 아니고서야 저작권 등록도 되지 않은 초고를 함부로 줄 수는 없는 일이다. 믿을 만한 예비 독자와 소통하고 그들의 의견을 반영해보자. 단 예비 독자의 평가에도 넓은 마음으로 받아들일 줄 아는 자세가 필요하다. 그들은 지극히 개인적인 의견을 내겠지만, 마냥 무시할 수만은 없다. 받아들이려는 마음가짐으로 소통하면 내 책을 함부로 비평하는 사람들이 아니라, 나를 위해 기꺼이 귀한 시간을 내어서 의견을 주는 고마운 사람이 된다.

예비 독자들의 이야기에 귀를 기울이면 독자들의 니즈와 수준을 미리 파악할 수 있고, 그들의 이야기가 목차와 책의 아이디어가 될 수도 있다. 미리 만난 예비 독자들의 의견을 반영하며 함께 쓴 책이기 때문에 이후 다른 독자에게도 충분히 만족감을 줄 수 있는 책이 될 것이다. 예비 독자를 찾지 못했더라도 괜찮다. 당신의 첫 번째 독자인 편집자의 의견을 수용하는 것도 좋은 방법이다.

네이버폼이나 구글폼으로 모바일 설문지를 활용하는 방법도 있다. '네이버오피스(office.naver.com)' 혹은 '구글설문지(google.com/forms/about)'를 검색하면 쉽게 모바일 설문지를 만들 수 있다. 독자들이 원하는 것을 파악하기 위한 내용들을 설문지로 작성해, 예비 독자가 될 수 있는 지인들을 활용하는 것도 추천한다. 예비 독자를 미리 만날 수 있는 방법을 찾으려면 얼마든지 찾을 수 있다고 생각한다. 그리고 이렇게 찾은 예비 독자들의 니즈와 수준을 파악했다면 그들에게 맞는 자료수집과 전문적이고 신뢰할 수 있는 정보와 지식을 제공하는 책이 되도록 하자.

지인 중에서 책을 출간한 작가들 중 제아무리 관련 지식이 많은 전문가라도 책을 쓰기 위해 관련 내용을 공부하지 않은 작가는 없었다. 당신이 책을 쓸 때 가장 염두해야 할 것이 있다. 바로 당신의 책은 독자를 위한 책이어야 한다는 것, 그리고 전문적인 지식과 정보를 제공하기 위한, 1인 전문 브랜드가 될 수 있도록 자료를 수집하고 익힌 후에 글을 써야 한다는 것이다.

《신경 끄기의 기술》의 저자 마크 맨슨(Mark Manson)은 "삶에서 가장 중요한 진실이 귀에는 가장 거슬리는 법이다"라고 했다. 가장 중요하기 때문에 예비 독자의 이야기가 당신의 귀에 거슬리는 것은 아닐까? 그들의 이야기에 늘 귀를 기울이는 작가가 되자.

이제 1인 브랜드가 되기 위한 책 쓰기 수업은 끝났다. 나는 당신이 1인 브랜드가 되기 위한 책 쓰기 도전을 '생각만이 아닌 실행'에 옮기기를, 뜨거운 열정이 마구 샘솟아 할 수 있다는 자신감으로 '언젠가'가 아닌 '지금 당장' 실행해보기를 바란다.

"성격 급한 부자는 책을 읽는 것만으로 만족하지 않는다. 특히 목적을 가지고 자기개발서를 읽었다면 책에서 배운 내용을 반드시 실천한다. 많은 사람들이 자기개발서를 읽고 나서 행동으로 연결하지는 않는다. 책을 읽는 것만으로는 상황이 바뀌지 않는다는 걸 모르기 때문이다."

-다구치 도모타카, 《성격 급한 부자들》 중에서

4장

두드림과 기다림

출판사가 '겟(Get)'하는
출간기획서를 '쓰겟(Get)'

편집자이자 블로거로 활동하는 '록산'은 '원고 투고시에 출판사가 주의 깊게 검토하는 것들'이라는 제목으로, 출판사가 어떤 원고를 선호하는지에 대해 포스팅했다. 그는 그 방법으로 트렌드·차별성·저자 약력·시장 사이즈·재미와 감동, 이렇게 5가지를 꼽았다.

트렌드는 앞서 이야기한 목표시장과 유행에 대한 이야기와 일맥상통한다. 당신의 책에는 경쟁도서와 다른 차별성이 있어야 한다는 것도 여러 번 강조했다. 저자의 약력은 프로필을 말하는 것이다. 록산은 "저자가 얼마나 이 분야의 실력자인지, 그것을 어떻게 증명할 수 있는지 그리고 독자들에게 얼마나 매력적으로 받아들여질지가 중요한 고려 요인이 된다. 작가는 이미 시장에서 검증을 받았거나 네트워크가 빵빵해서(?) 책을 많이 팔아줄 만한 사람이다"라고 했다. 그러니 출판사가 당신을 겟(Get)하고 싶은 프로필을 작성하는 것이 좋다.

시장 사이즈는 무엇일까? 나는 이전의 《언택트 시대, 왜 그 강사만 강의 의뢰가 더 늘었을까》 원고를 투고했을 당시, 한 출판사로부터 "시장성이 작은 부류의 책이다"라는 이야기를 들었다. 맞다. 강사를 위한 책인 데다 언택트로 인해 온라인 강의를 하는 강사들이 많지는 않았기 때문이다. 하지만 나는 이 책이 꼭 필요한 책이라 생각했다. 주 독자층은 강의를 하는 강사들이지만 확산 독자층은 넓기 때문이다. 요즘은 누구든지 강의를 할 수 있는 시대다. 학교 선생님, 교수, 네트워크 사업자, 기업의 대표에게도 강의를 할 수 있는 기회가 많다. 나는 이러한 이유로 출판사를 설득해서 출간에 성공한 것 같다.

출판사는 자선사업가가 아니다. 출판사 입장에서 아무리 좋은 책이라고 할지라도 시장성이 작다면 '겟하고 싶은 마음'이 줄어들 수밖에 없다. 다만 시장성이 크지는 않더라도 독자들에게 필요한 책, 내용이 탄탄하게 잘 구성되어 있는 책이라면, 당신의 책을 겟하고 싶어 하는 출판사는 분명히 존재한다. 대신에 주 독자층 외에도 확산 독자층으로 이어질 수 있도록 목차를 잘 기획하는 것이 중요하다.

마지막으로 재미와 감동에 대해 이야기해보자. 책에 재미와 감

나만의 브랜딩을 위한 2주 책 쓰기

동이 있으면 금상첨화다. 하지만 재미와 감동만 있으면 곤란하다. 탄탄한 내용으로 독자에게 도움이 되는 내용 위주로 쓰여진 책에 재미와 감동이 더해진 책이라면, 당연히 출판사가 겟하고 싶어 하지 않을까. 앞서 다룬 '독자를 피곤하게 하는 작가들' '지루한 글쓰기, 독서를 포기한 독자'의 목차 내용들을 다시 한 번 되짚어볼 필요가 있는 대목이다.

출판사가 겟하게 만드는 출간기획서

요즘은 많은 작가들이 자비출판(저자가 돈을 들여 책을 출판)이나 1인 출판(저자가 직접 출판사를 운영)으로 책을 출간하기도 한다. 그럼에도 불구하고 출판사에 많은 작가들의 원고가 쏟아져 나오는 것은 불특정 다수의 독자들에게 닿을 수 있는 방법이 출판사를 통한 기획출판이라서 그런 것 같다. 이는 전문가에게 내 원고를 검증해볼 수 있는 기회이기도 하다.

출판사에 투고할 때는 원고와 출간기획서를 각각의 파일로 나눠서 보내는 것이 좋다. 출판사 담당자가 당신의 책을 더욱 쉽게 파악하도록, 다운로드 받는 데 오래 걸리는 원고보다는 용량이 적어 다운로드 시간도 빠른 출간기획서 파일을 먼저 볼 수 있도록 하기 위함이다.

출간기획서의 내용은 출판사가 주의 깊게 검토하는 내용들이다. 이름, 연락처, 이메일 등 기본적인 내용들을 기재하는 것은 어려움이 없을 것이다. 간혹 이메일만 있고 연락처 없이 출간기획서를 보내는 초보 작가들도 있는데, 아무래도 이메일은 전화보다 소통이 느리다. 당신의 원고에 반한 출판사가 당장 겟하고 싶어서 빠른 연락을 취할 수 있도록 연락처도 잘 기재해두자.

❶ 저자 소개

이 책과 관련한 분야의 전문가임을 나타낼 수 있는 내용들을 서술형으로 쓰자.

❷ 핵심 콘셉트

당신은 책의 기획단계부터 콘셉트를 이미 정했다. 초고를 완성하고도 핵심 콘셉트를 한 문장으로 표현하지 못한다면 곤란하다. 핵심 콘셉트를 쓸 때는 출판사 담당자가 빠르게 확인할 수 있도록, 한 문장으로 결론부터 말하자. 그런 다음 부연 설명을 붙이는 것이 좋다.

❸ 시장환경과 경쟁도서와의 차별성

시장환경을 파악하고 경쟁도서를 분석했기 때문에 기존 책에서는 다루지 않은 부분들을 차별성 있게 기획했을 것이다. 이것으로 핵심 콘셉트와 목차를 선정했기 때문에, 이를 논리적으로 서술하면 된다.

　　　　　　　　　　나만의 브랜딩을 위한 2주 책 쓰기

❹ 기획의도

당신이 책을 쓴 목적이다. 기획의도를 쓰기가 어렵다면 '독자에게 왜 이 내용을 이야기하고자 했는가' '독자가 이 책을 통해 어떤 도움을 받고 어떻게 변화할 수 있는가'에 대한 답을 적는 방식으로 써보자.

❺ 주 독자층·확산 독자층

당신이 읽고 있는 이 책의 주 독자층은 '1인 브랜드가 되기 위해 책 쓰기와 마케팅법을 한 권으로 모두 익히고 싶은 사람들'이 될 것이다. 그리고 확산 독자층은 '빠른 시간 안에 쉽게 책을 쓰는 방법에 대해 알고 싶은 예비 작가들'이 될 것이다. 더 확산시키면 '책을 쓰고자 하는 예비 독자들'로 써도 좋다. 다만 독자층을 너무 넓게 잡는 것보다는 세분화해 타깃 독자 위주로 기재하는 것이 더욱 좋다.

❻ 원고의 진행상황

간혹 원고를 100% 완성하지 않고 투고하는 경우가 있다. 개인적으로는 원고를 100% 다 쓴 후에 투고하라고 말하고 싶다. 잘 기획된 책이라면 분명 원고 그대로 편집에 들어갈 확률이 높다. 물론 샘플원고를 작성해서 투고하는 작가들도 있는데 이 방법도 추천한다.

한 편집자의 말에 따르면 투고한 원고 중에서 5% 정도만이 그대로 쓸 수 있는 원고라고 한다. 거의 전체를 뒤바꿔야 하는 원고들인 경우가 많아서 샘플 원고만을 작성해서 투고하기를 원하는 곳도 있다. 하지만 시장과 독자분석을 통해 잘 기획했다면 원고를 전부 완성해서 투고하는 것을 추천한다.

❼ 홍보마케팅 전략

'출판사가 알아서 책을 마케팅하고 판매해주겠지'라고 생각하면 곤란하다. 역으로 출판사도 작가가 책을 많이 팔 수 있는 역량이 있는 사람인지를 따져본다. 출판사에서는 많은 책들을 출간한다. 책이 베스트셀러가 되고 잘 팔리면 다행이지만 수천 권 아니 수만 권의 책들이 쏟아지고 출간되는데, 잘 팔리는 책은 극히 소수에 불과하다. 출판사에서도 책이 안 팔리면 재고로 떠안아야 하는 것은 물론, 책을 보관하는 창고 물류비용도 지불해야 한다. 결국 팔지 못하고 파쇄해야 하는 지경에 이를 수도 있다.

작가도 책을 적극적으로 홍보해야 한다. 출판사는 작가가 어떤 마케팅으로 홍보하고 판매할 것인지를 알고 싶을 것이다. 이때 당신이 가진 네트워크를 활용해야 한다. 전혀 관련 없는 네트워크보다는 책과 연관성이 있는 네트워크가 좋다. 어떤 매체에 어떻게 활용할 것인지, 작가가 책을 홍보하기 위해 어떤 활동들을 계획하고 있는지 알려주는 것이 중요하다.

나는 1인 비즈니스 관련 모임에 임원으로 등록되어 있고 그 모임에는 현재 약 100여 명의 회원이 있다. 이 책을 회원들에게 홍보할 예정이다. 이들은 1인 기업으로 사업을 하는 사람들이 대부분이므로, 누구보다 1인 브랜딩에 니즈가 있는 사람들이다. 또한 나는 퍼스널 브랜딩 전문 교육기업을 운영하고 있으므로 이 책을 수업 교재로도 활용할 예정이다. 한 예능 프로그램의 MC로 출연해 인지도를 높여서 제작사와 협의 후 책이 노출될 수 있도록 홍보할 것이다. 그리고 출연 예정인 프로그램의 제작사와 내 유튜브 채널을 함께 제작하기로 해서 책 쓰기 관련 콘텐츠도 업로드할 예정이다. 또 책을 홍보할 수 있는 뉴스기사도 2건 이상 진행할 것이다. 나의 계획은 이렇다.

출판사를 꼬시고 싶어서 거짓말을 해서는 안 된다. 실제로 저자가 움직일 수 있는 홍보마케팅에 대해서 언급해야 한다. 당신 덕에 미리 홍보마케팅 전략 부분을 쓰다 보니 나는 이 책이 정말 잘될 것이라는 생각이 든다. 자랑이 아니다. 확신을 갖고 출간기획서를 쓰라는 이야기다. 작가 본인이 책이 잘되지 않을 것 같다고 생각하고 쓴 출간기획서는 출판사 담당자에게도 그대로 전해진다는 것을 명심하자.

《타이탄의 도구들》《지금 하지 않으면 언제 하겠는가》《마흔이 되기 전에》의 저자 팀 페리스가《나는 4시간만 일한다》원고를 투고했을 때의 일이다. 그는 이 원고를 27곳의 출판사에 보냈는데 26곳에서 거절했다. 그는 자신의 원고를 받아준 한 곳의 출판사와 계약했다. 그러고는 이 책은 〈뉴욕타임스〉 베스트셀러 명단에 올랐고, 35개 언어로 번역되어 세계적인 베스트셀러가 되었다. 인디언이 기우제를 지내면 반드시 비가 온다. 비가 올 때까지 기우제를 지내기 때문이다. 당신의 원고를 알아봐주는 출판사를 만날 때까지 계속 도전해보자.

나만의 브랜딩을 위한 2주 책 쓰기

성명	김인희	연락처	010-****-****	메일	dlsl0229@naver.com
제목 (가제)	1인 브랜딩을 위한 2주 만에 책 쓰기 비법				
부제	쉽게 가르치는 스킬이 뛰어난 강사 출신 작가가 제대로 가르쳐주는 진짜 책 쓰기법! 1인 퍼스널 브랜딩을 위한 '쉬운 책 쓰기법'과 마케팅tip				
저자 소개	주요 이력 & 활동	1) 1월 중순 예능프로그램 MC 출연 예정 　-이후 타 방송출연 2건 확정 2) 방송실연자협회등록 3) 브랜딩 전문 교육기업 '골든버킷에듀' 대표 　-책 쓰기, 강사 과정, 스피치, 프레젠테이션 코칭 4) 1인 비즈니스 모임 발기인, 임원 5) 네이버 인물검색 등록 6) 유튜브 운영 구독자 1만 3,500명 　-3개월 후 구독자 10만 명 목표 7) 대기업, 공공기관, 관공서, 학교, 다수의 기업 강사로 활동			
	강의 경력	1) 15년차 기업전문강사 2) 강의 분야 　-강의스킬법, 프레젠테이션, 소통대화법, 스피치, 커뮤니케이션, 뷰티, 아로마 등 3) 강의경험 　-삼성전자, 오렌지라이프, 롯데백화점, AK백화점, 한화면세점, 조달청, 군산시청, KOVO한국배구연맹, 대한적십자사, ABL생명, 인천구치소, 대구디지털산업진흥원, 광주&포천 새일센터, 강원대학교, 다수 학교 교사 및 학생 대상 강의 등			
	출간 저서	1) 《완벽한 강의의 법칙》, 한국경제신문i, 2018.02.12. 출간 　-예스24 CEO/비지니스맨top100 4주 2) 《말 한 마디 때문에》, 청년정신, 2018.06.10. 출간 　-예스24 화술/협상/회의진행top100 6주 3) 《언택트 시대, 왜 그 강사만 강의 의뢰가 더 늘었을까》, 이지퍼블리싱, 2020.11.12. 출간 　-예스24 화술/협상/회의진행top100 3주			
핵심 콘셉트	본서는 1인 브랜딩을 위한 책 쓰기를 쉽고 빠르게 성공할 수 있는 방법과 1인 브랜드로의 성장을 위해 다양한 채널을 활용하는 마케팅 방법에 대한 이야기를 담은 책입니다.				

시장환경 및 경쟁도서 분석	1인 브랜드시대. 이미 이 시대가 온 지는 오래되었으나 이번 코로나19 사태로 직장을 잃은 실직자, 취업의 어려움을 느끼는 취업준비생, 일찍 가게 문을 닫아야 하는 자영업자들, 부도가 난 회사 등 너무도 큰 위기를 맞고 살아갈 방법을 잃어서 1인 브랜드가 필요해진 시대가 되었습니다. 코로나19로 시장과 경제가 변화했습니다. 지나가는 과정이 아니라 시대와 문화가 바뀐 것입니다. 자신을 1인 브랜드로 만들어 긱 이코노미 시대의 긱 워커(플랫폼을 통해 원할 때 일할 수 있는 비정규 프리랜서)로 재택근무가 가능한 시대, 이제 살아남기 위해서는 더욱 1인 브랜드가 되어야 하는 시대가 왔습니다. 1인 창업, 1인 기업, 1인 프리랜서, 1인 긱 워커의 시대. 연예인도 자신만의 미디어 채널을 개설해 자신을 홍보하고 또 다른 수입원을 창출해가고 있습니다. 1인 브랜드가 되기 위해서는 해당 분야의 전문가로 많은 이들에게 드러나야 합니다. 그렇게 하려면 '책 쓰기'와 '드러나는 마케팅'이 필요합니다. 기존 1인 브랜딩 책은 대부분 1인 브랜딩을 위해 동기부여만 하는 책이었습니다. 그리고 실질적인 도움이 되지 않는 이야기들이 대부분이었습니다. 1인 브랜드를 통해 돈을 많이 번다거나 벤츠를 탄다거나 허황된 이야기가 그려진 책들이 많습니다. 게다가 책 쓰는 방법을 알려주는 책만 읽고서 책을 쓰기에는 다소 어려운 부분이 있는 것으로 파악했습니다. 1인 브랜드를 위한 책 쓰기에 대해 집중적으로 이야기를 다루거나 책을 쓸 수 있도록 잘 가르치는 책은 없었고, 1인 브랜드를 위한 마케팅 방법까지 한 권에 담은 책은 없었습니다.	
기획의도	1인 브랜딩이 필요하다는 사실은 누구나 알고 있습니다. 그런데 어떻게 그 길을 가야 할지, 제대로 알려주는 이들도 책도 없습니다. 1인 브랜드가 되고 싶은 목마름이 있는 사람들이 많다고 생각합니다. 기업 강사로서 누구보다 1인 브랜딩이 필요했던 제가 책 출간을 통해 대기업 강의부터 방송 출연과 사업까지 할 수 있었던 노하우를 많은 독자들과 나누고 싶었습니다. 어려운 것도 가장 쉽게, 못하는 이들도 해낼 수 있게 하는 장점을 가진 저는 작가이자 강사로서, 독자들이 이해하기 쉽도록 코칭을 받는 책을 기획했습니다. 스스로 1인 브랜딩을 할 수 있는, 1인 브랜드로 성장할 수 있는 책 쓰기 법, 어떤 책을 쓰는 것이 1인 브랜드에 도움이 되는지 안내하고, 2주 만에도 책을 쓸 만큼 쉬운 책 쓰기법, 1인 브랜드에 맞는 다양한 채널을 통한 마케팅 방법을 한 권에 담는 책이 필요하다고 생각했습니다. '한 권으로 끝내는 1인 브랜드 비결'을 제시해 평생직장, 평생직업이 사라진 사람들에게 희망과 도움을 주고자 이 책을 집필했습니다.	
대상 독자층	1) 주 독자층	1인 브랜드가 되어서 자신의 비즈니스에 도움이 되고자 하는 1인 사업가, 1인 프리랜서
	2) 확산 독자층	1인 브랜딩의 필요성을 실감하는 직장인들. 자신의 이름으로 된 책 한 권을 내고 홍보법까지 익히고 싶은 사람들.

홍보 마케팅 전략	1) 1월 중순 촬영 예정인 예능 프로그램은 초보 인플루언서와 파워인플루언서, 연예인이 한 팀이 되어 유튜브 구독자 수를 늘리며 경연하는 프로그램입니다. 시수 회사 대표가 제작사 대표를 겸직하고 있어 다양한 프로그램에도 출연할 예정입니다. 2) 1인 비즈니스 모임 임원으로서 조합원들에게 홍보하겠습니다(단체 채팅방과 비즈니스 플랫폼 채널 활용). 3) 브랜딩 전문 교육기업을 운영하고 있습니다. 방송 이후 인지도를 더욱 높여 책 쓰기 코칭 과정을 메인 과정으로 진행할 예정이며, 광고를 통해 수강생을 모집하면서 책을 홍보할 예정입니다. 4) 운영하고 있는 회사의 브랜딩을 위해 인지도 높은 연예인을 대상으로 무료로 책 쓰기 코칭을 진행해 홍보할 예정입니다. 5) 책 쓰기 코칭 과정에서 수강생의 교과서로 활용할 예정입니다. 6) 개인 유튜브 채널(현재 구독자 수 1만 3,500명)을 전문 제작팀과 함께 제작하기로 했으며 3개월 내 10만 명의 구독자를 목표로 하고 있습니다. 7) 스트레스교육협회를 운영하고 1인 브랜드를 원하는 기업 강사 131명을 보유한 '밴드'에 홍보하겠습니다. 8) 1인 기업을 운영하는 대표, 1인 프리랜서 강사들에게 홍보하겠습니다.
원고의 진행 상황	100% 원고 완성
목차	프롤로그 1장. 1인 브랜드, 책 쓰기부터 시작하라 1. 살아남으려면 1인 브랜드가 되어라 2. 누구나 '내 이름'으로 된 것을 꿈꾼다 3. 진짜 마법은 안전지대 밖에서 일어난다 4. '브랜딩'하지 말고 '블렌딩'하라 5. 책 쓰기, 어려울 것 같나요? 2장. 책 쓰기도 준비운동이 필요하다 1. 금방 쓰러질 듯 한 몸으로도 국가대표 선수가 될 수 있는 게 작가다 2. 나는 ○○○ 1인 브랜드다 3. 책 콘셉트, 한 문장이면 충분하다 4. 책에도 유행이 있다 5. 제 책을 읽을 독자는 당연히 모든 사람들이죠(?) 6. '책 쓰기'의 답은 '책 속'에 있다 7. 머리 쥐어뜯는 목차 고민, 기획하면 안 되는 게 없다 3장. 2주 만에 초고를 완성하는 비결 1. 2주 만에 책 쓰기가 가능할까? 2. 글쓰기에도 기획이 필요하다 3. 독자를 피곤하게 하는 작가들 4. 지루한 글쓰기, 독서를 포기한 독자 5. 힘 좀 준 작가 vs. 힘쓰는 독자 6. 오 마이 갓, 몰라서 못 했어요 7. 원고의 연금술, 퇴고가 답이다 8. 초고를 읽어줄 든든한 지원군, 예비 독자를 찾아라

성명	김인희	연락처	010-****-****	메일	dlsl0229@naver.com
제목 (가제)	<완벽한 강사의 법칙> -A+++ 트리플A급 강사가 되는 법				
저자 소개	주요 이력 & 활동	1) 프리랜서 강사(기업강의) 2) 강의스킬 향상과정 강의 및 코칭 3) 아로마강사 양성과정 강의 4) 유튜브 채널운영1: 구독자 약 1만 명 5) 유튜브 채널운영2: 구독자 약 3천 명 6) 타로&DISC&MBTI성격유형&감정 심리상담 컨설팅			
	강의 경력	1) 15년차 기업전문강사 2) 강의 분야 -강의스킬법, 프레젠테이션, 소통대화법, 스피치, 커뮤니케이션, 뷰티, 아로마 등 3) 강의경험 -삼성전자, 오렌지라이프, 롯데백화점, AK백화점, 한화면세점, 조달청, 군산시청, KOVO한국배구연맹, 대한적십자사, ABL생명, 인천구치소, 대구디지털산업진흥원, 광주&포천 새일센터, 강원대학교, 다수 학교 교사 및 학생 대상 강의 등			
	출간 저서	1) 《완벽한 강의의 법칙》, 한국경제신문i, 2018. 02. 12. 출간 -예스24 CEO/비지니스맨top100 4주 2) 《말 한마디 때문에》, 청년정신, 2018. 06. 10. 출간 -예스24 화술/협상/회의진행top100 6주			
핵심 콘셉트	본서는 강의경험이 없거나 강의스킬을 향상시키기 위한 초보 강사, 경력 강사들을 타깃 독자로 집필했습니다. 강의를 이미 하고는 있지만 청중을 만족시키는 강의를 하기 위한 기본적인 방식을 모르는 강사들이 많고, 또 태도적인 부분 때문에 문제가 되는 강사들도 많습니다. 초보 강사에게는 강의의 전체 흐름을 이해할 수 있으며 경력 강사에게는 다른 강사의 노하우를 접하며 다시 초심으로 돌아가 마음을 잡을 수 있는 '트리플 A급 강사'가 되기 위해 필요한 내용들로 정리했습니다.				
시장환경 및 경쟁도서 분석	전국에 수백만 명의 강사가 있고 또 강사가 되고 싶은 사람들이 많습니다. 강사를 직업으로 하기를 원하는 분들도 있지만, 책을 낸 작가들도 강연·강의를 하기도 하고 또 회사의 대표나 전문직종에 있는 분들도 강의를 할 기회들이 많습니다. 하지만 강의를 전혀 해본 적 없는 분들은 알고 있는 지식을 어떤 내용으로, 어떻게 풀어야 할지 전혀 모릅니다. 스피치 학원에서는 기본 발음, 발성, 전달력과 같은 내용만 배울 수 있을 뿐, 강의내용을 전달하는 방식과 강의기획법, 교수법 등은 전혀 익힐 수가 없었을 것입니다. 그렇다고 강의스킬법을 배울 수 있는 곳은 많지 않으며 제대로 가르치는 곳 또한 찾기 어렵습니다.				

	기존에 출간된 비슷한 종류의 저서들 중에는 강사가 자기 브랜딩을 위해 '자기가 하고 싶은 이야기'만 저서의 반 이상을 이야기해 독자에게 전혀 도움이 되지 못하고 있습니다. 또한 강의기획법만 다뤘거나 교수법만 다룬 책들이 있을 뿐 강의의 모든 것을 담은 저서들이 거의 없으며 디테일한 강의경험을 내어놓은 책 또한 없습니다. 제가 집필한 '완벽한 강의의 법칙'은 강의의 A부터 Z까지 다루기는 했으나 전체적인 강의 틀을 알 수 있는 내용이었고 사내 강사의 경험으로만 집필했습니다. 이번에 집필한 《완벽한 강사의 법칙》는 3년을 기업강사로 활동한 경험, 기업에 있는 사내 강사 대상 강의의 경험, 강의스킬 개인 코칭의 경험을 한 후 집필해 더욱 진하게 강의법을 담아내어 이해하기 쉽고 공감할 수 있는 내용들로 구성했습니다. 분명 강사이거나 강사가 되고 싶은 사람들의 목마름을 채울 수 있는 책은 아직 흔치 않다고 생각합니다. '강사·강의' 키워드가 들어 있는 모든 책들을 구매해서 직접 분석했기 때문에 자신 있게 말할 수 있습니다. 또 MBTI성격유형 검사를 통해 강의를 할 때 자신에게 어떤 강점이 있고 어떤 부분을 개발해야 하는지에 대한 내용들도 함께 담았으며, 많은 강의 경험을 스토리로 전하기 때문에 지루함 없이 즐겁게 읽을 수 있는 책이라고 자부합니다. 《완벽한 강사의 법칙》은 독자들의 갈증을 해소해줄 수 있는 유일무이한 책이라고 확신합니다.
기획의도	저는 《완벽한 강의의 법칙》 출간 이후 프리랜서를 선언하고 3년 동안 기업강의와 함께 강의스킬에 관한 강의, 개인코칭으로 수많은 경험을 해왔습니다. 사내 강사로만 활동한 상태에서 《완벽한 강의의 법칙》을 집필했습니다. 때문에 강의법을 가르치고 기업강의를 해보니 또 다른 경험과 지식을 습득할 수 있었습니다. 기존의 저서가 전체적인 강의 틀, 숲을 이야기했다면 나무와 같은 이야기 또한 필요하다고 생각했습니다. 그리고 그 경험을 독자들과 나누고 싶었습니다.
목차	1장. As lecturer, 강사처럼~ 나도 강사가 되고 싶다 　1) 나는 강사가 '될' 사람일까? 　2) 나눌 지식과 경험이 있다면 나도 강사 　3) MBTI로 알아보는 나의 성격과 강의력 키우는 법 　　-외향성 vs. 내향성 　　-감각형 vs. 직관형 　　-사고형 vs. 감정형 　　-판단형 vs. 인식형 　　-4가지 요소 성격유형 테스트 　　-16가지 성격유형 특징 및 대표 표현 　4) 사람들 앞에만 서면 덜덜 떠는 나, 강사 될 수 있을까? 　　-사람들 앞에 서면 떨리는 이유 　　-무대공포증 어떻게 극복할 수 있을까? 　5) 완벽한 강사의 법칙, A급 마인드가 A급 강사를 만든다

A+

2징. Attitude, 강시기 갖춰야 할 대도

　　1) 강사의 자기소개, 자랑 말고 어필하라

　　2) 청중과 라포를 형성하라

　　3) 가르치려 하지 말고 가리켜라

　　4) 완벽하지 못한 강사들의 실수

　　5) 청중을 위한 강사입니까?

　　6) '완벽한 기획 강의'를 위한 '완벽한 강사'의 청중분석 질문 10가지

　　7) 강의무대를 두려워하라

　　8) 앵콜강의를 부르는 '완벽의 강사의 태도 10법칙'

　　9) 플로리시를 위한 웰빙강사가 되어라

A++

3장. Ability, 강사의 능력

　　1) 강의의 질이 청중의 태도를 결정한다

　　2) 잔소리하지 말고 설득하라

　　3) 강사, 강의하려 하지 마라

　　4) 고구마 강의를 하는 강사

　　5) 앎 없는 가르침과 가르킴은 '강사'가 아닌 '강도'다

　　6) 완벽한 강사의 강의 진행력, 창의적 교수법을 익혀라

　　7) 제대로 익히는 청중의 학습능력 높이는 법

　　8) 강의를 오래 기억하는 청중의 기억력 높이는 법

　　9) 청중의 변화가 이루어지는 실용능력 높이는 법

　　10) 강사력을 Self 박탈하는 강사, 강의준비부터 직접 시작하라!

　　　　-자료수집, 청중분석, 세부사항 분석

　　11) 기획 없는 강의는 누구도 듣고 싶지 않은 '잔소리' 강의다.

　　　　-강의주제, 목적과 목표, 강의제목, 강의기획, 강의내용기획

　　12) 재미 있는 강의를 위해 연구하라(스팟)

　　13) 책을 읽는 강사가 되어라, 책 속에 보물이 가득하다

A+++

4장. Appreciation, 강사로 공감받는 법

　　1) 품격 있는 강사로 메이킹 하라

　　2) 강의를 할 때 어떤 옷을 입으면 좋을까?

　　3) 강사답게, 강사다움을 드러내라

　　4) '저 이것저것 다해요' vs. '이 분야의 전문강사입니다'

　　5) 교육담당자와 긍정 소통하라

　　6) 강의무대 뒤편에서도 강사답게 살아라

　　7) 말 한 마디 때문에 vs. 말 한 마디 덕분에

　　8) 행복한 강사가 되어라(디팩초프라 완전한 행복)

　　9) 강사, 작가가 되어라

작가가 겟하는 출판사,
어떤 출판사를 선택해야 할까

출판사뿐만 아니라 작가도 출판사를 겟한다. 정확히는 어떤 출판사를 선정하고 투고를 할 것인지, 투고 후 출간을 목적으로 연락온 여러 출판사 중에 어떤 출판사를 선택할 것인지를 말이다. 첫 책을 투고할 때는 한 작가로부터 수백 개의 출판사 리스트를 받았다. 그는 어느 출판사인지 출판사 이름은 전혀 기재하지 않은 채 "전체를 복사해서 붙여넣기 하라"며 내게 건넸다. 그때는 몰랐다. 나도 처음이라서. 결론부터 말하면 누군가에게 출판사 리스트를 달라고 조르며 의지하지 말고 직접 발품을 팔라고 말하고 싶다.

투고는 메일로도 충분하다. 출판사 메일 주소만 알면 되는 것이다. 아무 출판사나? 화살을 쏠 때 누구든 과녁 정중앙을 노린다. 정중앙에 화살이 정확히 꽂힐 수 있도록 조준한다. 무작정 '아무

　나만의 브랜딩을 위한 2주 책 쓰기

출판사에 일단 넣고보자'는 생각은 과녁의 정중앙을 조준하는 것이 아니라, 과녁을 향해 화살을 무더기로 던지는 것과 같다. 그러니 정중앙에 정확히 꽂힐 수가 있나.

많은 출판사의 리스트를 확보하고 투고하면 그만큼 확률이 높아질 수는 있겠으나 당신은 다음과 같은 답변을 받게 될 것이다. '귀하의 원고는 저희 출판사와는 결이 달라서' '기획 방향이 달라서' '출간 방향이 달라서'라고. 그러니 정중앙을 조준하는 것이 더욱 현명한 일이다.

메일을 보낼 때는 받는 사람에 출판사 메일을 모두 복사-붙여넣기를 해서 단체메일을 보내지 않도록 하자. 간혹 출판사 담당자 중에는 성의 없는 메일은 읽기조차 거부한다. 그래서 원고를 소개할 기회마저 없을 수도 있다. 번거롭더라도 하나씩 보내고, 파일을 첨부하지 않고 보내는 실수에 주의하라. 메일의 내용도 비운 채 발송하기보다는 간략한 인사말을 써서 예의를 갖춰 보내자.

투고할 출판사 찾기

가장 쉽게 찾을 수 있는 출판사는 '경쟁도서를 출간한 출판사'이다. 이때 장점과 단점이 있다. 기존에도 같은 주제의 책을 출판했기 때문에 판매가 저조한 경험이 있다면 거절의 메일을 받을 수도 있다. 괜찮다. 모든 출판사가 당신의 원고를 'OK' 하지는 않는다. 괜찮다. 당신의 책을 출간해줄 단 한 곳의 출판사만 찾아도 당신의 책은 세상에 나올 수 있다.

당신은 작가가 될 수 있다. 딱 한 곳, 그 한 곳만 찾으면 될 일이다. 당신의 책과 경쟁도서는 같은 분야의 책이기 때문에 이미 그 분야의 책을 출간하는 출판사라고 볼 수 있다. 따라서 경쟁도서에 적힌 출판사 메일이나 혹은 출판사가 운영하는 사이트에서 메일 주소 및 투고방법을 확인할 수 있다.

당신은 자기가 쓴 글이 어떤 분야의 글인지 알 필요가 있다. 에세이, 자기개발서, 경영, 경제, 역사, 문화, 여행, 예술, 종교, 인문, 어린이, 자연과학, 예술, 건강, 취미, 유아 등 분야를 알아두어야 한다. 만약 잘 모르겠다면 경쟁도서를 서점 홈페이지에서 검색해보자. 책 분야를 쉽게 확인할 수 있을 것이다.

당신의 책 분야가 어떤 것인지를 알았다면 이제 서점 홈페이지에 들어가 '분야별'로 검색하자. 서점 홈페이지마다 책을 분야별로 검색할 수 있게 되어 있다. 예를 들어 에세이로 검색하면 책과 출판사 이름을 쉽게 확인할 수 있다. 당신의 책이 자기개발서라면 자기개발서를 출간하는 출판사에 투고해야 과녁의 정중앙을 맞힐 확률이 훨씬 높아진다. 출판사 리스트를 작성했다면 해당 출판사를 네이버나 구글에서 검색한다. 이름이 같은 다른 기업이 검색되기도 하기 때문에 '출판사 ○○○' 하고 검색하면 훨씬 더 빠르게 찾을 수 있다.

홈페이지가 있는 출판사라면 해당 홈페이지로 들어가 원고투고를 메일로 받는지, 홈페이지에 원고투고 메뉴가 따로 있는지를 확인하고 투고하자. 출판사의 메일을 찾기가 어렵다면 직접 출판사에 전화해 원고투고 메일을 알려달라고 하는 것도 한 방법이다. 또 책의 맨 뒷장에 보면 출판사의 이메일을 쉽게 확인할 수 있다. 소중한 아이디어와 원고 투고를 기다린다는 메시지와 함께.

출판사 메일이나 투고 방법을 찾는 일은 꽤 번거로운 일이기도 하다. 그러니 다음에 또 책을 쓰고 또다시 투고할 때도 활용할 수 있도록 출판사명, 메일 주소, 출간한 책 분야 등을 파일로 간단하게 기재해두자. 다음에 쓴 책의 분야가 이전 책과 전혀 다른 분야라면 출판사를 다시 찾는 것이 좋다.

당신은 작가다. 출판사에 대한 정보도 이해도 이제는 필요하다. 출판사 이름을 검색해서 어떤 부류의 책과 어떤 작가가 해당 출판사에서 책을 냈는지, 마케팅은 어떻게 하고 있는지, 편집과 디자인은 어떤지, 잘 팔린 책은 어떤 것이 있는지, 기존에 나온 당신의 책의 주제와 콘셉트가 비슷한 책은 얼마나 판매되고 홍보되었는지도 살펴보는 것을 추천한다.

출판사 선정하기

출판사는 대형 출판사도 있고 소형 출판사도 있다. 편집자나 전문 마케터가 1인으로 움직이는 출판사도 있다. 미리 말하자면 딱히 어떤 출판사가 더 좋다고 말할 수는 없다. 무조건 대형 출판사가 좋다고 생각할 수 있겠지만, 지인 중에서 대형 출판사에서 책을 출간한 작가는 많은 작가들과의 출간 시기를 그 안에서도 치열하게 경쟁해야 했다. 출간 시기가 다른 소형 출판사보다는 확실히 늦는 것 같다.

행복한 상상을 해보자. 당신이 원고를 출판사에 투고하자 여러 출판사에서 당신의 원고를 겟하겠다고 연락이 왔다. 어떤 기준으로 출판사를 정해야 할까?

❶ 강력한 프로포즈를 하는 출판사를 선택하라

내 책을 간절히 내고 싶어 하는 출판사는 그만큼 작가에게 강력하게 프로포즈를 한다. 내 원고를 선택한 이유를 묻지 않아도 구체적으로 설명하고, 출간에 대한 의지를 강력히 표현하며 자신감을 드러낸다.

여러 출판사에서 러브콜을 받았을 때 한 출판사 대표님이 생각난다. 출판사 대표님은 내가 있는 곳까지 달려와 나의 책을 베스트셀러로 올릴 수 있을 만큼 자신 있고, 출간하고 싶었던 분야의 책이라고 했다. 그때 당시 출판사에 대한 이해가 전혀 없었던 나는 대표님 혼자서 운영하는 출판사라고 하기에 '디자이너도 편집자도 없다면 경제적인 문제가 있지 않을까? 그로 인해 책 출간에 실패하면 어떡하지?'라는 괜한 걱정을 했고, 결국 다른 출판사에서 책을 출간했다.

이후 시인이 그 출판사에서 책을 출간했고, 'TOP100'에 진입했다. 아뿔사. 강력한 프로포즈를 하는 출판사라고 해서 책이 잘 팔리는 것은 당연히 아니다. 그렇지 못할 수도 있다. 하지만 그렇게 내 원고에 대한 사랑과 의지가 강한데, 얼마나 공을 들여 출간해 낼까.

❷ 출판사가 출간한 책의 퀄리티를 확인하라

출판사가 이전에 출간한 책이 어떤 것인지, 또 책의 퀄리티는 어떠한지를 함께 확인하자. 책의 디자인부터 편집 능력까지 말이다. 어떤 책이 퀄리티가 있다 없다는 기준으로 잡아서 말하기는 모호하다. 하지만 책 디자인의 경우, 책 제목을 빗겨나간 전혀 상관없는 표지 디자인을 사용한 곳도 간혹 있다. 책 표지가 예쁘다 별로 다를 떠나 책을 잘 이해하고 기획한 디자인이라면 제법 책을 신경 쓰는 출판사라고 생각한다.

또한 출간한 책의 안을 열어 보면 편집자의 편집 능력이 보인다. 책의 전체 흐름을 볼 수 있는 목차가 장제목 없이 나열식으로만 되어 있어 책의 내용을 한눈에 파악하기 힘들거나, 그림이나 도표로 설명하면 더욱 이해가 쉬울 내용임에도 글만 가득하다. 문단도 제대로 나뉘어 있지 않고, 글자색이나 진하기 등이 없는 경우도 있다. 그러면 책 내용을 훑어볼 때 작가가 강조하는 것이 무엇인지 알기가 어렵다.

이런 판단은 내 개인의 기준이다. 내가 꼭 옳다고 할 수는 없다. 나는 당신이 책의 퀄리티를 확인할 때 나의 기준에 머무르지 말고 자신의 기준을 세울 것을 더욱 추천하고 싶다.

❸ 마케팅 능력이 있는 곳이라면 더욱 OK!

출판사가 마케팅 능력까지 갖췄다면 그야말로 금상첨화다. 간혹 출판사 중에는 회사 소개서와 나의 책을 어떻게 마케팅할 것인지에 대한 계획이 담긴 메일을 보내기도 한다. 물론 모든 출판사가 그렇지는 않지만, 출판사가 어떤 방식으로 마케팅하는지도 파악하는 것이 좋다. "같은 값이면 다홍치마"라고 같은 조건의 출판사인데 마케팅 능력이 더 뛰어난 출판사라면 당연히 해당 출판사를 선택하는 것이 1인 브랜딩과 책 판매에 더욱 유리하지 않을까?

하지만 당신이 먼저 알아야 할 것은 마케팅 능력이 뛰어난 출판사라고 하더라도 판매가 저조한 책에는 마케팅 비용을 쏟아붓지 않는다는 사실이다. 그러니 작가인 당신도 책이 출간되면 주변 지인들에게 알리고 다양한 채널을 통해 적극적으로 홍보를 해야 한다. 마케팅할 수 있는 방법으로는 나도 완벽한 전문가라고 할 수는 없지만, 내가 현재 하고 있고 결과가 나오는 채널들을 활용하는 방법들을 5장에서 설명하도록 하겠다. 참고하길 바란다.

❹ 나의 의견을 적극 반영해주는 곳이 좋다

나는 무척 운이 좋았다. 출간한 책마다 출판사 편집자와 소통이 원활했다. 나는 편집자의 의견을 듣는 것이 좋았다. 나보다도 편집자는 책 편집의 전문가이기 때문에. 내가 의견을 낼 때마다 그들은 적극적으로 반영해주었다.

《완벽한 강의의 법칙》은 힘이 약해보이는 컬러 위주로 디자인 몇 가지를 보내왔길래, 강의하면 강렬할 느낌이고 힘이 있는 느낌이라 좀 더 강렬하고 눈에 띄는 컬러를 활용하면 좋겠다고 전했다. 그랬더니 강렬한 컬러로 변경해주었다.

《말 한마디 때문에》는 독자들이 휴대하고 다니면서 가볍게 읽는 책으로, "작았으면 좋겠다"는 의견과 여성 독자들이 많을 것 같으니 "여성 독자들의 시선을 끌 수 있는 컬러면 좋겠다"고 전했다. 그랬더니 연핑크 컬러에 휴대가 가능한 사이즈로 출간되었다.

《언택트 시대, 왜 그 강사만 강의 의뢰가 더 늘었을까》는 "표지가 흰색이라 밋밋하고 허전한 느낌에 약해 보인다"고 전했다. 그래서 포인트가 있었으면 좋겠다고 했더니 네이비 색상의 띠지를 포인트로 변경해주었다. 무척 감사하게도. 나는 그때마다 《말 한마디 때문에》를 쓴 저자답게 말에 메이크업한 듯 예쁘게 표현하며 의견을 말했고, 기꺼이 내 의견을 반영해준 편집자에게 감사 인사를 전했다.

《나폴레온 힐의 성공의 법칙》을 쓴 나폴레온 힐(Napoleon Hill)

은 "여자는 남자를 잘 만나야 하고 남자는 여자를 잘 만나야 인생이 제대로 열리지, 그렇지 않으면 인생을 그르칠 수도 있다"고 했다. 직장인의 삶을 그린 드라마 〈미생〉에서는 "살면서 누구를 만나느냐에 따라 인생이 달라질 수 있어. 파리 뒤를 좇으면 변소 주변이나 어슬렁거릴 거고 꿀벌 뒤를 좇으면 꽃밭을 함께 거닐게 된다잖아"라는 명대사가 있다.

어떤 출판사를 만나느냐에 따라 책의 운명이 결정된다. 잘 만나면 좋은 책으로 출간되고 그렇지 않으면 출간되는 날까지도 감정이 상하는 일이 발생할지도 모른다. 출판사를 잘 겟할 필요가 있다. 그 이전에 당신도 출판사가 '원고와 작가를 참 잘 겟했구나'라고 느끼도록, 좋은 원고를 쓰기 위해 노력하고 좋은 인성과 예의를 갖추도록 하자.

두드림과 기다림 끝에 찾아온 두근거림, 출간 계약

출판사가 정해졌다면 출판사에서 계약서를 메일로 보내온다. 물론 출판사마다 계약서를 보내는 시기나 작성하는 시기는 다르다. 원고를 100% 끝낸 작가라면 출판사가 계약까지의 결정이 어쩌면 더욱 빠를지 모르겠다.

간혹 원고가 미완성인 상태에서 계약을 하거나 출판사가 작가를 발굴해 책 쓰기를 제안하는 경우도 있다. 이때 작가가 구두상으로 해당 출판사와의 계약을 원한다고 하면, 대체적으로 출판사는 계약을 빠르게 진행한다.

출판사는 먼저 메일로 계약서 초안을 보내고 작가에게 계약사항에서 수정할 부분이 있는지 의견을 묻는다. 계약서를 수정할 부분이 있다면 작가와 출판사는 서로 의견을 조율해서 정하고, 출판사는 도장이 찍힌 계약서 2부를 작가에게 보낸다. 그러면 작가는 계약서에 자신의 도장을 찍고 1부는 갖고 1부는 다시 출판사로 보낸다.

계약이 성사되었습니다. 땅!땅!땅!

출판권 표준계약서에 대해 알고 싶다면, 문화체육관광부 홈페이지(mcst.go.kr)에서 '출판분야 표준계약서'를 검색해보자. 출판분야 표준계약서 제정(7종)을 클릭하면 관련 내용을 볼 수 있다. 한국출판인회의(kopus.org)에서도 출판 표준계약서를 배포하고 있으니 이 역시 참고하길 바란다.

먼저 출판사에서 계약서 초안을 작성해 보내오는데, 수정할 부분이 있다면 계약서에 도장을 찍기 전 출판사에 요청할 수 있다. 간혹 출판사와 이미 계약을 한 상태에서 대형 출판사에서 출간을 희망한다는 연락이 오면 마음이 흔들릴 수 있다. 기존 계약을 무시하고 이중계약을 하면 법정 소송에 휘말릴 수 있다. 그만큼 계약을 할 때는 신중해야 한다. 출판사에서 계약을 서두르더라도 기한을 두고 생각해볼 시간을 달라고 미리 요청할 수도 있다.

이미 계약을 했는데 간절히 원하던 출판사에서 연락이 온다면 어떻게 할까? 이때는 계약금을 받았는지 안 받았는지가 중요하다. 계약금이 입금되지 않았다면 기회가 있을지도 모른다. 계약을 파기했을 때의 관련 조항이 있는지 확인해보고 출판사에 양해를 구해보도록 하자. 이미 편집자가 당신의 원고를 수정하고 있었다면 헛일하는 일이 된다. 출판사가 가만있지 않을 것이다. 계약이 하루 이틀 지났다면 몰라도 이미 많은 시간이 지났다면 출판사와의 약속을 지키는 것이 좋다.

출판권을 설정할 때는 보통 출판사는 12개월 안에 저작물을 발행하는 것으로 하되, 부득이한 사정이 있을 때에는 작가와 협의해 기한을 변경할 수 있도록 되어 있다. 그간에 출간한 작가들이나 나의 경우를 봐도 보통 1년 안에는 출간에 성공했다. 물론 예외도 있다.

계약기간은 초판 발행일 이후 5년 정도로 설정하는 경우가 많다. 계약 만료일 ×개월 전까지 한쪽에서 문서에 의한 통고로 해지할 수 있으며 별도 의사표시가 없으면 동일한 조건으로 ×년씩 자동 연장된다. 계약을 해지하고자 한다면 정해진 계약만료 날짜를 미리 확인하고 해지를 통보하는 것이 좋다. 출판사마다 다르지만 반년 혹은 1년 동안에 월간 평균 판매량이 ×부 이하가 되면 협의 하에 계약을 해지할 수 있다는 조항도 있다.

인세와 관련한 내용도 있다. 선급금, 선인세 즉 계약금에 관한 내용이다. 인세에 대해서는 '나도 인세 받는 작가'에서 따로 설명하도록 하겠다. 초판이 발행되면 출판사에서는 5~20부, 보통 10부 정도를 작가에게 지급한다(이 책을 출간한 출판사는 무려 30부를 준다. 좋은 출판사다. 감사의 마음을 전한다). 개정판이 발행되면 ×부를 지급하겠다는 내용도 있다. 홍보를 열심히 하기 위해서는 사실 10부도 부족하다. 직접 작가가 출판사에서 책을 구매할 수도 있는데, 정가의 몇 %로 지급할 것인지도 계약사항에 기재한다. 보통 출판사에서는 정가의 70%의 가격으로 작가에게 지급한다.

전자책은 종이책과 다르다. 다른 형태의 저작물이다. 전자책을 'e-book'이라고도 표현하는데, 출판사에서 전자책을 출간할 때는 매출액의 ×%를 지급하겠다는 내용이 있어야 한다. 전자책으로 출간되었음에도 불구하고 출판사가 작가에게 저작권료를 지급하지 않는 것은 문제가 된다. 정산기간과 정산하는 시기가 언제인지에 대해서도 기재되어 있는지 확인하자.

오디오북도 마찬가지다. 간혹 책이 전자책이나 오디오북으로 출간되어도 출판사에서 작가에게 통보하지 않는 경우가 있다. 그렇다면 어떻게 확인할 수 있을까? 인터넷 검색창에서 책 이름을 검색하면 도서, e북, 오디오북의 정보를 쉽게 확인할 수 있다. 외국어판으로 번역되어 판매가 될 때도 외국어판 저작권 사용료를 따로 받을 수 있다.

계약서상 저작권자인 저자는 '갑', 출판사는 '을'로 표기한다. 계약서상 표시일 뿐이다. 실제로 갑과 을은 없다. 출판사는 작가의 원고가 필요하고 작가는 출판사의 제작과 마케팅 능력, 출간 경험들이 필요하다. 간혹 출판사에 갑질을 하듯이 계약 및 원고수정과 관련해 분린이 일어나는 경우가 있다. 나는 그동안 고맙게도 좋은 출판사들을 만나서 그런지 지금껏 계약과 관련한 분쟁이나 시끄러운 일은 없었다.

출판사도 작가도 계약한 내용대로 약속을 잘 이행하고, 숨기는 일이 있거나 한쪽이 손해 보는 계약이 아닌 공정한 계약을 했다면, 문제가 될 일이 많지 않다고 본다. 또 서로 이해하고 상대방의 입장을 더욱 배려하고 의견을 조율해간다면 계약할 때도, 계약을 하고 나서 원고 수정과 출간 이전, 그 이후까지 큰 분란은 일어나지 않을 것이라 생각한다.

나도 인세 받는 작가

책을 출간했다고 말하면 "비용이 얼마나 들었어요?"라고 묻는 사람들이 간혹 있다. "단 1원도 들지 않았습니다"라고 하면 "어떻게 그게 가능해요?"라고 한다. 바로 기획출판이라서 그렇다. 출판사에 직접 원고를 투고하고 출판사에서 출간 계약을 요청해오면 내가 들일 비용은 0원이다. 돈을 들여 출간했다는 작가들은 대부분 자비출판으로, 자신이 어느 정도의 금액을 들여 출판사에 지급한 후 책을 출간했을 것이다.

무조건 돈을 주면 출판사가 책을 출간해주는가? 이것도 출판사마다 다르다. 그토록 원하던 내 이름으로 된 책을 돈 한 푼 받지 않고 출간해주는 것도 고마운데, 출판사는 나에게 '인세'라는 저작권 사용료도 지불하겠단다. 얼마나 고마운 일인가. 그러니 출판사와 담당자들에게 항상 고마운 마음으로 대하도록 하자.

인세는 얼마나, 어떻게 받나요?

책으로 돈을 벌고 싶은 욕심은 없었지만 나도 한때 가장 궁금했던 질문이다. 인세는 작가마다 출판사마다 다르다. 지급하는 방식도 다르다. 나는 3권의 책 모두 각기 다른 출판사에서 출간했는데, 출판사마다 모두 다른 방식으로 인세를 지급했다.

예를 들면 어떤 출판사는 초판 인쇄 2천 부(출판사마다 초판 인쇄 부수가 다르다)에 대한 인세를 책 출간하자마자 지급한다. 책의 정가가 13,000원이면 13,000원×2천 부=2,600만 원에서 지급하기로 한 인세가 10%라면 260만 원을 책이 출간되자마자 모두 지급한다. 그런데 이렇게 지급하는 출판사가 드물기는 하다.

이 방식은 작가 입장에서는 인세가 해당 월에 들어오지 않으면 일일이 전화해서 문의를 하는 일도 없을뿐더러, 책이 얼마나 팔렸는지, 지급한 인세가 제대로 계산되었는지를 확인할 필요가 없기 때문에 매우 편한 지급방식이다.

어떤 출판사는 계약금을 먼저 지급한다. 계약금을 '선인세'라고도 하는데, 말 그대로 인세를 계약할 때 먼저 지급한다는 의미다. 예를 들어 계약금 100만 원을 지급한다고 계약서에 명시했다면 이후에 책 판매량에 따라 지급해야 할 총 인세 금액에서 100만 원을 제외하고 지급한다. 작가에게 지급해야 할 인세가 300만 원이라면 계약금으로 지급했던 100만 원을 제외하고 200만 원을 지급한다. 계약금 100만 원을 선지급하는 출판사가 있고 계약금을 계약할 때 몇 %, 출간 후 몇 %로 나눠서 지급하는 경우도 있다. 계약금이 아예 없고 판매부수에 따른 인세만 지급하는 출판사도 있다. 출판사마다 지급하는 방식이 다르기 때문에 이를 확인할 필요가 있다.

나는 출판사가 정한 방식과 인세를 받아들이는 편이다. 보통 작가에게 지급되는 인세가 7~10% 정도 된다. 많게는 10% 이상을 받는 작가들도 있다. '에이~ 10%밖에 되지 않는다고?'라고 생각할 수 있겠지만, 초보 작가가 10%라면 꽤 잘 받는 편에 속한다.

그렇다면 90%나 가져가는 출판사는 돈을 많이 벌 수 있을까? 책 인쇄를 주문받아서 생산하는 사장님과 우연히 대화를 나눈 적이 있었다. 사장님도 원래는 작가들이 투고한 원고를 출간하는 일을 해왔다고 한다. 그러나 제작비, 유통마진, 창고비용, 영업비, 마케팅비 등을 제외하고 나면, 출판사에 남는 이익이 저자에게 지급하는 인세보다 더 적을 때도 있다고 했다. 그래서 책이 팔리지 않으면 오히려 손해가 될 수 있단다. 그럼에도 작가들은 대체 왜 인세를 지급하지 않냐고 따지기도 한단다. 그래서 사장님은 인쇄 공장으로 진즉에 돌아섰다고 한다.

작가는 돈 한 푼 들이지 않는데 출판사는 위험을 감수해서(?) 편집자, 디자이너, 영업사원, 마케터 등의 인건비까지 들여 책을 출간해주니 더욱 고맙게 느껴진다. 내 이름으로 된 책이 세상에 나

나만의 브랜딩을 위한 2주 책 쓰기

온 것만을 기뻐하고 끝낼 것이 아니라, 누구보다 더 열정적인 영업사원이 되어 책을 홍보하도록 하자. 출판사를 위해서만이 아닌 작가 스스로를 위해서도 말이다.

책이 얼마나 팔렸는지를 작가가 확인하기는 어렵다. 출판사에서도 대형 서점은 잘 갖춰진 시스템 덕에 판매 부수 확인이 가능하지만 소형 서점에서 판매되는 책까지 일일이 알지는 못한다고 한다. 책을 출판사에 주문하는 부수와 기간으로, 판매되는 속도를 가늠할 뿐이다. 그렇다면 작가는 책이 어느 정도 판매되고 있는지 알 수 없을까?

과거에는 판매 부수를 작가가 알 수 없어서 직접 종이에 자신의 도장을 찍어서 출판사에 제공했다고 한다. 이것을 검인지라고 부른단다. 하지만 이 방식은 이제 사라지고 없다. 한 출판사는 작가에게 정산해야 하는 정산금을 속이고 정산을 제대로 하지 않은 채 폐업을 하고 잠적해버리는 일도 있었다. 또 어떤 출판사는 1천 만 부 이상의 책을 팔았음에도 인세를 368만 부에 해당하는 금액만 지급해 작가로부터 소송을 당하는 일도 있었다. 그래서 믿을 수 있는 출판사를 선택하는 것이 좋다.

책이 몇 부 팔렸는지 궁금하다면 출판사에 직접 물어봐도 좋다. 혹은 서점에 가서 책의 중쇄 정보를 찾아보자. 중쇄(重刷)란 더 늘려 인쇄하는 것, 즉 초판 인쇄 부수인 2천 부가 모두 팔렸다면 2쇄 인쇄를 하는데, 이를 확인해보는 것이다. 책의 앞 장이나 맨 뒷장의 판권 페이지에서 이를 확인할 수 있다.

《유시민의 글쓰기 특강》을 예로 들어보자. 판권 페이지가 책의 앞 장에 있다.

초판 1쇄 발행 2015년 4월 10일

초판 34쇄 발행 2020년 12월 1일

이 책은 2015년 4월 10일에 출간되었다. 처음 출간될 때 몇 부를 인쇄했는지 정확히 알 수 없지만, 1쇄 발행시 3천 부, 2쇄 발행부터는 2천 부씩 인쇄되었다면 33쇄까지는 약 6만 9천 부가 판매된 것이다(34쇄 발행본은 아직 판매된 부수가 가늠되지 않기 때문에 33쇄까지만 계산한 것이다). 책값 15,000원. 인세를 10%로 가정해보면 1억 350만 원의 인세를 받을 수 있다. 이런 방법으로 인세를 확인할 수 있다.

책이 잘 팔리고 있는지 궁금할 때, 나는 예스24(yes24.com)를 활용한다. 책을 검색하면 표지 이미지 옆에 판매지수가 보인다. 참고로 판매지수는 판매부수를 말하는 것이 아니다. 판매지수가 5천으로 되어 있다고 해서 5천 부가 팔렸다는 뜻이 아니다.

정확한 알고리즘은 알 수 없지만 판매된 책 부수 점수와 여러

가지의 기준으로 점수를 더한 것으로 알고 있다. 나는 이 판매지수를 확인하면서 책이 잘 팔리는지, 판매가 멈춰 있는지를 수시로 확인한다.

예스24에서는 책이 분야별로 100위 안에 들면 '화술/협상/회의진행 50위'처럼 표기되고, 해당 분야 100위권 안에 몇 주간 머물렀는지 '화술/협상/회의진행 top100 5주'로 표기되어 있어서 확인하기가 쉽다.

2010년 세계에서 3번째 부자로 선정된 투자 전문가 워런 버핏(Warren Buffett)은 "잠자는 동안에도 돈이 들어오는 방법을 찾아내지 못한다면 당신은 죽을 때까지 일을 해야만 할 것이다"라고 했다. 수많은 자기개발서에서는 부자가 되기 위해서는 내가 일하지 않아도 돈이 들어오는 시스템을 갖춰야 한다고 말한다.

작가가 받는 인세도 그러한 시스템이다. 내가 먹고, 자고, 쉬는 동안에도 누군가는 나의 책을 구매하고 있을지 모르니까 말이다. 책이 베스트셀러가 되어서 많은 돈을 벌면 더없이 좋겠지만 모든 책이 베스트셀러가 될 수는 없다. '책→인세→돈', '결국 책은 돈이다'라는 시각으로 바라보지 말자.

책으로 돈을 벌었다는 이야기는 유명 작가나 베스트셀러 작가들을 제외하고는 들어본 적이 없다. 책으로 돈을 버는 것은 꽤 어렵다. 다만 책으로 인해 1인 브랜드가 될 수 있고, 부수입이 생기거나 새로운 기회가 찾아올 수는 있다. 책을 출간하고서 누군가는 자신의 사업에 필요한 고객을 많이 만들 수 있었고, 누군가는 강연가, 강사가 되었다. 누군가는 책 덕분에 방송에 출연하며 평범했던 일상이 달라지는 선물을 받기도 했다. 그리고 모두가 '작가'라는 새로운 직업을 갖게 되었다.

나만의 브랜딩을 위한 2주 책 쓰기

끝날 때까지
끝난 게 아니다

쇼트트랙 선수가 마지막 스퍼트를 발휘해(퇴고) 결승점에 골인(출간 계약)했더라도 끝난 것이 아니다. 경기 이후 분석을 통해 어떤 훈련들이 더 필요한지를 파악하고, 더 나아지기 위해 필요한 훈련들을 해야 한다. 그래야 비로소 다음 경기에서도 좋은 성과를 올릴 수 있다.

책도 마찬가지다. 작가는 출판사와 출간 계약을 하는 것이 목표가 아니다. 출간이라는 다음 경기가 아직 남아 있다. 다음 경기를 위해 당신은 편집자와의 마지막 작업을 해야 한다.

지금까지 초고를 쓰고 퇴고 과정을 거쳐 출판사에 투고하고 지칠 대로 지친 당신. 하지만 좀 더 힘을 내야 한다. 당신은 계약했다고 해서 마음을 놓지 말고, 책이 출간될 때까지 편집자와의 마지막 작업을 위해 수정에 대한 강한 의지를 가져야 한다.

편집자는 작가에게 받은 원고에서 맞춤법이나 띄어쓰기를 교정하고, 원고 내용 중에 잘못된 것을 수정하는 교열을 하며 글이 매끈하게 느껴지도록 윤문을 한다. 이때 편집자는 작가에게 내용상 필요한 사진을 요구하기도 하고, 독자가 내용을 좀 더 쉽게 이해할 수 있도록 복잡한 내용들을 간단하게 정리하는 내용을 요구하기도 한다. 혹은 필요한 목차를 선정해 한 꼭지 분량의 글을 써달라고 요청할 수도 있다.

어떤 요청이든 적극적으로 협조하자. 많은 책을 편집해본 편집자를 믿고 맡기자. 그들은 전문가다. 간혹 편집자에게 "왜 내 원고를 수정하려 하느냐" "기분 나쁘다" "있는 그대로 가만둬라" "그게 왜 필요하냐" "내가 작가인데"라고 말하는 사람들이 있다. 원고가 내 품 안에 있을 때나 내 자식이지, 이미 내 손을 떠났으니 맡겨두자. 출가시켰으면 이제 며느리, 사위 격인(?) 편집자에게 맡겨두자. 물론 작가가 편집자의 말에만 무조건 수긍하라는 것이 아니다. 편집자와 의견이 다를 수 있다. 자신의 의견과 다르더라도 충분한 소통을 통해 의견을 조율하자는 말이다.

편집자가 요구한 내용들을 잘 반영해 최종 원고수정의 기한을 잘 지키자. 편집자는 작가에게 요청이 있을 때 대개 기한을 정해준다. '~위 내용으로 ○○월 ○○일까지 부탁드립니다'라고. 미루지 말고 바로 작업을 시작하자. 나는 늘 편집자가 원하는 날짜보다 하

나만의 브랜딩을 위한 2주 책 쓰기

루라도 빨리 파일을 보냈다. 내 책을 위해서다. 편집자에게 파일을 전송하는 날짜가 늦어지면 늦어질수록 당신의 책 출간도 늦어진다. 출판사에도 계획된 일정이 있다. 그러니 최대한 협조하자.

편집자는 작가에게 요청한 내용으로 여러 번 수정 작업을 거치면서 최종 원고를 완성한다. 완성된 원고를 작가에게 보내지 않는 곳도 있지만 대부분의 출판사는 작가에게 최종 원고를 PDF 파일로 보내서 확인을 요청한다. 이때는 새로운 내용을 추가하겠다는 욕심을 버려야 한다. 편집자가 '최종 원고'라고 하지 않았는가. 편집자에게도 보이지 않을 수 있는 오타가 있지는 않은지, 해당 분야의 전문가인 작가로서 잘못된 부분은 없는지를 체크하면 된다.

나는 원고에 한 인터넷 사이트를 적었는데 최종 원고를 받을 때쯤 그 사이트가 삭제되었다는 사실을 발견했다. 그래서 그 부분을 수정 요청했다. 이러한 경우가 있지는 않은지 한 번 더 확인하도록 하자.

편집자가 PDF로 준 파일은 보통 수정이 되지 않는다. 편집자는 수정해야 할 부분이 있다면 '페이지 ×쪽, 몇 번째 줄에 이 부분'이라는 식으로 수정을 해달라고 요청한다. 나는 편집자가 좀 더 쉽게 그 부분을 확인할 수 있게, 수정 부분을 페이지 쪽수가 나오게 캡처해서 PPT 파일을 이용한다. 눈에 띄는 색으로 체크해 수정 부분을 기재해서 편집자에게 보낸다. 편집자는 훨씬 더 보기 편해서 수정하는 시간을 줄일 수 있었다며 고마워했다. 나에게는 조금은 번거로운 일이 될 수 있지만, 나의 책을 위해 고군분투하며 편집에 최선을 다하고 있을 편집자를 최대한 돕고 배려한다. 그러니 마지막 작업까지 최선을 다하자.

보통 최종 원고를 보낼 때 편집자는 책 제목과 부제를 함께 보낸다. 물론 그 이전에 원고 수정을 하면서 보내올 수도 있다. 어쨌든 책 제목과 부제가 정해지면 작가에게도 알려주는 경우가 있는데, 이것만큼은 편집자와 출판사를 믿고 쉿! 손대려 하지 말자. 편집자를 편든 것처럼 보일지 모르겠지만, 편을 들었다기보다는 그들이 전문가라는 것을 인정하기 때문이다.

작가가 편집자와 출판사를 하대하면 인성이 발목을 잡을 수도 있다. 나는 인성 때문에 책 출간에 실패하는 경우도 본 적 있다. 아무리 원고가 훌륭하다고 해도 함께 일하기 힘든 작가는 그들도 반기지 않을 것이다.

책 제목과 부제는 출판사에서 회의를 거쳐 만들어진다. 그 짧은 한 줄을 만들어내기 위해 고민하는 시간들도 많았을 것이다. 전문가인 그들에게도 독자에게 책을 어필하고 읽고 싶은 책이 될 수 있도록, 제목과 부제를 창작해내는 일이 쉽지만은 않다고 한다. 그들은 현재의 트렌드를 반영하기도 하고 독자를 유혹할 만한 문구들이나 타깃이 명확한 제목, 독자에게 공감을 이끌 만한 제목, 키워드 검색에 잘 걸리도록 하는 문구나 단어들을 활용해 꽤 전

나만의 브랜딩을 위한 2주 책 쓰기

문가의 입장에서 최대한을 끌어내 여러 번의 회의를 거쳐 제목을 만든다.

출판사에서는 작가의 프로필을 요청할 때 사진을 함께 요청하거나 간혹 추천사를 요청하기도 한다. 사진은 필수사항은 아니지만 1인 브랜드가 되겠다면 증명사진보다는 프로필 사진을 넣어보는 것이 어떨까? 프로필 사진도 책의 주제를 드러내는 사진을 활용하는 것이 좋다. 여행과 관련한 내용이라면 정장을 입은 딱딱한 사진보다는 여행자의 편한 모습을 한 사진이면 더욱 좋겠다.

추천사는 꼭 받아야 하는 걸까? 누구에게 받는 것이 좋을까? 작가가 직접 추천자에게 샘플원고를 보내 추천사를 받기도 하고 출판사에서 추천사를 받아주는 경우도 있다. 편집자가 작가에게 추천사를 요청했다면, 추천사를 넣을지 말지는 작가가 결정해도 좋다. 추천사를 받을 때는 책의 주제와 관련 있는 전문가들에게 받는 것이 가장 좋다.

추천사는 추천사를 쓴 이가 책에 대한 후기와 자신의 개인적인 느낌을 쓰고 본인이 누구인지를 밝힌다. 보통 책 표지 뒷면에 실리는 편이다. 독자는 어떤 시선으로 추천사를 볼까? 먼저 누가 쓴 추천사인지를 볼 것이다. 이때 무조건 유명하고 잘난 사람이라고 해서 추천사를 받기보다는 책과 관련 있는 전문가들이 좋다. 전문가들이 책을 읽고 짧은 후기를 적은 추천사는 독자도 읽어보고 싶은 마음이 들게 해서 흥미를 유발하는 데 도움이 된다.

추천사를 꼭 넣지 않아도 된다. 이를 대신해 책 내용의 한 구절을 발췌하거나 핵심 내용들을 써도 된다. 나는 개인적으로 추천사보다는 책의 내용이나 독자의 궁금증을 유발하는 마케팅 문구를 넣는 것을 좋아하는 편이다.

편집자와 작가와의 소통이 종료되면 이제 진짜로 끝이 난다. 할 수 있는 것은 다했다. 이제는 편집자와 출판사 담당자들의 몫이다. 기다리자. 출간이 되는 그날까지. '궁금해서 죽을 것만 같은데 마냥 기다릴 수 없는' 당신의 마음을 나도 안다. 모든 수정 과정이 끝나면 편집자에게 타임 스케줄을 공유해달라고 해도 좋다. 이런 작가의 마음을 아는 편집자는 작가가 말하지 않아도 디자인 시안이 언제까지 나오고 감리 일정, 출간 일정까지 먼저 공유해주기도 한다. 또 디자인 시안이 나오면 작가에게 공유해주기도 하고 여러 가지 책 디자인을 보여주며 작가에게 선택권을 주기도 한다. 때로는 작가의 의견을 반영하기도 한다. 이때 나는 당신이 언어의 메이크업("번거로우시겠지만, 정말 애써주셨네요, 감사합니다, 혹시 괜찮으시다면 ~를 추가하면 어떨까요?" 등의 말)을 한 후, 조심스럽게 의견을 이야기하길 바란다.

어떤 출판사는 확정된 디자인 시안을 보내온다. 책 디자인이 당신의 마음에 들지 않을 수도 있다. 확정 시안이기에 전체를 뒤집어서 다시 디자인을 하기에는 매우 힘들다. 그것을 인정하고, 수정할 수 있는 부분이 있다면 조심스럽게 의견을 이야기해보자. 편집자는 디자인까지 간섭받는다는 생각에 불쾌할지 모르겠지만, 작가인 당신은 누구보다 내 책에 대한 이해가 있는 전문가다. 공들여 한 자 한 자 쓴 자식 같은 마음에 요청하고 싶은 부분들도 있을 거라 생각된다. 디자인도 반영했으면 좋겠다는 의견이 있다면, 디자인 작업이 들어가기 전에 요청하자. 최대한 정중하게 말이다.

한때 '안아키스트(Anarchist)'라는 말이 사회적 이슈가 되었다. '약을 쓰지 않고 아이를 키우는 엄마들'을 일컫는 말이다. 그들은 현대의학 자체를 거부하고 자연주의 치료를 믿고 실천하는 사람들이다. 그들은 인터넷 카페를 통해 확인되지 않는 것들을 공유했다. 아이가 열이 나도 해열제를 먹이지 않고, 염증이 있어도 항생제를 먹이지 않았다. 그리고 예방접종조차 하지 않았다. 이는 큰 문제로 이어졌다. 고열이 난 아이에게 해열제를 먹이지 않아 뇌사 상태에 빠졌기 때문이다.

의사와 약사는 의료 분야의 전문가다. 의료 분야에 대한 전문지식과 의료 경험이 풍부하다. 그들을 믿지 못하면 오히려 더 큰 손해를 볼 수도 있다. 작가는 해당 분야의 전문가다. 편집자는 책 제목과 부제를 만들어내고, 교정·교열·윤문 등의 편집 과정과 표지 디자인의 전문가다. 병은 의사에게, 약은 약사에게! 원고는 작가에게, 편집과 디자인은 출판사에게!

5장

나를 돋보이게 하는
마케팅

퍼스널 브랜딩,
나를 잘 팔 수 있는 방법을 연구하라

'평생직장'이라는 말이 없어진 지 오래다. 평균수명이 120세인 시대에 50~60대 때 은퇴하면, 그 이후에는 어떻게 살아야 할지도 고민이다. 4차산업혁명 시대에 많은 직업들이 사라지거나 생기면서 많은 변화들이 일어나고 있다. 더욱이 코로나19는 이미 많은 삶과 문화를 변화시켰다. 많은 변화 중 경제를 빼놓을 수 없다. 코로나19로 인해 기업은 경제난에 시달려 직원들을 해고했고. 재택근무를 하는 곳도 늘었다.

뉴욕에 우버 운전기사 모집 광고가 걸렸다. 'DRIVE WITH UBER' 'no shifts, no boss, no limits.' 이는 교대근무, 상사, 제한된 것들이 없다는 뜻이다. 많은 직장인들이 갖고 있는 스트레스에서 벗어날 수 있는, 매력적인 직업으로 느껴진다.

신조어 긱 이코노미(Gig Economy)는 '임시로 하는 일'이라는 뜻의 '긱(Gig)'과 '경제'를 뜻하는 '이코노미(Economy)'의 합성어다. 이는 '시대의 변화에 대응하기 위해 비정규 프리랜서 근로형태가 확산되는 경제 현상'을 일컫는 말이다.

과거의 프리랜서는 어떠한 조직에도 속하지 않고 근로하는 형태였다. 반면에 긱 이코노미는 스마트폰 앱이나 IT 플랫폼을 활용해 원하는 시기에만 일을 한다. 평생직장이 사라지고 있는 지금, 사람들은 살아남기 위해 회사에 소속되지 않고 일을 하고 싶을 때만 할 수 있는 긱 이코노미에 매력을 느끼고 있다. 스스로 직업을 창출하고 일을 선택해서 하는 '긱 워커(Gig Worker)'가 되기 위해 많은 이들이 1인 스타트업을 준비하거나 1인 기업, 1인 프리랜서로 활동하고 있다. 그들은 그 과정에서 누구보다 더 1인 퍼스널 브랜딩의 필요성을 온몸으로 느끼고 있다.

자신이 운영하는 회사보다 더 유명한 이가 있다. 바로 백종원이다. 그는 퍼스널 브랜딩의 대표적인 인물이다. 유명 프랜차이즈 회사들을 운영하는 대표임에도 푸근한 인상과 말투 덕분에 사람들은 그에게 친근함을 느낀다.

SBS 〈백종원의 골목식당〉에서 백종원이 빠지면 그 프로그램은 앙금 없는 단팥빵이 되고 말 것이다. 1인 브랜딩에 성공한 그는 자신이 직접 운영하는 유튜브 채널의 누적 조회 수가 2021년 3월 기준으로 4.34억 회 이상, 구독자 수가 487만 명이나 된다. 그는 어떻게 1인 브랜드가 될 수 있었을까? 요리 실력이 훌륭하고 그 분야의 전문가라서? 맞다. 일단 전문가이기 때문에 사람들이 인정했다. 그런데 요식업계 전문가 중에서 그보다 더 뛰어난 사람은 없었을까? 아마 분명 존재할 것이다. 그러나 백종원은 다른 전문가들보다 많은 이들에게 자신을 드러냈기 때문에 1인 브랜드가 될 수 있었다.

성공을 위해, 자신의 이미지를 위해, 마인드셋을 위해 여러 자기개발서들을 보면 하나의 단어가 떠로온다. 바로 '퍼스널 브랜딩'이다. 우리는 퍼스널 브랜딩을 위해 자기개발을 해야 한다. 자기개발을 통해 퍼스널 브랜딩으로 살아남기 위한 전략을 세워야 한다. 그렇다면 어떻게 해야 1인 브랜드로 퍼스널 브랜딩을 잘할 수 있을까?

《퍼스널 브랜딩에도 공식이 있다》를 쓴 조연심 작가는 "무엇을 하는 사람인지 정의하고 무엇을 할 것인지 어필하고 무엇을 줄 것인지 약속하라. 현재의 가치보다 미래의 비전을 바라보아라. 현재의 나와 갭이 있을 수 있다. 그에 맞는 과정을 만들어가는 것이 퍼스널 브랜딩의 핵심이다"라며 퍼스널 브랜딩을 정의했다.

자기개발서는 '꿈을 목표하라' '꿈을 가져라'라는 주제, 그리고 그 꿈을 이루기 위해서 '무엇을 해야 하는지'를 숙제처럼 던져준다. 그 숙제를 하나씩 해나가고 꿈에 가까워져 가는 것이 퍼스널 브랜딩이 아닐까.

퍼스널 브랜딩(Personal Branding)의 사전적 의미를 보면 '자신을 브랜드화해서 특정 분야를 떠올렸을 때, 자신을 떠올리게 만드는 과정'이다. 당신은 사람들로 하여금 어떤 분야에서 당신을 가장 먼저 떠올리게 할 것인가? 그리고 어떻게 하면 될까? 다음 물음에 답해보자.

---

❶ 어떤 브랜드가 되고 싶은가?

_____

❷ 그 브랜드가 되기 위해서 어떤 노력이 필요한가?

_____

❸ 당신을 그 분야의 전문 브랜드로 인식시키려면 어떻게 해야 하는가?

_____

❹ 당신을 어디에서 찾을 수 있는가?

_____

나만의 브랜딩을 위한 2주 책 쓰기

4가지 질문에 답해보았는가? 어떤 브랜드가 되고 싶은지, 이 질문은 이미 앞에서 '나는 ○○○ 1인 브랜드다'에서 생각해보았다. 그와 관련한 다른 질문에 대한 답도 했다. 당신이 했던 답을 다시 떠올려보고 다음 질문들에도 답해보자. 당신은 그 브랜드가 되기 위해 어떤 노력이 필요한지, 그 분야의 전문가가 맞다고 자부할 수 있는지, 더 필요한 노력들이 있지는 않은지 등을 말이다.

3번째 질문에 대한 답은 정말 중요하다. 백종원이 요식업 분야의 최고의 전문가라고 할 수는 없다. 다만 숨은 고수들보다 백종원이 더 브랜딩이 될 수 있었던 이유는 무엇이었을까? 바로 숨은 고수가 아니라 드러나는 고수였기 때문이다. 당신도 해당 분야의 다른 전문가보다 더 드러나는 고수가 되어 '이 분야에는 내가 전문가, 전문 브랜드'로 사람들에게 인식시켜야 한다. 그러려면 어떻게 해야 하는지 생각해보자. 그리고 그 분야의 전문가가 당신이라는 증거를 드러낼 만한 것이 무엇이 있는지를 고민해보며 답해보자.

사람들이 해당 분야의 전문가로 당신을 인식했을 때 당신을 쉽게 찾을 수 있는 방법이 있는지, 4번째 질문에도 답해보도록 하자. 4번째 질문은 당신의 독자, 고객들이 당신을 어디서 찾을 수 있느냐는 것을 고민해보도록 하는 질문이다. 당신의 이름 석 자를 듣기는 했는데 혹은 고객들이 전문가인 당신을 찾고자 할 때 방송국에서도 기업에서도 '당신을 어떻게, 어디서 찾을 수 있는가' 하는 질문이다. 이 질문에 바로 답하지 못했다면, 당신은 '드러나는 마케팅'이 필요한 것이다. 온라인 뉴스기사, 홈페이지, 블로그, SNS, 유튜브 등을 활용해 사람들이 당신을 쉽게 찾을 수 있도록, 1인 브랜딩이 될 수 있도록 드러나는 마케팅을 필수로 해야 한다.

1번부터 4번까지 답했다면 당신은 1인 퍼스널 브랜딩이 될 수 있는 답을, 어떤 목표로 어떤 과정을 거쳐야 하는지 계획이 어느 정도는 분명해지지 않았을까 생각한다. 기업에서 제품이 잘 팔리도록 하는 일련의 과정과 노력처럼, 당신을 사람들에게 혹은 기업과 필요한 곳에 잘 팔릴 수 있도록 하는 것이 퍼스널 브랜딩이다.

취미가 독서이고 책을 수천 권 읽었다면 독서법 전문가가 될 수 있다. 그리고 1인 브랜딩이 되기 위해 관련 저서를 출간하거나 독서지도사 자격증을 취득할 수 있다. 또한 독서모임을 만들어 사람들과 소통하거나 SNS를 활용해 읽은 책의 정보나 독서법 등을 기록할 수 있다. 그 결과 '드러나는' 독서법 전문가 1인 브랜드로 성장할 수 있다.

한 연예인은 해외 제품 직구(직접 구매)에 여러 번 실패했다. 그런데 이 실패 경험을 유튜브의 한 콘텐츠로 만들어냈다. 해외에서 직구한 제품을 언박싱(Unboxing, 구매한 제품 상자를 개봉하는 과정)하고 제품을 테스트하는 것이다. 이를 통해 그는 언박싱을 전문으로 하는 1인 브랜드로도 성장하고 있다.

나만의 브랜딩을 위한 2주 책 쓰기

자신의 취미가 특기가 되고, 이것이 브랜딩으로 발전할 수 있다. 그러니 '어떤 브랜드가 될 것인지'에 대한 답을 채우지 못했다면 나의 취미와 특기가 무엇인지를 한 번쯤 생각해봐야 한다.

많은 이들이 1인 브랜드가 되고자 협회나 모임을 개설하거나 강연으로 자신을 홍보하기도 한다. 혹은 SNS, 네이버 인물검색, 인터넷 카페, 블로그, 뉴스기사 등 각종 채널을 활용하기도 한다. 간혹 비즈니스 관계로 만나는 사람들 중에는 "내가 왕년에"라는 말을 쓰는 사람들을 볼 때가 있다. 혹은 "누구누구를 잘 안다"라며 인맥을 자랑하는 사람들이 있다.

나는 퍼스널 브랜딩을 교육하는 입장에서 그들에게 묻고 싶다. "왕년에 말고 지금은?" "당신이 아는 ○○○은 당신을 어떻게 생각하고 바라는가?"라고 말이다. 이에 덧붙여서 '왕년 말고 지금' '내가 아는 누군가가 아닌 누군가가 인정하는 나'가 되라고 말하고 싶다. 과거에만 얽매이지 말고, 브랜딩된 사람을 아는 것에만 그치지 말자. 본인이 직접 1인 브랜드를 위한 퍼스널 브랜딩을 시작해보자.

다양한 채널을 활용해
나를 알려라

《나는 1인병원 의사다》의 저자인 김상환 회장은 1인 병원 시스템 전문가. 그는 1인 병원 시스템 전문가로 1인 브랜드가 된 사람이다. 그는 의사에서 사업가, 작가, 강연가로 새로운 직업을 만들었다. 책을 출간한 뒤, 개원을 준비하는 의사들을 상담하는 코칭가로도 활동했다. 그 결과 네이버 인물검색에도 등록되어 있다. 그는 책을 출간하고 나서 다양한 일들을 하며 1인 브랜드로 더욱 성장하고 있다.

책 출간으로 1인 브랜드가 되는 것 외에도 다양한 채널을 활용해서 당신의 가치를 알릴 수 있다. 인터넷 환경이 성장하고 스마트폰이 확산되면서 쌍방향 소통이 가능해진 '1인 미디어'가 등장했다. 1인 미디어는 개인이 직접 다양한 콘텐츠를 생산하고 공유할 수 있는 커뮤니케이션 플랫폼이며, 새로운 형태의 커뮤니케이션 채널을 의미한다.

4차산업혁명 시대의 인재상은 소통능력을 갖춘 인간이다. 이제 모든 사람들은 원활한 커뮤니케이션을 통해 소통해야 한다. 커뮤니케이션(Communication)은 공통되는 'Common' 또는 공유하다(Share)라는 뜻의 라틴어 'Communis'에서 유래되었다. 그 뜻을 들여다보면 커뮤니케이션은 혼자가 아닌 공통으로, 즉 일방이 아닌 쌍방의 의미를 담고 있다. 한마디로 정의하자면 그것이 '소통'이 아닐까. 1인 브랜드를 위해 우리는 1인 미디어로 소통할 수 있는 플랫폼을 적극 활용해야 한다. 그리고 당신의 가치를 드러낼 수 있는 창구를 마련해야 한다.

뉴스기사, 누구나 낼 수 있다

예전에는 뉴스기사에 나온 사람들은 특별한 이슈가 있거나 대단한 무언가를 드러낼 만한 사람들일 것이라고 생각했다. 하지만 요즘은 어떠한가? 신문사에 따라 한정적이지만 요즘은 누구나 뉴스기사를 쉽게 낼 수 있다. 물론 기사는 당신이 직접 쓰는 것이 좋다. 1인 브랜드를 위한 뉴스기사를 쓰면, 관련 검색 키워드로 검색했을 때 당신과 당신이 하는 일에 대해 신뢰감을 주고 동시에 노출이 될 확률이 높아진다.

뉴스기사를 작성할 때는 당신이 뉴스기사를 활용한 목적이 뚜

렷해야 하고 무엇을 전달할 것인지를 구체적으로 기획해야 한다. 그러니 누구보다 더 잘 알고 있는 당신이 직접 기사를 쓰는 것이 좋다. 특정한 이슈 없이 무작정 홍보만을 위해 기사를 쓰기보다는 이슈와 연결시켜서 자신이 전문가임을 드러내는 형태의 기사가 좋다.

예를 들어 코로나19로 인해 '언택트 시대'라는 신조어가 생겼고, '언택트, 온택트' 온라인 강의가 이슈가 되었다. 나는 이를 바탕으로 '포스트 코로나 언택트 시대, 온택트 강의로 전향한 강사들'이라는 제목으로 기사를 작성했다. 다음의 예시를 보자.

> 여전히 잠잠해질 줄 모르는 코로나19로 변모하는 삶과 환경들에 강의시장도 달라졌다. 오프라인으로 진행되던 청중과의 대면강의가 사회적 거리두기 단계의 격상에 따라 연이어 취소되면서 많은 프리랜서 강사들이 이른바 보릿고개 시절을 겪고 있다. 코로나19로 인해 강의를 의뢰하는 기업도 강의할 곳이 없어져 생계를 걱정하는 강사들도 언택트 시대에 맞춰 온라인으로 콘택트하는 온택트, 온라인 강의로 전향하고 있다.
>
> 현재 많은 강사들이 오프라인이 아닌 온라인으로 강의를 진행하면서 기존과 다른 강의 방식에 혼란을 겪고 있다. 청중들을 직접 대면하며 진행했던 강의에서는 청중의 시선을 바라보며 소통이 원활한 반면, 'ZOOM'과 같은 화상회의 앱이나 유튜브 스트리밍 라이브로 진행하는 온라인 강의에서는 익숙하지 않은 카메라를 보며 자유롭게 움직일 수조차 없는 데다 청중과의 소통을 글로 대체하는 것이 불편하다.
>
> 한 강사는 "카메라 앞이 익숙하지 않아 시선 처리가 어렵고 인사하는 것부터 강의 진행하는 것이 오프라인 강의보다 부자연스러워 온라인 강의에 맞는 강의력을 다시 키워야 할 것 같다"고 전했다.

나만의 브랜딩을 위한 2주 책 쓰기

《언택트 시대, 왜 그 강사만 강의 의뢰가 더 늘었을까》《완벽한 강의의 법칙》의 저자이자 강사들을 돕는 강사로, 강사들의 강의코칭을 전문으로 하는 골든버킷에듀 김인희 대표는 "베테랑 강사들도 온라인 강의 진행에 있어 긴장 때문에 초보 강사와 같은 실수를 저지르기도 한다. 오프라인 강의에서는 강사들이 저지르는 실수도 실수로 인지되지 않고 넘어가는 경우가 있지만, 온라인 강의에서는 강사들의 실수가 더욱 잘 보일 뿐 아니라 강의력 또한 청중들에게 더욱 잘 판단되므로 강의력을 더욱 잘 갖춰야 한다. 그리고 온라인 강의에 맞는 강의력을 키우기 위해 그에 맞는 소통법과 카메라 시선 처리법, 자연스럽게 강의할 수 있는 스피치력 등에 더욱 집중해야 한다"고 거듭 강조했다.

나는 '온라인 강의에 맞는 강의력을 키워야 한다'는 주제로 출간한 책을 홍보하고, 나의 전문성을 드러내기 위한 목적으로 뉴스 기사를 썼다. 서론에서 코로나19로 인한 현재의 상황들과 이슈를 언급해 내용을 자연스럽게 연결시켰다.

다음 기사는 '코로나19 비대면 시대, 갈 곳 잃은 강사들 어디로 가야 하나'라는 제목으로 쓴 기사다.

코로나19로 인해 기업 및 공공기관에서 강의하던 프리랜서 강사들이 강의할 곳이 없어지면서 생계에 큰 위협을 받고 있다. 오프라인으로 진행되던 강의가 그나마 온라인 강의로 대체되고는 있으나 청중을 직접 대면하며 강의를 진행했던 강사들이 카메라 앞에서 강의하게 되면서 익숙하지 않은 강의 환경에 적응하지 못하는 등 혼란까지 더해졌다.

'강사를 돕는 강사' '15년차 베테랑 강사'이자 골든버킷에듀의 김인희 대표는 초보 강사들이 쉽게 읽으면서 기본 강의법을 익힐 수 있는 《완벽한 강의의 법칙》에 이어 코로나19 비대면 시대에 맞는 《언택트 시대, 왜 그 강사만 강의 의뢰가 더 늘었을까》를 출간했다. 이를 통해 수많은 온라인 강의 진행을 해본 경험을 함께 나누며 강의콘텐츠 개발부터 기획, 스피치 스킬, 영상

제작 및 강사 스스로 브랜딩할 수 있는 블로그 마케팅 노하우까지 담아내
많은 강사들을 돕고 있다.

김인희 대표는 코로나19 이전부터 오프라인 강의뿐만 아니라 온라인 강의
를 진행하며 강의 동영상 제작 및 유튜브를 통해 지속적으로 개발하고 진행
해왔다. 그리고 수많은 초보 강사들에게 강의기획부터 강의 자료제작, 스피
치 등을 코칭하며 강의경험이 전혀 없는 초보 강사도 한 편의 강의를 만들
어 진행할 수 있도록 도왔다. 그러한 전문경험들을 토대로 출간한 《언택트
시대, 왜 그 강사만 강의 의뢰가 더 늘었을까》는 온라인 강의를 진행하는 강
사들에게 도움이 될 전망이다.

김인희 대표는 골든버킷의 교육총괄 본부장으로 기업에 필요한 강의를 기
획하고 진행하는 것을 도맡아왔으며, 비대면 시대를 극복하기 위한 사업에
집중해온 골든버킷사업을 토대로 언택트 교육 전문회사 골든버킷에듀를 자
회사로 출범시켰다. 골든버킷에듀는 지주회사인 골든버킷과 함께 코로나19
로 인해 얼어붙은 강의시장에 새로운 돌파구를 찾고, 변화하는 강의시장에
새로운 사업과 강의를 계속해서 연구해나갈 계획이다.

골든버킷은 기업경영 컨설팅 전문기업으로 경영에 어려움을 겪는 기업 또
는 사업 노하우가 부족한 스타트업 기업들을 대상으로 경영 진단과 컨설팅
을 전문으로 해온 경험 있는 기업이다. 골든버킷에듀와 시너지 창출을 통해
기업의 성장을 돕는 착한기업으로 많은 기업들의 목마름을 해결해줄 것으
로 기대된다.

이는 새로 출간한 책과 회사를 홍보하기 위한 목적으로 쓴 기사
다. 이 기사 역시 현재의 이슈인 코로나19를 활용하면서 자연스럽
게 어떤 책인지 책의 내용을 주로 소개했다. 그리고 운영하는 회
사에서도 기사를 읽은 이들이 수강을 통해 어떤 도움을 받을 수
있는지도 홍보했다.

일단 이 분야의 전문가로 드러나면 사람들은 나와 관련한 이야

기늘을 찾기 위헤 검색한다. 이때 기사가 노출된다면 예비 고객은 좀 더 나에 대해, 내가 하는 일에 대해 쉽게 파악할 수가 있다. 내가 예비 독자에게 홍보하고자 하는 목적들을 이룬 셈이다.

뉴스를 직접 내는 경우라면 기자가 대신 작성해주지 않는다. 어느 정도의 금액을 지불하면 보도자료를 대필해주는 경우도 있다. 기사를 스스로 작성하기가 어렵다면 그 방법을 활용해보는 것도 좋다. 아니면 자신이 쓰고자 하는 기사와 관련된 키워드로 기사를 검색해보고 어떤 형식으로 쓴 것인지를 분석한 다음, 어떻게 써야 할지를 고민하며 기획해보자.

뉴스기사를 완성했다면 뉴스에 실을 사진을 1장 준비하자. 나의 모습이 담긴 사진들이 더욱 좋다. 프로필 사진도 좋고 해당 분야의 전문가로 보일 수 있는 연출 사진이어도 좋다.

기사 제목은 관련 키워드가 있는 것이 더욱 좋다. 정확히 말하면 관련 키워드를 검색한 예비 고객에게 나의 기사가 노출될 수 있도록, 기사 제목에 키워드 한 단어를 활용해 넣는 것이다.

나는 '언택트 시대' '코로나' '강의' '강사' 등을 활용했다. 기사에는 반드시 자신의 이름이 들어가도록 하는 것이 좋다. 그래야 당신의 이름을 검색했을 때 동명이인이 있을 경우 상단 노출은 어려울 수는 있지만, 당신의 이름으로도 뉴스기사가 검색되기 때문이다.

기사 작성과 사진 준비가 모두 끝났다면, 검색창에 '인터넷 뉴스기사 광고'라고 입력하거나 크몽 앱에서 '뉴스기사'를 검색해보자. 기사를 낼 수 있는 곳을 쉽게 찾을 수 있다. 물론 유료다. 뉴스는 1건당 4만 원에서 많게는 30만 원까지 한다. 어떤 신문사인지에 따라 금액이 천차만별이다. 금액이 저렴할수록 지역신문이나 잘 알려지지 않는 신문사에 기사가 올라간다. 랜덤 형식으로 올리는 것은 가격이 꽤 저렴한 편이지만 노출하고 싶은 신문사를 지정하면 가격은 추가되니 참고하길 바란다.

네이버 인물검색 등록으로 신뢰를 높여라

네이버에 자기 이름을 검색했을 때 가장 쉽게 찾을 수 있도록 하는 방법으로, 나는 네이버 인물검색 등록을 추천한다. 인물검색에서 당신의 이름을 발견한 예비 고객은 더욱 신뢰감을 갖게 될지도 모른다. 물론 네이버 인물검색에는 누구나 올라갈 수 있는 것은 아니다.

'네이버 인물검색(people.search.naver.com)'을 하면 등재기준, 운영정책, 제출서류 등을 쉽게 확인할 수 있다. 이를 통해 자신이 등재될 수 있는지 확인해보는 것을 추천한다. 등록을 원한다면 '네이버 인물검색 본인참여(myprofile.naver.com/Index.naver)'를 활용하라. 사이트로 들어가면 메인화면에 '인물정보 등록신청'을 쉽게 확인할 수 있다.

신청자의 정보를 확인하는 과정을 거친 다음, 필수기재 사항을 모두 적으면 신청이 완료된다. 신청 후 인물검색 등록까지 2주에서 1달 정도가 소요되고, 네이버 측에서 메일로 검색등록 여부를 먼저 보내온다. 네이버 인물검색으로 1인 브랜드에 더욱 가까워지는 당신을 응원하겠다.

인물검색뿐 아니라 본인이 운영하는 회사가 있다면 '네이버 스마트플레이스(smartplace.naver.com)'에 등록해 고객 및 필요한 이들이 회사의 정보를 쉽게 찾아볼 수 있도록 하면 좋다.

SNS를 활용하라

페이스북이나 인스타그램은 1인 브랜드를 위해 필요한 요소 중 하나다. 이를 통해 광고를 할 수 있고, 내가 이 분야의 전문가라는 것을 불특정 다수에게까지 홍보할 수 있기 때문이다. 페이스북이나 인스타그램의 '검색 돋보기'를 클릭해서 '#'에 단어를 붙여 검색하면, 그 단어로 태그(어떤 정보를 검색할 때 사용하기 위해 부여하는 단어나 키워드)를 붙인 이들을 쉽게 검색할 수 있다. 그들이 해당 태그를 자신의 피드에 기재했다는 것은 관심 있는 분야라는 것이고, 그들과 친구 관계를 맺으면 자연스럽게 당신의 피드와 일상, 즉 당신이 이 분야의 전문가임을 활용할 수 있는 채널이 된다.

실제로 SNS를 통해 비즈니스가 이뤄지기도 한다. 나의 경우에는 SNS를 통해 강의 요청을 한 기업도 있었다. 페이스북이나 인스타그램을 활용하면 구글에서 이미지로 검색했을 때 노출이 되기도 한다. 특히 네이버와 같은 검색 사이트에서 당신이 잘 검색되지 않더라도 SNS를 통해 예비 고객이 당신을 찾아올 수도 있다.

사진과 글, 태그를 걸어(#+단어) 많은 예비 고객들이 당신을 쉽게 찾을 수 있도록 하자. 자세한 SNS 마케팅법이 궁금하다면 책이나 카페, 블로그, 유튜브 등을 활용해 알아볼 수 있다(우리도 이렇게 궁금한 것이 있다면 다양한 채널을 통해 검색하고, 전문가의 도움을 받지 않는가. 그러니 꼭 다양한 채널에서 예비 고객들이 당신을 쉽게 찾을 수 있도록 하자).

카페·블로그를 활용하라

1인 브랜드를 위해서 네이버나 다음의 카페, 블로그 등을 활용하라. 당신을 쉽게 검색할 수 있는 방법 중 하나다. 당신이 어떤 사람인지, 이 분야에서 얼마나 전문가인지를 드러내기가 쉽다. 카페든 블로그든 당신은 1인 브랜딩을 위해 꾸준한 글과 정보, 보는 이들의 궁금증을 해결하고 도움이 될 수 있는 내용들을 써가는 것이 중요하다. 2가지 모두 다 운영할 수 있는 부지런함이 있다면 가장 좋겠지만, 카페나 블로그 둘 중 하나만 선택해야 한다면 나는 네이버 블로그를 추천하고 싶다.

당신이 브랜딩을 원하는 분야에 따라 다르기는 하겠지만, 블로그는 네이버에서 검색했을 때 카페보다 더욱 상단에 노출되기 때문이다. 'VIEW' 부분에는 카페와 블로그가 뒤죽박죽 섞여 검색한 키워드가 있는 내용의 글들이 검색된다. 대부분 블로그가 상단에 있는 경우가 많으니 하나만 선택하겠다면 블로그를 활용해보자.

나는 1인 브랜드를 위해 블로그를 상단에 노출하는 마케팅 방법을 공부하고 익혔다. 내가 잡은 키워드들이 대부분 첫 번째로 검색되어 잡혔고, 대다수가 5번째 안에서 검색된다. 자세한 방법은 뒤에 나올 '네이버 블로그 상단 노출법'을 참고하길 바란다.

1인 미디어시대, 유튜버가 되어라

《유튜브의 神》저자이자 유튜버인 '대도서관'은 자신의 저서에서 "유튜브 핵심은 돈벌이가 아닌 퍼스널 브랜딩이다"라고 했다. 맞는 말이다. 유튜브로 부수익을 창출할 수 있다면 더욱 좋겠다. 할 수 있다면 그렇게 하는 것이 당연히 좋다. 단 수익을 창출하려는 것보다는 퍼스널 브랜딩이 되어야 하는, 1인 브랜드를 원하는 당신의 목적을 잃지 않기를 바란다.

수익만을 바라본다면 영상 콘텐츠도 수익이 될 만한 것만 좇게 될 것이다. 그러다 보면 당신이 그 분야의 전문가로서 덜 드러나게 될지도 모른다. 당신이 해당 분야의 전문가로 드러나고 사람들이 공감하고 내용이 꽤 유익한 것이라면, 구독자 수와 조회 수는 자연스럽게 늘어날 것이다. 그 결과 수익도 얻을 것이다.

당신이 어떤 브랜드가 되고 싶은지 잊지 않았다면, 유튜브 채널을 활용해 콘텐츠도 함께 기획해보자. 요즘은 고가의 카메라가 없어도 충분히 촬영이 가능하다. 영상은 10분 내외가 좋다. 사람들은 긴 영상을 끝까지 보지 않기 때문이다. 유튜브는 섬네일과 영상 제목이 중요하다. 사람들이 검색했을 때 가장 먼저 섬네일의 이미지와 문구를 보고 영상을 볼지 말지를 결정하기 때문이다.

영상의 퀄리티도 보는 이들을 위해 중요한 요소로 작용한다. 그리고 일주일에 2개 이상의 영상을 꾸준히 올려야 한다. 수익으로 이어지려면 구독자 1천 명 이상, 4천 시간의 시청 시간이 필요하다. 그래야 광고가 붙어서 수익으로 이어질 수가 있다.

"두드리면 보일 것이고 부딪히면 길이 보일 것이다."

1인 브랜드가 되기 위한 당신의 의지가 강하다면 앞의 방법 외에도 많은 곳에서 당신을 드러내고 알릴 수 있는 채널이 있을 것이다. 온라인이든 오프라인이든 당신을 드러낼 수 있는 것, 알릴 수 있는 방법에 어떤 것들이 있는지 찾아보도록 하자.

유튜브 영상은 책 기획과 굉장히 닮아 있다. 시청자를 우선으로 두는 아이템을 선정하고 반드시 전달하려는 핵심 메시지가 있어야 하며, 시장성이 있는 것인지, 사람들이 관심을 가질 만한 것인지, 차별화되는 콘텐츠인지 말이다. 이미 책을 통해 기획하는 법을 배웠으니 유튜브 영상도 잘할 것이라 생각한다. 책을 쓰지 않았더라도 먼저 유튜브 영상을 업로드해보는 것은 어떨까? 1인 브랜드

나만의 브랜딩을 위한 2주 책 쓰기

를 위해 적극 추천한다.

다음은 인기 유튜버가 되는 7가지 비법이다.

1. 사람들이 좋아하거나 궁금해할 만한 아이템을 선택하라.

2. 아이템을 선택했다면 그 영상을 통해 전달하려는 주제나 메시지가 있어야 한다.

3. 시기가 적절한 것인지 따져보자.

4. 많은 사람들이 관심을 갖는 대중성 있는 아이템인가?

5. 차별화되는 희소성이 있는 콘텐츠인가?

6. 자신의 채널에서 뜨는 콘텐츠를 분석하라.

7. 카멜레온처럼 다채롭게 업데이트하라.

-김도윤, 《유튜브 젊은 부자들》 중에서

블로그 상단노출,
1인 브랜드의 존재감 높이는 법

검색엔진 접속통계 분석 사이트 '인터넷트렌드(internettrend. co.kr)'에 접속하면 우리나라 사람들이 어떤 검색엔진을 얼마만큼 사용하는지, 그 통계를 쉽게 확인할 수 있다.

2020년 11월 29일~2020년 12월 27일까지의 인터넷트렌드의 통계자료를 보면, 5위 줌(ZUM) 0.38%, 4위 마이크로소프트(MSbing) 1.47%, 3위 다음(DAUM) 4.11%, 2위 구글(GOOGLE) 35.66%, 1위 네이버(NAVER) 57.16%였다. 이를 통해 대다수가 검색을 할 때 네이버나 구글을 이용한다는 것을 알 수 있다. 우리는 그중에서 1위를 차지한 네이버를 적극적으로 활용할 필요가 있다.

사람들은 정보가 필요할 때 자연스레 인터넷에서 검색한다. "검색하면 다 나와" "네이버에 물어봐"라면서. 이 책을 쓰는 지금의 나도 인터넷 검색창에서 단어들을 몇 번을 두드렸는지 모른다. 검색 키워드와 목적에 따라 다르겠지만, 많은 사람들이 보는 네이버의 메뉴 중 하나는 블로그다. 블로거 중에는 전문가가 있기도 하고, 해당 주제에 대해 많은 블로거들이 저마다의 경험과 지식을 공유하고 있어 좋은 내용들이 넘쳐난다.

'책 쓰기법'만 검색해도 관련 정보가 끝없이 이어진다. 그중 상단에 올라와 있는 글을 쓴 블로거들은 대체 어떤 방법으로 글을 상단에 노출시킬 수 있었던 것일까? 꾸준하게 글을 쓴 파워블로거라서? 아니면 돈을 들여서? 마케팅 전문가의 글이라서?

블로그에 글이 몇 개 되지 않아도, 돈을 들이지 않아도, 마케팅 전문가가 아니라도 충분히 블로그의 글을 상단에 노출시키는 방법이 있다. 궁금하지 않은가? 지금부터 당신의 1인 브랜드에 조금이나마 도움이 될 수 있도록 그 방법을 공유하겠다.

키워드가 중요하다

키워드(Key word)는 핵심어, 열쇠가 되는 말을 의미한다. 쉽게 풀어 설명하자면 설명문의 내용 또는 제목의 중요한 내용을 요약한 핵심적인 단어나 문구다. 단어나 문서를 검색할 때 키워드를 이용하면 원하는 정보를 쉽게 찾을 수 있다. 따라서 키워드를 어떻게 설정하고 글과 제목에 녹이는지가 관건이다.

키워드를 설정할 때는 해당 키워드 검색량을 체크하는 것이 좋다. 너무 '센' 키워드는 검색했을 때 상단에 노출되기가 힘들다. '센' 키워드란, 예를 들어 스피치 강사인 당신이 1인 브랜드가 되기 위해 블로그 상단에 노출되기를 원한다고 하자. '스피치강사'로 키워드를 검색하면 이미 수많은 글과 내 블로그 지수보다 더 높은 블로거들이 상단에 자리하고 있다. 그들을 제치고 상단에 내 블로그의 글을 올린다는 것은 매우 어려운 일이다.

그렇다면 어떤 키워드를 잡아야 할까? 키워드를 잡을 때는 네이버 '키워드 검색량 조회(surffing.net)'나 '블랙키위(blackkiwi.net)'를 활용하자. 나는 주로 블랙키위를 활용한다. 사이트에 접속하면 바로 키워드를 조회해볼 수 있다. 회원가입을 하면 키워드를 여러 번 검색할 수 있다. 블랙키위 검색창에 당신이 원하는 키워드, 그러니까 블로그 제목으로 활용할 키워드를 검색해보자. '스피치강사'를 한번 검색해보자.

블랙키위 검색어 조회

나만의 브랜딩을 위한 2주 책 쓰기

PC와 모바일에서 사람들이 월간 검색한 검색량을 확인할 수 있다. 그리고 월간 콘텐츠 발행량을 블로그, 카페로 나누어서 확인할 수도 있다. '스피치강사'로 블로그에만 월간 1,380개의 글이 올라오니 1380:1의 경쟁률을 뚫어야 한다는 결론이 나온다. 그 아래에 보면 콘텐츠 포화지수가 나오는데, 블로그는 320.47%로 '매우 높음'이라고 빨간색 글씨로 쓰여 있다. 이는 당신이 '스피치강사'로 키워드를 잡으면 상단에 노출되기 어렵다는 말이 된다.

그렇다고 콘텐츠 포화지수가 너무 낮아도 안 된다. 콘텐츠 포화지수가 낮다는 것은 그만큼 사람들이 검색하지 않는 키워드라는 것이다. 콘텐츠 포화지수가 낮은 키워드를 사용하면 상단에 쉽게 노출될 수 있을지는 몰라도, 사람들이 애초에 검색하지 않아 1인 브랜드로 많은 이들에게 노출을 원하는 당신의 계획은 수포로 돌아가고 말 것이다.

'스피치강사'라는 단어에 당신은 여러 단어를 바꿔가며 콘텐츠 포화지수가 '보통'으로 뜨는 키워드와 월간 검색량, 월간 콘텐츠 발행량이 적정한 키워드를 찾아야 한다. 스피치강사에 당신이 쓰고자 하는 글의 주제, 제목이 될 수 있는 단어들을 붙여보자. '잘 가르치는 스피치강사' '소통스피치 전문강사' 등으로 검색해도 콘텐츠 포화지수가 너무 높다. 계속 찾을 수밖에 없다.

'강사'를 '강의'라는 키워드로 바꿔서 검색해도 좋다. 꽤 여러 번 시도해야 겨우 콘텐츠 포화지수가 '보통'인 것을 찾을 수 있다. 나는 여러 번의 시도 끝에 '전달력을 높이는 스피치기술'이라는 키워드를 찾아낼 수 있었다. 너무 키워드를 찾기 어렵다면 나처럼 방법을 안내하는 키워드를 찾아도 좋다. 물론 내가 찾은 키워드도 콘텐츠 포화지수가 '매우 높음' 50%다. 여러 번 다른 키워드들이 상단에 노출이 잘 되는 것을 경험하고는 조금은 높은 키워드에 도전해보기도 한다. '전달력을 높이는 스피치기술'로 잡은 키워드는 현재 VIEW에 1등으로 노출되어 있고, '전달력을 높이는 스피치'로 검색해도 VIEW에 1등으로 올라와 있다.

[시선을 사로잡는 블로그 제목 정하기]

1. 너무 긴 제목은 피하자. 짧고 굵게 키워드를 먼저 쓰고 뒤에 글을 붙여 20자 내외로 쓴다.

2. 숫자를 활용해 내 블로그의 글을 읽어보게끔 하자.
  예) '2주 만에 책을 쓰는~'

3. 쉬운 단어를 사용하자.

4. 해결방법을 제시하는 단어로 표현하자.
  예) 1인 브랜드로 성공하는 법

5. 후기의 느낌을 주는 제목으로 정하자.
  예) '1인 브랜드 강의를 듣고 나서~' '직접 책을 써본 후기' 등

6. 부정적인 단어를 활용해보자.
  예) 1인 브랜딩을 위해 절대 피해야 하는 3가지

7. 비교·분석 자료로 쓴 글을 암시하는 제목
  예) 1인 브랜딩 책 쓰기 효과와 마케팅 효과 비교

나만의 브랜딩을 위한 2주 책 쓰기

블로그 글을 쓰는 방식이 상단노출을 결정한다

키워드만 잘 잡는다고 해서 상단에 노출되는 것은 아니다. 글을 쓰는 방식이 그 다음으로 중요하다. 블로그 글을 상단에 노출하기 위한 방법으로 2가지를 기억하자. 'C-Rank'와 'DIA로직'이다.

C-Rank는 해당 분야의 전문가 지수를 말한다. 즉 한 분야에 대해 전문적인 글을 꾸준히 올리면 상단에 노출될 확률이 높아진다. 당신은 '스피치강사'로 브랜딩을 하고 싶은데, 매번 블로그 글은 여행과 맛집 탐방 이야기가 많다면 C-Rank 지수에 도움이 되지 않는다. 당신이 1인 브랜드로 하고자 하는 내용을 전문적으로 꾸준히 올리는 것이 중요하다. 그런데 다른 방법으로도 C-Rank를 최적화할 수 있다.

첫 번째, 블로그 '관리'에서 '블로그 정보'로 들어가면 소개글 아

래 '내 블로그 주제'를 설정해두면 된다. 나의 브랜드 주제와 가장
알맞은 주제를 내 블로그 주제로 설정하면 되는 것이다.

두 번째, '관리' 메뉴에서 '메뉴·글·동영상관리 → 블로그→ 카
테고리 관리·설정 → 주제분류'를 선택한다.

세 번째, 블로그 글을 써서 올릴 때 오른쪽 상단에 있는 '발행'을
누르면 새로운 창이 뜬다. 이때 '주제'에서 해당 글과 가장 유사한
주제를 선택하면 된다.

나만의 브랜딩을 위한 2주 책 쓰기

블로그를 상단에 노출시키기 위한 DIA로직은 문제 자체에 대한 점수를 뜻한다. 블로그의 글자 수와 글의 내용, 이미지 개수, 이미지의 퀄리티, 동영상의 시간과 퀄리티 등이 DIA로직 점수에 영향을 미친다.

블로그 글을 작성할 때는 구체적이고 정보성이 있는 글을 써야 한다. 당신의 글을 클릭했을 때 제목과는 달리 속 빈 강정의 글이라면 사람들은 당신의 글을 읽지 않는다.

상단에 노출시키려면 다음의 공식을 기억하자. '이미지+텍스트 반복+1분 이상의 동영상'을 말이다. 이미지를 넣고 그 아래 글을 쓰고 또 이미지를 넣고 그 아래 글을 쓰는 방식으로, 마지막 맨 아래에는 1분 이상 촬영한 동영상을 삽입한다. 이때 이미지와 동영상은 화질이 좋아야 하고, 직접 촬영한 원본 파일이어야 한다. 다른 이가 촬영한 것이나 캡처한 이미지는 상단에 노출되기가 어렵다.

1인 브랜딩을 위해 사진이나 글에 자신의 연락처를 넣어 홍보성의 글을 쓰는 이도 간혹 있다. 그런데 홍보성의 글은 상단에 노출되기가 어렵다. 또 사진에 있는 텍스트도 인식하므로 전화번호나 메일 주소를 넣는 것은 피하는 것이 좋다. 꼭 해야 한다면 링크 삽입의 기능을 활용하거나 하나의 이미지에만 삽입하도록 하자.

100% 상단 노출되는 블로그 글쓰기 방법

앞서 콘텐츠 포화지수에서 '보통'의 키워드로 정했다면 블로그

제목을 먼저 작성하자. '전달력을 높이는 스피치'라고 정했다면 그 키워드에서 끝내지 말고 '전달력을 높이는 스피치 김인희 강사' 이렇게 한 줄 더 붙여보자. 키워드는 '전달력을 높이는 스피치'이지만 사람들이 검색했을 때 보이는 제목에서 자신의 이름까지 함께 노출되도록, 나는 이름을 적은 제목을 활용한다. 우리는 1인 브랜드가 되어야 하니까.

그리고 이제 블로그 글을 작성하자. 블로그 글에서는 키워드로 잡은 '전달력을 높이는 스피치'가 4~6회 들어가야 한다. 자연스럽게 키워드를 녹여 글을 쓰는 것이다. 이때 주의할 것은 키워드를 7회 이상 너무 많이 사용하면 오히려 상단 노출이 어려워질 수 있다.

또 하나의 글에는 하나의 키워드만 활용하자. 간혹 글을 쓰다 보면 본의 아니게 계속해서 사용하는 단어가 있을 수 있다. 예를 들어 '전달력을 높이는 스피치' 키워드 외에 '강의'라는 단어가 너무 많이 쓰이면, 알고리즘은 그 단어를 키워드로 인식할 수 있다. 자주 사용하는 단어라면 강의 외에 교육·수업 등의 다른 언어로 대체하거나 때로는 영어를 함께 사용하자.

간혹 블로그에 쓴 글을 등록하고 다시 읽으면서 오타나 비문을 발견해 수정하기도 한다. 그런데 절대로 블로그의 글은 수정하지 않아야 한다. 수정하는 순간 상단의 순위에서 떨어질 수 있다. 블로그 글쓰기에서는 오타도 내버려두자. 너무 많은 것을 수정해야

나만의 브랜딩을 위한 2주 책 쓰기

한다면 다시 쓰자. 이때 메모상이니 워드, 한글 파일을 활용해 써 놓은 글을 복사해서 붙여넣기하는 것을 주의하자. 네이버 알고리즘은 글을 쓰는 시간까지 계산하기 때문에 너무 빠른 시간 안에 많은 글을 썼다고 인식되면 상단 노출이 어려워질 수도 있다.

그리고 한 번 올린 블로그의 글이 다른 아이디의 블로그나 카페에 재사용되지 않도록 하는 것이 좋다. 또 다른 이의 글을 그대로 사용하거나 뉴스나 책의 글을 어느 정도 인용할 수는 있지만 출처는 밝히도록 하고, 직접 자신이 글을 쓰는 것이 상단 노출이 되는 방법이다.

이외에도 제목과 내용이 다른 낚시성의 글을 쓴다거나 도박이나 성인물과 관련한 불법적인 게시물, 반사회적인 글, 별이나 하트 등과 같은 특수문자는 사용하지 않는 것이 좋다. 블로그 글을 쓸 때도 읽는 이의 가독성을 위해 짧고 굵게, 간격이 보기 좋게 띄워져 있는 것이 좋다. 눈에 잘 띄도록 중요한 부분들은 색상으로 강조해두자. 귀여운 캐릭터도 글의 재미를 위해 활용하면 좋다.

이미지는 10~20개로 최대한 많은 이미지를 사용하는 것이 상단 노출에 유리하며 1분 이상의 동영상은 1개면 충분하다. 이미지 파일명과 동영상 파일명에 키워드를 넣는 것도 추천한다. 이후에 이미지나 동영상으로 검색하는 사람들에게 해당 키워드로 노출될 확률이 높기 때문이다. 블로그 글을 작성했다면 약 1시간 후에 PC와 모바일에서 해당 키워드로 검색해보자. 상단에 노출되는 일이 많을수록 블로그 글쓰기가 재밌어질 것이다.

브랜딩하기에 무척 좋은 방법이니 나는 당신이 블로그 마케팅을 활용했으면 한다. 간혹 이 방법대로 모두 했음에도 불구하고 블로그의 글이 상단에 노출되지 않으면 '죽은 블로그'다. 죽은 블로그인지 확인하는 방법은 블로그 제목에 '본인이름12345'를 쓰고, 내용에는 아무 사진이나 1장 올리고 내용에는 '본인이름12345 테스트'라고 써서 등록하자. 1~2시간 후에 네이버 검색창에 '본인이름12345'를 검색했을 때 VIEW 영역의 상단에 노출되어야 정상이다. 그렇게 쓴 글은 당신밖에 없음에도 첫 번째에 뜨지 않는다면 죽은 블로그라고 볼 수 있다. 이때는 다른 아이디로 블로그를 개설하면 된다. 네이버는 한 사람당 3개의 아이디를 개설할 수 있으니 참고하길 바란다.

밥 버그(Bob Burg), 존 데이비드 만(John David Mann)은《기버》에서 이렇게 말했다.

"우리는 세일즈를 '사람들이 원하지 않는 어떤 것을 하도록 납득시키는 일'로 간주한다. 그러나 사실은 그렇지 않다. 세일즈는 사람들이 진정으로 원하는 것이 무엇인지 파악해서 실천하도록 돕는 일이다. 세일즈는 다른 사람들에게 이득을

나만의 브랜딩을 위한 2주 책 쓰기

안겨주는 일이다. 진실을 말하자면 세일즈는 '기꺼이 베푸는 노력'이다."

본인 스스로를 세일즈하는 1인 브랜딩을 원하는 이들에게 꼭 필요한 이야기가 아닐까 싶다. 나는 이 방법을 통해 사업과 관련한 키워드들을 상단에 노출하고 문의전화를 이끌어냈으며 강의 요청도 받았다. 나는 글을 쓸 때마다 나의 브랜딩을 위한 목적으로 쓴 적은 없다. 정보성을 목적으로 검색을 한 이들에게 도움이 될 수 있도록 하는 내용으로 글을 썼고, 가독성을 높여 편히 읽히는 글을 썼다. 그 덕분에 블로그로 1인 브랜딩을 하려는 욕심을 내지 않아도 어느새 점점 1인 브랜드로 성장해가고 있다는 느낌이 든다. 블로그도 책처럼 읽을 사람을 위해, 그들에게 도움이 되도록 베푸는 글을 써보면 어떨까.

1인 브랜드를 위해
전문 프레젠터가 되어라

아마존 최장기 베스트셀러이자 10년간 '부자 마인드의 바이블'이라 불린 책이 있다. 바로 하브 에커(Harv Eker)가 쓴《백만장자 시크릿》이다. 이 책에서 그는 "백만장자가 되려면 자신과 자신의 가치를 알려야 한다"고 주장했다. 그러면서 "당신이 지금 제공하고 있는 (혹은 계획하고 있는) 상품이나 서비스가 얼마나 가치 있다고 믿는가? 1부터 10까지 등급을 매겨보라(1은 가장 낮은 수준, 10은 가장 높은 수준). 7~9의 결과가 나왔다면 가치를 높이기 위해 상품이나 서비스를 개조하라. 6 이하의 결과가 나왔다면 그 상품이나 서비스 제공을 중지하고 확실히 가치 있다고 믿는 다른 것을 선택하라"고 했다.

당신의 가치는 몇 등급인가? 그는 또한 "마케팅과 판매에 관한 책을 읽고 테이프를 듣고 강의를 들어라. 100% 성실하게 성공적

272

으로 당신의 가치를 홍보할 수 있을 정도로 해당 분야의 전문가가 되어라"고 했다. 나는 이미 당신이 전문가이거나 더욱 뛰어난 전문가가 되기 위한 과정을 밟고 있는 중이라고 생각한다. 전문가가 되었다면 자신과 자신의 가치를 알려서 1인 브랜드가 되자.

1인 브랜드가 되기 위해 모든 준비를 마쳤다면, 당신은 이제 당신이 그 분야의 전문가임을 보여주어야 할 때다. 드러내야 할 때다. 앞서 SNS나 블로그, 유튜브가 비대면으로 '조금은 먼 당신'이었다면, 이제 당신은 대면으로도 전문가임을 보여줄 필요가 있다. 물론 지금처럼 코로나19로 인해 대면이 어려운 경우도 있겠으나 어쨌든 당신을 전문가로 입증할 수 있어야 한다. 나는 당신이 먼저 고민하도록 질문하고 싶다. 말로만이 아니라 직접 그들에게 당신이 전문가임을 보여줄 수 있는 방법은 무엇일까?

당신이 전문가라는 것을 인정한 사람들은 당신에게 도움을 받고 만족했다면, 당신을 또 다른 누군가에게 소개할 것이다. 그리고 많은 사람들에게 도움을 준 만큼 당신은 그 분야의 전문가, 그 분야의 브랜드, 바로 1인 브랜드로 성장할 수 있을 것이다.

1인으로 세무사를 운영하며 사업을 하고 있는 김 대표는 나에게 코칭을 받아 '소상공인들을 위한 절세법'의 주제로 1시간가량 특강을 진행했다. 특강은 소상공인들에게 기본적인 절세법들에 대한 도움이 되는 내용들로 가득했고, 개인의 이득을 위한 욕심보다는 소상공인을 위한 마음으로 이야기하는 내용들이 많았다. 김 대표는 소상공인을 위한 내용으로 강의를 진행하면서 많은 고객을 확보할 수 있었다. 그리고 그들이 입소문을 내면서 새로운 고객이 늘어 바쁜 나날을 보내고 있다. 그처럼 강의를 진행하거나 코칭, 상담, 프레젠테이션의 방법 등을 활용해도 좋다.

자신이 어떤 분야의 전문가인지, 다른 전문가와의 차별성은 무엇인지, 전문가라고 할 만한 증거들은 무엇이 있는지 등을 직접 드러내는 것이 필요하다. 자신을 어필하고 드러내는 일에는 프레젠터가 되어야 한다. 프레젠테이션이 아닌 것이 없다.

기업로고를 제작하고 디자인하는 회사에 다니는 K씨는 자신과 맞지 않는 조직문화와 상사와의 갈등, 야근을 강요하는 회사에서 더 이상 일하기가 힘들었다. 이직을 하더라도 여전히 시달려야만 하는 직장인이라는 것이 끔찍했다. 그는 긱 워커를 선언했다. 그래서 긱 워커와 고객을 연결해주는 플랫폼에서 로고디자인과 관련한 일을 하기로 했다. 가격도 스스로 정할 수 있고 마감 기한도 스스로 정할 수 있었다.

그런데 자신과 비슷한 긱 워커들은 넘쳐났다. 고객의 구매가 전혀 없었다. 그는 고객들이 자신을 선택하고 구매로 이어지도록 하는 방법들이 필요했다. 그래서 자신과 디자인 능력을 판매해야 했다. 고객이 눈으로 확인할 수 있는 자신을 어필하고 드러내는, 이

나만의 브랜딩을 위한 2주 책 쓰기

미지 프레젠테이션이 필요한 것이다.

그는 먼저 유튜브의 섬네일처럼 전체 화면에 보이는 이미지를 최대한 눈에 띄고 세련되게 만들고, 고객의 마음을 사로잡을 만한 문구를 정했다. 또 예비 고객이 자신의 판매 공간을 클릭해 들어오면 서비스 설명, 공모전 수상과 디자인 활동내역, 브랜드 디자인 경력, 구매 후의 절차와 방법 등이 한눈에 들어오게끔 만들었다. 그 결과 디자인 요청이 늘면서 직장을 다녔을 때보다 훨씬 더 많은 수입을 창출할 수 있었다.

발표하는 프레젠터가 아니더라도 이런 방식으로 '보이는 프레젠테이션'이 필요한 경우도 있다. 자신을 어필하고 드러내며 다른 이들과의 '차별성을 보여야 하는 프레젠터'가 되어야 한다. 자신을 세일즈하는 프레젠터 말이다. 실제로 사업을 하는 분들은 IR(Investor Relations, 투자자들에게 기업의 정보와 사업소개 등의 정보를 제공하기 위한 문서) 자료를 작성하는 일들이 많고, 이를 바탕으로 프레젠테이션을 하는 일들이 많다.

나에게 프레젠테이션 코칭을 받은, 1인으로 기업을 운영하고 있는 기자 출신이자 간행물을 제작하는 이 대표는 입찰을 위한 프레젠테이션 기회가 많았다. 처음에는 대한체육회 사보 입찰, 그 다음에는 한국오리협회의 입찰 프레젠테이션을 위해 코칭을 의뢰했다. 평소 발표에 자신이 없었던 그는 나에게 회사 직원으로 가장

해 프레젠테이션을 도와달라고 부탁할 정도였다.

나는 거절했다. 다른 이유들도 있었지만 무엇보다도 대표님이 앞으로도 많은 입찰 프레젠테이션을 진행하게 될 것이고, 간행물과 관련한 기사거리와 디자인, 기존 간행물의 문제를 잘 분석하는 전문가로 여러 곳에서 잘 드러나길 바라는 마음 때문이었다.

1인 브랜드가 되면 입찰 프레젠테이션을 거치지 않아도 어느 순간에는 그 분야의 전문가로 인정받아 믿고 맡기지 않을까? 프레젠터가 되어야 하는 순간들은 참으로 많다. 자신을 어필하고 드러내는 데 스피치가 필요하다. 스피치, 프레젠테이션의 스킬을 갖추어 프레젠터로의 준비도 함께하자.

프레젠테이션은 PPT 파일로 만들어 발표 형태로 진행하도록 하자. 간혹 글만 있는 한글이나 워드 파일을 화면에 띄우고는 설명하는 사람들이 있다. 텍스트만 있는 발표자료는 청중의 시선을 끌기가 어렵고, 혹여 끌었다 하더라도 금세 지루해진다. 사진이나 이미지를 활용한다면 글은 최대한 간결하고 명확하게 작성해 전달하는 것이 좋다.

책을 기획한 방식대로 프레젠테이션도 기획하면 쉽다

프레젠테이션이 다소 어렵다고 말하는 이들도 있을 것이다. 그러나 나는 당신이 반드시 할 수 있다고 생각한다. 책을 쓸 때 기획했던 방식 그대로 프레젠테이션에 적용해볼 것을 추천한다. 이미

딩신은 기획방법을 앞에서 배웠다. 프레젠테이션도 책과 동일한 방법으로 기획하면 된다. 15년을 강사로, 강의기획과 프레젠테이션 기획을 수천 번 해왔던 내가 책 쓰기 방법을 누구보다 더 잘 설명할 수 있는 이유도 그것이다.

나는 이 책에서 가장 먼저, 그리고 가장 많이 강조한 것이 '독자를 위한 것'이었다. 청중의, 청중에 의한, 청중을 위한 프레젠테이션이 되어야 한다. 청중분석을 먼저 하자. 내가 20대 초반에 영업과 관련한 일을 했을 때 고객을 설득해서 계약을 성사시킬 수 있었던 2가지 비결이 있다. 바로 '고객이 원하는 것'과 '고객이 두려워하는 것'을 먼저 파악하는 것이었다. 원하는 것은 해주면 되는 일이고, 두려워하는 것은 안심할 수 있도록 두려움을 깨주면 되는 일이었다. 그것을 알고 나면 어떻게 설득해야 하는지 기획이 더욱 쉽게 잡힐 것이다.

청중분석이 모두 끝났다면 프레젠테이션의 목적과 목표를 정하고 주제를 정하자. 주제는 당신의 주장이다. 길 필요가 없다. 단 한 줄이면 충분하다. 책 쓰기법에서 이야기한 내용들과 정말 유사하지 않은가? 그 모든 일련의 과정을 마쳤다면 WWH 법칙 등을 활용해 내용을 구성하면 될 일이다.

기획이 끝났다면 글쓰기를 시작한 것처럼 자료를 제작하면 된다. 이때 주의할 것은 프레젠테이션을 진행하는 시간이다. 프레젠테이션은 20분 내에 청중을 사로잡지 못하면 긍정적인 결과를 얻을 수 없다. 20분 내에 모든 것이 완벽하게 이해되고 설득될 수 있도록 준비하자.

1인 브랜드가 되기 위해서는 분야에 따라 꼭 모두가 해당하는 것은 아니지만, 그 분야의 전문가가 되기 위한 노력도 필요하고 외적인 이미지부터 스피치, 프레젠테이션의 능력이 필요하다. 프레젠테이션과 관련된 책이나 유튜브 강의도 많고, 직접 시연해보며 코칭받을 수 있는 아카데미도 많다. 그러니 1인 브랜드를 위한 다양한 노력을 시도해보는 것을 추천한다.

강의도 프레젠테이션과 크게 다르지 않다. 강의도 탄탄한 기획으로 청중들이 알고자 하는 정보와 지식으로 청중을 위한다면 충분히 잘할 수 있다. 책과 강연·강의는 떼려야 뗄 수 없다. 당신의 책을 읽은 독자 중에는 자신이 속한 기업이나 모임에 당신을 직접 초대해 이야기를 듣고 싶어 의뢰할지도 모른다. 실제로 책이 출간되면 출판사에서 독자를 위한 강의로 책 홍보활동을 위해 작가에게 요청하는 경우도 있다. 1인 브랜드가 되면 분야에 따라 다르겠지만 '드러나는 일'이고 '전문가로 입증하는 일'이기에 강의 또한 빼놓을 수 없는 1인 브랜드의 한 방법이다. 스피치·프레젠테이션·강의로 당신을 전문가로, 드러낼 수 있도록 준비하는 것도 추천한다.

이미지 마케팅으로
1인 브랜딩에 성공하라

외국인들에게 '한국' 하면 떠오르는 이미지가 어떤 것인지 설문을 진행했다. 4위 K-뷰티 14.2%, 3위 문화 19.1%, 2위 K-POP 22.8%였고, 1위가 40%를 차지한 한식이었다(〈NEWSIS〉 2019. 01. 22. 기사 참고). 이미 많은 나라에서는 '한국' 하면 '한류'가 우리나라를 대표하는 핵심 단어인 것으로 조사되었다.

이처럼 1인 브랜딩도 '이것' 하면 '나', '나' 하면 '이것'을 떠올릴 수 있는 이미지 마케팅(Image Marketing)이 필요하다. 이미지는 어떤 사물 혹은 사람으로 받은 인상을, 마케팅은 소비자를 만족시키기 위한 제품과 서비스를 보다 효율적으로 제공하기 위한 활동을 의미한다. 이미지 마케팅은 결국 당신이라는 사람이 그 분야의 전문가임을 사람들에게 알리고 전문분야에 대한 서비스를 효율적으로 제공하기 위한 활동을 펼치는 것이라고 할 수 있겠다.

나는 당신이 이미지 마케팅으로 1인 브랜딩에 성공할 수 있게 '3P'를 시도해보기를 바란다. 3P는 홍보(PR, Public Relations)·사람(Person)·긍정(Positive)이다.

홍보(PR)

당신은 다양한 채널들을 활용해 PR을 해야 사람들에게 드러나면서 1인 브랜딩이 될 수 있다. 간혹 긱 워커나 프리랜서 중에는 회사가 따로 없는 경우가 많기 때문에 명함이 없는 경우가 있다. 비즈니스에서 새로운 사람을 만날 때 서로 인사를 나누게 되는데, 명함이 없어서 쭈뼛쭈뼛하는 이들을 많이 보았다. 내가 아는 주변의 프리랜서 강사들도 따로 소속된 회사가 없는 경우가 많기 때문에 명함이 준비되어 있지 않았다. 아무래도 명함의 중요성을 잘 모르는 것 같다.

1인 브랜딩을 원한다면 새로운 사람들과 첫인사를 나눌 때 건넬 수 있는, 자신을 소개할 수 있는 명함을 만드는 것이 좋다. "소속된 회사도 개인 회사도 없는데 명함을 어떻게 만들어야 할까요?"라고 묻는 이들도 있을 것이다. 만약 당신의 책이 나왔다면 명함을 만들기는 더 쉽다.

나는 첫 책이 나왔을 때 명함을 책 홍보용으로 제작했다. 명함의 앞 장에는 나의 이미지와 내용으로 채우고, 뒷장은 책의 이미지를 인쇄했다. 이때 평범하지 않게 조금은 독특하게 만들었다. 명함이 반으로 접히는데 마치 그것이 아주 작은 책처럼 보이도록 했다. 명함을 건넬 때 나는 "반으로 접으면 책이 됩니다"라면서 책을 자연스럽게 홍보할 수 있었다. 그러면 거의 대부분이 "우와, 진짜 아이디어 좋네요. 특이한 명함이라 더 잘 간직하겠는데요. 아~ 이 책을 쓰신 작가님이구나" 하며 명함 하나로 여러 이야기를 주고받을 수 있었다. 평범한 명함을 건네는 이들보다 더욱 기억에 남고 주목받는 사람이 되었다.

명함에는 회사명, 직책, 전화번호, 휴대전화번호, 주소, 홈페이지 등의 정보가 들어간다. 하지만 회사가 없는 당신이라면 명함에 어떤 내용을 넣어야 할지 고민될 것이다. 네이버 카페를 개설해 카페 이름으로 대신할 수도 있고, 자신만의 브랜드를 드러내는 이름을 직접 짓거나 대표직함을 넣을 수도 있다. 꼭 대표직함이 아니어도 좋다. 나는 당신이 당신만의 이름을 지어볼 것을 추천한다. '브랜딩 교육 스페셜리스트' '언어 메이크업 아티스트' '소통스피치 교육전문 컨설턴트' 등으로 말이다.

요즘은 긱 워커들이 많기 때문에 자신의 얼굴을 넣어 '브랜드의 가치를 높여드리는 디자이너 ○○○입니다'라는 명함을 만드는 이들도 있다. 자신이 어떤 일을 하는지에 대해 간략히 적어서 명함을 만드는 이들도 있고, '집 고치는 남자'라는 글과 함께 공구 모양의 디자인을 넣는 경우도 있다.

회사가 따로 없어서 주소를 기재하지 않는 이들도 많다. 소속된 회사나 개인이 운영하는 회사가 없다면 명함을 홍보용으로, 당신이라는 브랜드가 잘 드러날 수 있는 방법들을 고민하도록 하자. 명함도 PR의 한 방법이 될 수 있다. 그러니 당신을 언제든 떠올릴 수 있도록 독특한 아이디어를 담아 제작해보는 것을 추천한다.

명함 외에도 홈페이지를 활용해볼 것을 추천한다. 홈페이지는 블로그를 홈페이지 형태처럼 만들 수도 있다. 홈페이지 제작을 전문가에게 의뢰하는 것도 좋지만 비용이 많이 든다. 때문에 수정이 자주 필요하다면 직접 만들고, 수정할 수 있는 블로그를 활용하자. 인터넷 검색창에 '홈페이지 직접 만들기' 또는 '블로그로 홈페이지 만들기' 등을 검색하면 방법들을 찾을 수 있다. 유튜브에도 '네이버 블로그 홈페이지'로 검색하면 그 방법을 동영상으로 배울 수 있다.

직접 홈페이지를 제작해보자. 네이버 '모두(modoo)'에서는 홈페이지 무료 제작 서비스를 제공하고 있다. 사이트(modoo.at)에 접속해 '홈페이지 지금 바로 만들기' 버튼을 누르면 누구나 쉽게 홈페이지를 만들 수가 있으니 참고하기 바란다. 'com, co.kr, kr' 등이 들어가는 도메인 홈페이지를 원한다면 Wix, Whois, 카페24 등을 활용해보자. 이는 호스팅 비용과 도메인 비용이 발생한다.

홈페이지에 올리는 사진이나 영상 등 대용량의 메모리 공간을 이용하려면 비용을 지급해야 한다. 이를 호스팅이라고 한다. 호스

나만의 브랜딩을 위한 2주 책 쓰기

팅은 용량 크기에 따라 다르지만 1년에 약 15만 원에서 20만 원 내외의 비용이 발생한다. 또 홈페이지 주소라고 할 수 있는 도메인은 2만 원의 비용을 지불하면 1년 동안 사용이 가능하다.

홈페이지를 직접 제작하는 방법에 대한 정보는 많다. 홈페이지를 제작하고 수시로 수정하며 비용 절감을 원한다면 직접 홈페이지를 만들어볼 것을 추천한다. 단 홈페이지를 제작할 때도 기획이 필요하다. 홈페이지를 만든 목적, 활용하는 목적이 분명해야 한다. 강좌나 코칭 과정을 안내하는 목적으로 활용할 것인지, 사업에 대한 이해와 홍보를 위한 목적인지를 말이다. 그에 따라 어떤 메뉴로 만들지, 메뉴에는 어떤 내용을 넣을지를 기획한 후 당신이 1인 브랜딩이 되고자 하는 목적과 잘 블렌딩해서 만들어보자.

사람(Person)

이미지 마케팅으로 1인 브랜딩에 성공하기 위한 3P 중 두 번째는 사람이다. 나는 '내가 만나는 사람'과 '나를 만나는 사람'을 강조하고 싶다. 밥 버그와 존 데이비드 만은 《기버》에서 "잘 알고 지내는 사람들을 통해 새로운 기회를 찾기는 어렵다. 친한 친구들은 대개 같은 분야에 몸담고 있기 때문이다. 오히려 당신이 잘 모르는 사람들이 새로운 정보나 기회를 제공해주는 경우가 훨씬 많다. 당신에게 최고의 수익을 안겨줄 고객들이 어디에서 나타날지 당신은 예상할 수 없다. 한 가지 확실한 게 있다면 당신이 예상하지 못한 곳에서 나타날 가능성이 높다는 것이다"라고 했다.

기존에 알던 사람들을 무시하고 늘 새로운 사람을 만나라는 것은 아니지만, 새로운 사람들을 자주 만나는 것을 추천한다. 새로운 곳과 새로운 사람으로부터 기회가 제공될 확률이 높기 때문이다. 그렇다면 어떤 사람을 만나는 것이 좋을까?

우리는 어떤 일을 할 때 습관적으로 "인맥이 중요하다"고 말한다. 맞다. 인맥이 중요하다. 하지만 여기서의 인맥은 당신이 평소에 생각했던 인맥과는 조금 다르다. 좀 더 뛰어나고 유명하거나 재력과 능력을 갖춘 사람을 이르는 말이 아니다. 물론 그러한 사람이 있다면야, 특히 당신에게 도움을 주는 사람이라면 더욱 필요하고 감사한 존재다. 하지만 도움을 주지 않고 도움되지 않는 사람이라면 제아무리 대통령을 안다 한들 소용없는 일이다.

나는 그와는 다른 인맥이 중요하다고 말하고 싶다. 人脈(인맥)의 한자를 보면 사람 인(人)에 기운이나 힘을 뜻하는 맥(脈), '맥이 빠지다'라고 표현할 때의 맥(脈)을 쓴다. 인맥은 '사람이 가진 기운'이다. 기운이 좋은 사람과 함께하라는 말을 하고 싶다. 유유상종은 비슷한 사람들끼리 어울린다는 말이다. '친구를 보면 그 사람을 알 수 있다'는 말처럼 주변 사람이 어떤 사람이냐에 따라 같은 취급을 받게 된다.

A라는 친구와는 친구 사이일 뿐인데도 늘 일에서 실수가 잦은

친구A 때문에 당신을 잘 모르는 이들까지도 당신을 무시하는 경우가 발생하기도 한다. 또 B라는 사람은 상대와의 약속을 잘 지키지 않고 수시로 말을 바꾸며 게다가 매너 없는 행동을 자주 한다. 그런 사람으로 인해 나의 시간이 빼앗기기도 하고 비즈니스에서 열심히 만들어놓은 일들을 그르치기도 한다. '내 옆에 누구를 두느냐, 내가 누구와 어울리느냐'에 따라 인생이 결정되기도 한다. 어릴 적 친구를 잘 사귀어야 한다는 부모님의 말은 하나도 틀린 것이 없다.

맥이 좋게 잘 흐르는 사람, 기운이 좋은 사람을 곁에 많이 두도록 하자. 인맥도 다이어트가 필요하다. 기운이 좋은 사람 덕에 처져 있던 나도 그 기운을 받아서 힘이 난다. 부정적 기운이 긍정의 기운으로 바뀐 듯하다. 좋은 사람 곁에는 그로 인해 더 많은 좋은 사람들이 존재한다. 끌어당김의 법칙 때문이다. 그 사람 하나로 인해 '좋은' 사람과 연결되고 또 다른 '좋은' 사람과 연결되어 그와 사람과 '좋은' 일을 한다. 이러한 '좋은' 인맥으로 인해 나도 '좋은' 이미지를 갖고 1인 브랜딩이 되는 '좋은' 일들이 생겨나는 날들이 많아질 것이다.

나는 1인 브랜딩을 위해 여러 권의 책을 쓰고 많은 노력을 기울였다. 이때 브랜딩이란 것은 혼자만의 힘으로는 쉽지 않다. 혼자서 이루는 성공은 없다는 말이 딱 맞는 것 같다. 김성현 대표님을 만

나면서 새로운 일과 새로운 사람들이 주변에 생겨나기 시작했고, 나는 오늘 그 덕분에 방송출연 계약과 앞으로 진행될 2건의 방송 출연도 구두로 약속받았다. 김성현 대표님은 늘 본인의 욕심보다는 '함께' 잘될 수 있는 방법을 선택한다. 때로는 조금 손해를 보더라도 더 많이 베풀고 어려운 약속도 끝까지 지켜낸다.

대표님은 인상도 좋다. 그리고 인맥도 좋다. 그 때문일까? 주변에 좋은 사람들이 많고 진실된 마음으로 도와주는 이들도 많다. 비즈니스 관계로 만나는 사람마다 김성현 대표님에게 호감을 갖고 친해지고 싶어 하거나 함께 일하고 싶어 한다. 나는 김성현 대표님 한 분을 알게 되었을 뿐인데, 더 많은 분들과 많은 일을 할 기회를 얻게 되었다.

곁에 누구를 두느냐에 따라 인생이 결정된다는 말을 실감한다. 나는 '김성현 대표님을 만나는 사람마다 왜 이렇게 좋아하고 함께 하고 싶어 할까?'를 곰곰이 생각해보았다. 물론 능력도 뛰어나고 젊은 나이에도 많은 경험을 한 탓에 비즈니스에 관계된 사람들이 인정하는 것도 있지만, 대표님은 늘 건강한 에너지를 내뿜는다. 사람들을 만날 때마다 처져 있는 모습을 한 번도 본 적이 없다. 신이 나 있는 사람처럼 즐겁고 목소리도 힘차다. 게다가 매너 없이 행동하거나 부정적인 감정을 드러내는 사람에게 쉽게 휘둘리지 않고, 감정을 드러내지 않는다. 누구보다 평온하고 차분히 응대한다. 위트도 있다. 외적인 모습들도 깔끔하다. 욕심 내지 않는다. 대표

나만의 브랜딩을 위한 2주 책 쓰기

님을 필요할 때만 찾는 이기적인 사람임에도 일과 관련해 조언을 구하면 전화로라도 최선을 다해 답한다. 그런 덕분인지 내가 출연하는 프로그램의 제작사 감독님도 선뜻 제작사 대표직을 맡아달라고 했다.

그건 나에게 또 다른 기회가 되었다. 대표님이 제작사 대표가 되면 모든 제작의 출연자로 출연할 수 있기 때문이다. 그저 좋은 사람을 곁에 둔 것뿐인데 엄청난 기회들을 얻고 있다. 김성현 대표님에게는 매일매일 수십 통의 전화가 울린다. 함께 일을 하고 싶어 하는 사람들로부터 온 전화다. 김성현 대표님은 다른 이들에게 아직 많이 드러나지는 않았지만 함께 일해왔던 사람들, 비즈니스 세계에서는 이미 '기업의 해결사' '기업을 성장시켜주는 매니지먼트'로 1인 브랜딩이 잘되어 있는 분이라는 생각이 든다. 1인 브랜딩으로 성공하는 이미지 마케팅을 위한 사람. 기운이 좋은 사람을 곁에 두고, 나도 또한 기운이 좋은 사람이 되는 것이 그 비결이 아닐까 싶다.

긍정(Positive)

1970년 우루과이에서 칠레로 향하던 비행기가 안데스 산맥을 넘다 추락해 비행기가 두동강이 났다. 눈 덮인 경사지에 추락한 비행기에는 33명의 생존자가 있었고, 그들은 72일 동안 추위와 동상, 산사태, 굶주림에 시달려야 했다. 그들 중 마지막 구조 때까지 살아남은 사람은 고작 16명이었다. 마지막 생존자 16명 중 1명인 하비에르 메솔(Javier Methol)은 "좌절할 수밖에 없는 상황에서 지치지 않는 믿음을 유지하려면 비극을 극적으로 바꾸고, 우울을 희망으로 바꾸는 연금술사가 되어야 했습니다"라고 했다.

앞으로 나아가려는 의지를 갖고 행동하며 나쁜 상황들을 개선할 수 있다는 희망과 믿음을 가리켜 심리학자들은 '근거 있는 희망(Grounded hope)'이라고 표현한다. 희망을 위해 근거를 가지라는 것이 아닐까? 긍정을 위해.

3P의 마지막은 긍정 마인드를 갖는 것이다. 긱 워커로 혹은 1인 기업, 1인 창업, 1인 브랜드로 가는 길이 쉽지만은 않다. 지난 3년간 긱 워커로 지내던 나도 늘 불안한 삶이었고, 또 2020년 코로나 19로 모든 일들이 정지되었고 수입원이 급격하게 줄었다. 그때마다 내가 우울해지는 이유는 일과 수입이 줄어서가 아니라 '아무것도 할 수 있는 것이 없다'고 생각해서였다. 책을 쓰고 열정을 발휘하는 순간에는 살아 있는 삶을 사는 것 같아 무척 기쁘고 행복했다.

'아무것도 할 수 있는 것이 없다'는 부정에서 '분명 할 수 있는 것이 있다'는 긍정으로, 할 수 있는 것을 찾아 하나씩 만들고 완성해갔다. 그러면서 나는 1인 브랜드로 더욱 성장할 수 있는 길을 가게 된 것 같다. 1인 브랜드가 혼자서 가야 하는 길처럼 외롭게 느

나만의 브랜딩을 위한 2주 책 쓰기

껴지지만 혼자서 못한 일, 누군가와 '함께'라는 것으로 인맥이 되어 이뤄낼 수 있는 방법이 있다는 것도 깨달았다.

외상 후 스트레스를 경험한 사람들은 크게 3가지로 나타난다고 힌다. 외상 후 스트레스 장애를 앓고 대인기피증이나 우울증, 불안감을 갖는 사람, 회복탄력성으로 외상 후 스트레스를 경험하기 전의 상태로 돌아가는 사람, 그리고 외상 후 스트레스로 인해 더욱 성장하고 앞으로 전진해가는 사람 말이다.

1인 브랜드로 가는 길에 당신은 이미 이전에도 겪었을지 모를, 앞으로도 수많은 위기와 고비들이 찾아올지도 모른다. 물론 나에게도 말이다. 나는 그때마다 내가 특별하다고 생각한다. 나는 남들보다 특별해서 하늘의 트레이닝을 받느라 이렇게 고통스러운 것이라고. 그렇지만 하늘의 트레이닝을 받는 특별한 사람이니 분명히 잘되게 도와줄 수밖에 없을 거라고.

한창 마음이 힘들 때 나는 명리심리학과 타로를 공부한 적이 있었다. 그러면서 자연스럽게 '운'도 공부하게 되었다. 그때 부정에서 빨리 벗어나 긍정 마인드를 가질 수 있었던 것 같다.

운은 0부터 10까지 있다. 운이 가장 좋지 않을 때가 0이고 가장 좋을 때가 10이다. 운이 가장 좋을 때가 10으로 보이지만 10의 운이 지나고 나면 다시 0이 된다. 운이 좋아서 늘 즐겁고 행복한 나날들을 보낼 때 꼭 큰 사고가 나거나 좋지 않은 사건이 발생한다.

안 좋은 일들이 한꺼번에 들이닥치기도 한다. 하지만 운이 너무 좋지 않은 일들만 일어나는 듯하다가도 점점 나아지고 또 운 좋은 날들이 지속된다. 이를 '운의 흐름'이라고 한다.

결국 좋지 않는 날들이 있다면 좋은 날들도 있다. 또 좋지 않는 날들조차도 감기처럼 다 지나간다. 1인 브랜드로 가는 길에 어쩌면 외롭고 힘든 싸움에서 버티는 힘, 그때마다 쓰러지지 않고 일어서서 치고 나가는 힘을 기르는 것이 필요하다. 1인 브랜드로 성공하기 위해 숱한 상처에 단단해지는 마음의 근육을 기르는 것. 어쩌면 그것이 당신의 진짜 브랜드력을 키워주는 이미지 마케팅이 아닐까 한다.

'슬리퍼 히트(Sleeper Hit)'란 모두의 예상을 깨고 흥행에 성공한 영화를 지칭하는 말이다. 지금은 1인 브랜드로 가고 있는 과정에 불과하고 아직 그 길이 제대로 보이지 않더라도 미래는 모르는 일이다. 어떻게 당신이 성장하고 이뤄나갈지는. 평범한 직장인에서 책 출간을 통해 대기업에서 강의를 하고 네이버 인물검색 등록에, 퍼스널 브랜딩과 관련한 사업에, 방송까지 출연하게 된 지금의 내가 1인 브랜드의 꿈을 향해 이렇게 잘 갈 수 있게 된 것처럼 말이다.

최고의 1인 브랜드,
'인품'으로 '명품'이 되어라

15년간 1만 3천 대의 차를 팔아 12년 연속 기네스북에 등재된 판매왕 조 지라드(Joe Girard)는 "한 사람의 고객을 250명의 고객처럼 대하라"며 '250의 법칙'을 주장했다. 그가 말한 250의 법칙이란 결혼식장이나 장례식장에 참석하는 사람들이 평균 250명 정도가 된다고 해서다. 즉 한 명의 고객을 놓치는 것은 하나의 거래가 실패한 것이 아니라, 250명과의 거래가 실패한 것이라는 의미다.

우리는 뉴스를 통해 대기업의 손자 혹은 경영자가 부하직원에게 이른바 '갑질'하는 경우를 볼 수 있었다. 그 결과 기업의 이미지가 크게 손상되거나 불매운동까지 일어났다. 이미지가 생명인 연예인들도 말이나 행동 하나 때문에 연예계에서 퇴출당하기도 한다. 나는 최고의 브랜딩이란 결국 인품이 좋은 사람, '명품 인간'이 되는 것이라 생각한다.

'1인 브랜드' 하면 가장 먼저 떠오르는 인물이 바로 '국민 MC'라 불리는 유재석이다. 유재석의 미담은 끝이 없다. 연예인 중에서 가장 미담이 많아 유재석에 하느님을 붙여 '유느님'이라 부르기까지 한다. 그는 자살을 생각했던 군인에게 따뜻한 말과 마음을 담아 간식을 건네, 군인이 부정적인 생각을 접었고, 함께 촬영한 스태프 중 한 명이 PPL을 위해 스태프들에게 음식을 제공했는데 "우리 촬영 때문에 장사도 못 하시는데 얻어먹을 수 없다"며 50여 명의 스태프 음료를 직접 계산했다는 일화까지 있다.

올바른 인품 덕에 그는 영향력 있는 스타 1위로 꼽히며 남녀노소 모두에게 사랑받는 연예인으로 활동중이다. 1인 브랜드가 되기 위해 우리가 가장 먼저 배우고 익혀야 할 첫 번째가 바로 '인품'이다. 우리는 인간관계를 맺지 않고 살아갈 수 없다. 당신이 1인 브랜드가 되는 방법도 혼자서는 불가능하다. 다른 사람들과 함께하지 않으면 안 되는 일이 대부분일 것이다. 아무리 당신의 능력이 뛰어난다고 한들, 당신의 인품이 좋지 못하면 당신과 함께하려는 사람들은 줄어들 것이다. 그러면 1인 브랜드가 될 수 없다.

'1인 브랜드, 1인 명품브랜드가 되어라.'
'명품 브랜드가 되기 위해서는 먼저 명품인간이 되어라.'

성공한 사람을 주제로 쓴 한 책에서는 성공을 위해서는 "자연에

나만의 브랜딩을 위한 2주 책 쓰기

서 답을 찾아라"고 주장하는 작가가 있었다. 어떤 책이었는지 책 제목도 작가도 기억나지 않지만, 그때 그 책 덕분에 나는 좌우명을 정했다. 바로 '뿌린 대로 거둔다'이다. 씨앗은 절대 거짓말을 하지 않는다. "콩 심은 데 콩 나고 팥 심은데 팥 난다"는 속담처럼 말이다.

나는 성공하기 위해 일을 할 때나 사람을 대할 때 '뿌린 대로 거둔다'는 말을 잊지 않으려고 좌우명으로 삼았다. 실제로 땀을 흘려 씨앗을 많이 뿌려놓은 만큼, 많은 일들에 대한 경험과 더 나은 무언가, 수입 등을 거두게 했다. 사람을 대할 때도 마찬가지다. 내가 먼저 베풀면 반드시 돌아온다. 받으려고 베푼 것은 아니지만 반드시 좋은 일들로 돌아와 오히려 더 많은 것을 거두는 일들이 많았다. 꼭 물질적인 것만이 아닌 나의 말 한마디 덕분에도 말이다.

인품은 숨기려 해도 반드시 드러난다. 좋은 사람인 척, 명품인간인 척해도 숨기는 것은 언제든 드러나기 마련이다. 인품의 '품'은 '물건'이라는 뜻을 가지고 있다. 우리는 물건을 품질이 좋다, 나쁘다로 표현한다. 자신을 제품처럼 판매해야 하는 1인 브랜드, 나의 브랜드의 품질은 어떠한가?

인품(人品)의 '품(品)'을 보면 '입 구'자 3개가 겹겹이 쌓여 있다. 말이 쌓이고 쌓인 것, 사람의 값어치를 판단하는 한다는 것이 진짜 인품의 의미가 아닐까. 나를 드러내는 글과 말 그리고 행동은

곧 나의 '이미지'다. 나는 어떤 이미지로 브랜드하고 있는가? 1인 브랜드가 되겠다면서 정작 당신의 품질을 결정하는 인품은 누구도 쓰지 않는 불량품처럼, 무시당하고 마는 싸구려 제품처럼 스스로를 저품질로 보이고 있지는 않은가?

사람들은 지금 당신을 품평하고 있다. 당신이 전문가인지 아닌지, 당신이 1인 브랜드가 될 만큼 인품이 명품인지 아닌지를 말이다. 나는 1인 브랜드의 꿈을 갖는 당신이 독자를 위해 책을 쓰고, 고객을 위해 머리보다는 진실된 마음을 쓰고, 나를 브랜딩하려는 욕심보다는 남을 위해 베푸는 데 더욱 큰 힘을 쓰는 진짜 명품 브랜드가 되길 바란다. 청담동에서 억대 연봉을 버는 유명 스타강사는 결국 학생의 성적을 끌어올리는 데 집중한 것밖에 없다. 1인 브랜드가 되는 것이 꽤 어려울 것 같지만 답은 한 가지인 것 같다.

'상대를 위하는 일에 더욱 집중하는 것.'

에필로그

당신이 가는 그 길을
진심으로 응원하며

코로나19로 주업이 바뀐 사람들, 혹은 부업을 시작한 투잡족들이 많아졌다. 얼마 전 지인들과의 술자리 후 대리운전을 이용한 적이 있었다. 기사님과 우연찮게 대화를 하게 되었다. 그는 지금은 대리운전을 하고 있지만 한때는 연 100억 이상의 매출을 올린 회사의 CEO였다. 코로나19로 기업경제가 무너지기 시작하고 직원들의 월급조차 줄 수 없는 상황이 되자 회사 문을 닫고 대리운전으로 생계를 유지해가고 있다고 했다. 생계를 유지하기 위해 어쩔 수 없는 선택을 한 그분의 이야기가 참으로 안타까웠다.

직장인 5명 중 4명이 '투잡에 대한 의사가 있다'고 한다. 코로나19가 심각해지면서 부수입을 벌고자 투잡 혹은 주업을 부업으로 바꾼 사람들이 많아졌다. 평생직장이라는 개념도 이제 없어졌고 더 이상 내가 다니는 회사도 안전하지 못하다. 이를 깨달은 사람들은 코로나19 이후 투잡과 부업에 대한 관심이 더욱 높아졌다.

하지만 나는 당신이 단순히 새로운 직업을 하나 더 갖는 것에만 관심을 두지 말라고 말하고 싶다. 현재 배달업체, 캠핑, 호캉스와 관련한 직업들이 급부상하고 있지만, 이 또한 언제 사라질지 모를 일이다. 그러니 단순히 발등에 떨어진 불만 보는 것은 여전히 위험하다. 당신의 주업이든 부업이든, 1인 브랜딩이 필요하다는 것을 다시 한 번 강조하고 싶다.

당신이 해오던 일들이 사라지고 더 이상 사람들의 이목을 끌지도, 사람들이 당신을 찾지도, 또 어떤 일이 발생하게 될지 모르는 사회 속에서 변화의 흐름에 맞춰 자신의 능력과 일을 확장해간다면, 그리고 1인 브랜드가 된다면 당신은 그 어떤 일로든 수입원을 만들어낼 수 있을 것이다.

직업은 사라져도 1인 브랜드가 된 당신은 쉽게 사라지지 않는다. 당신보다 더 능력이 뛰어난 고수라 할지라도 숨은 고수의 사람들보다 1인 브랜드로 드러난 당신을 사람들은 더욱 전문가로 인정하고 신뢰하지 않을까? 당신이 1인 브랜드로 드러나 있다면 사람들은 당신을 더욱 쉽게 찾고 만나기를 원할 것이다. 그러면서

나만의 브랜딩을 위한 2주 책 쓰기

수입을 얻기도 더욱 쉬워질 것이다.

　서울대학교 소비자학과 김난도 교수는《트렌드 코리아 2021》을 발표하며 "코로나시대 트렌드는 알 수 없는 방향으로 끌고 가는 게 아니라 기존 진행되던 트렌드 속도를 빨라지게 한다"고 강조했다. 곧 출근하지 않거나 학교를 가지 않고도 집에서 일을 하고 수업을 하는 시대가 올 거라는 말은 코로나19로 현실이 되었다.

　그는 브이노믹스(바이러스가 바꿔놓은, 그리고 바뀌게 될 경제)로 인해 롤러코스터처럼 빠르고 아찔하게 오르내리는 트렌드의 변화 속에서 우리가 대응할 수 있는 방법으로, '모든 것을 가능하게 하는 발 빠른 사업의 주축 전환' '고객의 경험 중시' '인간적 요소의 강화' 등을 제시했다. 빠른 변화만큼 빠른 준비와 대처, 그것을 우리는 1인 브랜딩으로 성장하도록 '언젠가는'이 아닌 '지금' 당장 시작해야 한다.

　인간관계를 맺지 않고는 살아갈 수 없다. 혼자서 하는 디자인도 결국 디자인을 의뢰하는 사람과 소통해야 한다. 당신이 하는 모든 일은 사람과 하는 일이다. 사람을 위해 하는 일이다. 김난도 교수의 트렌드 변화의 대응방법인 고객, 인간 중시는 코로나19 사태로 인한 언택트 시대에 더욱 필요해졌다. 언택트 시대로 비대면 사업이 떠오르고 있고 우리 생활에 어느덧 편리함으로 자리 잡고 있지만, 여전히 사람들은 대면에 대한 그리움과 비대면으로 불가능한 것에 대한 공허함을 지니고 있다. 그러니 당신이 1인 브랜드가 되기 위해서 쓰는 책도, 다양한 채널을 통한 마케팅도 모두 고객, 사람을 위한 일이고 비대면과 대면으로 그들을 도울 수 있는 일로 당신만의 철학을 다시 세워보는 것은 어떨까.

"평범한 분들도 저의 강의와 강연법, 책 쓰기, 프레젠테이션, 스피치, 소통 커뮤니케이션 등의 전문 코칭 프로그램을 통해 퍼스널 브랜딩이 될 수 있도록 황금처럼 빛나는 분들이 될 수 있도록 돕겠습니다. 개인을 돕고, 기업과 사회를 돕고 더 나아가 국가 발전에도 이바지할 수 있는 선한 영향력으로 많은 분들의 꿈을 이루는 데 힘을 보태는 김인희가 되겠습니다."

나도 여러분도 1인 브랜드로, 명품브랜드가 되는 길을 함께 갔으면 좋겠다. 나 역시 아직 그 길을 가기 위해 더 노력해야 하지만 여기까지 올 수 있었던 길의 방향을 당신에게 공유했다. 그리고 모두와 함께 나누고 싶었다. 내가 힘들게 온 길을 누군가는 쉽게

나만의 브랜딩을 위한 2주 책 쓰기

갈 수 있도록 길을 만들어주고 싶었다.

여전히 힘들고 어려운 깜깜한 길에 부딪혀도 한 걸음 한 걸음 걸어가길 바란다. 버티기 힘들다면 하루만 버텨보길, 오늘만 버텨보길 바란다. 내일에도 오늘이 된 '오늘'만 버티면 된다. 그렇게 한 걸음씩, 또 오늘을 버티다 보면 어느 날 여러분이 가고자 하는 길의 목적지에 도달해 있지 않을까? 이제 길을 찾아 걷는 일만 남았다. 모든 이가 힘을 내길 바라며, 여러분의 꽃길을 진심으로 응원하겠다. 부디 그 여정이 행복하기를….

김인희